# 逆襲成宰相

3 完

風 文創 530

趙眠眠 著

# 目錄

# 第二十九章 指婚

翌日在鳳鸞宮中，蕭晚衣依舊魂不守舍，頭上紫玉釵垂下的水晶流蘇掃在她蒼白的面頰上，好像一串串晶瑩的淚珠。

潘皇后坐在鳳椅上，仔細打量著她。瑞王爺是當今聖上唯一的同母胞弟，在一眾兄弟中，二人感情最好。瑞王爺只有蕭晚衣這麼一個嫡女，疼得跟眼珠子似的，而聖上的兩位公主都是庶出，也早已下嫁，因此對這個姪女頗為疼愛，潘皇后也常召蕭晚衣入宮陪她說說話。

昨日蕭晚衣的娘親瑞王妃來到宮中拜見潘皇后，說起這個女兒，頭疼不已。想當初她說非顧紹恆不嫁，瑞王爺愛女心切，又見那顧紹恆果真是一表人才，也有心將女兒下嫁於他，誰知還未議親，顧家就犯了事，顧太傅死在獄中，顧紹恆也被聖上判為官奴，不知下落。

如今蕭晚衣已經十八歲了，按理早該議親，可是只要一說起這件事來，她就尋死覓活，讓疼愛女兒的瑞王夫婦一籌莫展。尤其最近這些日子，蕭晚衣日漸消瘦，卻又不肯說出緣由，瑞王妃只能來求潘皇后勸勸蕭晚衣。

於是今日潘皇后便將蕭晚衣召到宮中，關切地問：「晚衣，妳最近越來越瘦了，臉色也不好，要不要傳太醫來看看？」

蕭晚衣強打起精神，勉強笑道：「讓皇后娘娘操心了，晚衣只是昨晚沒有睡好，沒什麼打緊。」

潘皇后拍著她的手。「沒事就好。那日聖上還與本宮說起，如今皇室中只剩下妳這麼一位嫡出的郡主，妳年紀也不小了，該是談婚論嫁的時候。昨日妳母親還來找過本宮，要本宮看看朝中可有配得上妳的青年才俊？」

蕭晚衣猛地一震，慌亂道：「皇后娘娘，晚衣還想多在父母跟前盡兩年的孝心，不想這麼早嫁人。」

「男大當婚，女大當嫁，民間尚且如此，更何況是皇家。」潘皇后不以為然地道。正說著，宮娥的傳報聲就響起。「太子殿下求見皇后娘娘。」

潘皇后一聽是蕭衍來了，便道：「今日他來得倒早，讓他進來吧。」

蕭衍大步走進鳳鸞宮，向潘皇后行禮，蕭晚衣也起身向蕭衍見禮。

蕭衍虛抬了一下手。「原來晚衣妹妹在呢。」

重新落坐後，蕭衍道：「剛才兒臣在門外聽到母后說『男大當婚，女大當嫁』，是不是晚衣妹妹有了中意的人，來求母后的恩典來了？」

蕭晚衣想到心中那道卓爾不群的身影，壓住苦澀，強笑道：「沒影的事，太子哥哥說笑了。」

蕭衍笑道：「這有什麼好害羞的，滿京城的青年才俊可著妹妹挑選，總是能找出一個堪堪能配得上妹妹的。」

聞言，蕭晚衣低頭不語。

潘皇后嗔怪道：「又來逗你妹妹。你且說，找本宮何事？」

「有晚衣妹妹陪著母后，母后自然想趕緊打發兒臣走。」蕭衍打趣道，隨即正了正神色。「其實也不是什麼太要緊的事，不過是想來求母后一個恩典。」

潘皇后看了蕭衍一眼。「這是看上哪家的姑娘了？你說吧，你妹妹是自家人，不會笑你的。」

蕭衍傾身探向潘皇后。「兒臣府裡只有太子妃駱氏，難免清靜了些，前日在御史府中見到了柳御史的義妹，秀外慧中、嫻靜清雅，兒臣想求娶為側妃。」

蕭晚衣舉著茶盞的手一頓，就聽潘皇后沈吟道：「柳御史的義妹？門楣低了些，不過既是側妃倒也使得，只要性子好、模樣周正，能照顧你就行。這姑娘叫什麼名字？家裡還有什麼人？」

因為有蕭晚衣在，蕭衍不便說出趙大玲異世者的身分，而且他也怕借屍還魂的事會驚嚇到潘皇后，便避重就輕道：「這女子名叫靈幽，家中還有母親和一個幼弟。幾個月前御史府的老夫人見她聰慧可人，乖巧懂事，便認做義女。」

蕭衍只說靈幽，沒好意思說出趙大玲這個一聽就是在底層幹粗活的名字。

蕭晚衣吃驚地抬起頭直視著蕭衍，她沒想到堂兄竟然會求娶顧紹恆的未婚妻趙大玲。

對於唯一的親生兒子蕭衍，潘皇后一向看重，容不得半點兒閃失。「聽上去這姑娘還不錯，不過太子的側妃是要正式納娶、進皇家族譜的，雖說不必像正妃那麼尊貴，但身世太不堪還是會讓人笑話。這事你先不必著急，等明日本宮召見御史府的柳老夫人，讓她帶著義女過來，本宮要相看相看，也好仔細盤問她的家底。」

這一相看豈不是露餡了？雖然潘皇后對兒子百依百順，但蕭衍知道潘皇后很難接受一個燒火丫頭成為他的側妃，至於異世者的身分，潘皇后不見得能明白其中的關鍵。

蕭衍咬咬牙。與其明日潘皇后發現趙大玲的真實身分後當場拒絕，還不如先做好預防。他覥著臉笑道：「靈幽姑娘什麼都好，就是身世差些。她爹原是柳御史的家僕。」

「荒唐！」潘皇后將手中的茶盞重重放在旁邊的梅花朱漆小几上，杯裡的水濺了出來，灑在桌子上。

宮女窺著潘皇后陰沈的臉，都不敢靠前。

潘皇后伸手指著蕭衍，氣得直哆嗦。「你是大周的儲君，卻如此不知檢點，竟然看上了僕役的女兒，這樣的家世即便是納入太子府做個侍妾都是污點，你還要娶為側妃！」

蕭衍趕緊起身跪下。「母后息怒，這女子畢竟是柳御史的義妹，隨便收入府中恐是不妥，兒臣還要顧及柳御史的顏面。」

因為蕭晚衣在旁邊，蕭衍也不好明說，只能抹汗道：「再者，這女子對兒臣還有些用處。」

潘皇后大怒。「你也知道要顧及朝臣顏面？那你有沒有想過娶了這樣的女子，你自己的顏面呢？你會被眾人指責為好色昏聵，你又置你父皇和母后的顏面於何地?!」

蕭衍頭上的冷汗都冒出來了。本想著不過一個側妃之位，打個馬虎眼就能混過去，誰料潘皇后如此排斥。他有些暗自懊惱，早知道就好好謀劃，也好過這樣貿然提起。若是潘皇后堅持不同意，連轉圜的餘地都沒有了。

他陪笑道：「母后您看，晚衣妹妹還在這兒呢，妹妹是沒出嫁的姑娘，倒叫妹妹看笑話了。要不兒臣晚些時候再來聽您訓誡。」

潘皇后看了看滿面通紅的蕭晚衣，壓下怒氣。「你先退下，此事容後再議。」

蕭晚衣抑住心中的震驚，一個念頭忍不住在心裡滋生。她頭腦一片混沌，卻聽見自己的聲音清晰且堅定道：「皇后娘娘，按理說太子哥哥的事晚衣不該置喙，但太子哥哥說的這位靈幽姑娘，姪女也是見過的。那日在御史府的詩會上，晚衣第一次見到靈幽姑娘，覺得她秀雅脫俗、與眾不同，後來才知道她不但被御史府的老夫人收為義女，還被一得道高人相中，收為關門弟子。聽聞那高人說，靈幽姑娘與道法有緣，已開了天眼，這天眼也不是人人都能開的，需是有慧根的人，或是本身就不同於凡夫俗子的人。我聽說天界仙人每隔千年需到塵世渡劫，在人世間受苦，入最低等的奴籍，也許這是只有得道高人方能識別出來的。」

蕭晚衣娓娓道來，讓潘皇后聽得入了神。她本癡迷於道教，平日煉丹修行，以居士自居，因此蕭晚衣句裡句外都透露出靈幽的身分不同凡響，連潘皇后也動搖起來。

蕭衍沒想到蕭晚衣會替趙大玲說話，意外地看了她一眼，不過想到之前傳言淑寧郡主非顧紹恆不嫁，便明白了蕭晚衣的小心思，索性不再說話，由著蕭晚衣衝鋒陷陣。

蕭晚衣見潘皇后神色有所鬆動，便接著勸道：「俗世中的身分並不那麼重要，若是嫌靈幽姑娘身分低，隨便給她死去的父親一個頭銜便是了。再者，側妃雖入皇家族譜，百年後卻不配享皇室供祭，對出身要求也就沒那麼嚴苛。」

潘皇后沈吟片刻。單說柳御史的義妹，這身分並不高貴，但是這女子異於常人，說不定還能對蕭衍將來的大業有所助力……

潘皇后剛要點頭應允，就聽見大殿門口響起一個不怒自威的聲音，冷然道：「無量天尊，貧道剛收個弟子，沒想到就被人惦記上了！」

眾人向門口看去，一道消瘦筆直的身影自洞開的大殿門口走了進來。待那人走近，眾人才發現來人是一名五十多歲的道姑，身穿灰色清道袍，面色冷肅。

潘皇后剛要喝斥何人如此大膽，可當她看清那道姑的面貌後，驚得站起身來，失聲道：「皇姑姑？」

玉陽真人淡然一笑。「二十多年了，難為妳還能認出貧道。貧道也沒想到會再次踏入這皇宮，只是貧道不來，這好不容易收到的弟子就要被妳的好兒子搶走做側妃了。」

潘皇后神色尷尬。「原來這靈幽姑娘是您的弟子。」

當初大長公主假死避世，遁入道教一門，先帝賜其道號為「沖虛元師玉陽教主」，後來被世人稱為「玉陽真人」。蕭衍和蕭晚衣沒有見過玉陽真人，此刻也明白過來她的真實身分，雙雙跪地行禮道：「見過皇姑奶奶。」

玉陽真人一甩手裡的拂塵。「貧道已入道門，你們不必再行此大禮。」

待二人起身後，真人轉向蕭衍道：「當日貧道離開皇宮之時，你尚在襁褓之中，如今也長這麼大了。只是你要求娶的靈幽是貧道的弟子，貧道不能答應她入太子府做你的側妃。」

蕭衍神色一變，勉強道：「願聽皇姑奶奶教誨。」

玉陽真人淡淡道：「這其一，靈幽雖是俗家弟子，但還要跟隨貧道修行道法，若她能夠參悟道義，便正式入教，自是不能嫁人的。其二，即便她於道法上無所成，名義上也是貧道的弟子，貧道既是你父皇的姑母、你的皇姑奶奶，那你好歹也要尊稱貧道的弟子為一聲姑姑，你若娶她進門，豈不是亂了輩分？這要是讓天下人知道，恐怕是要戳斷你的脊梁骨的。」

蕭衍聽著冷汗都冒了出來，忙跪下道：「孫兒不敢，是孫兒疏忽了，險些鑄成大錯，請皇姑奶奶恕罪。」

潘皇后也是一驚，陪笑道：「衍兒一時糊塗，差點兒誤了靈幽姑娘的修行，也幸虧皇姑及時趕到，要不然這指婚的旨意要是頒布下去，可是要鬧笑話了。」

玉陽真人見目的達到，也懶得再在宮中多費唇舌，即刻便告辭了。

經過蕭晚衣身邊時，她停住腳步，冷聲道：「貧道見妳面貌靈秀、骨骼清奇，是個有靈氣的孩子，但為何目光游移，心緒不寧？妳既是貧道的姪孫女，貧道便送妳八字真言。『心無雜念，抱元守一』，要懂得放下，不要讓心魔滋生，妳自己好生琢磨吧。」

玉陽真人如一陣風來了又走，剩下大殿中的幾人各懷心事。

蕭衍仍不死心，向潘皇后問道：「母后，這求娶之事……」

潘皇后心煩意亂地打斷他。「這件事以後不要再提，出了這鳳鸞宮的大門就要忘得一乾二淨。你父皇一向敬重這位小姑姑，讚她性情剛烈、不媚世俗，提起她來也總是唏噓不已，若是讓他知道你動了娶她弟子的心思，讓她不喜，必是要訓斥你的。再者，皇家最重禮教，大長公主的弟子長你一個輩分，如何能成親？」

蕭衍氣得咬牙，滿腹憤懣無處發洩。他本以為娶到趙大玲，千年的異世文化便可以為他所用，可如今卻是竹籃打水一場空，被玉陽真人三言兩語就否定了，連退路都沒留。

他無奈道：「朝中人都知道我三天兩頭往御史府裡跑，我總是要交代出個子丑寅卯來。」

潘皇后腦中靈光一閃。「本宮好像聽說過御史府裡有位小姐頗有才名，指給你做側妃便可以堵住悠悠眾口。」

蕭衍眼前飄過柳惜慈那張牌九臉，不禁哆嗦了一下。雖說可以娶來當擺設，但是就那張寡淡的臉，當擺設都影響心情，日後還要帶進宮中參加家宴，那麼個相貌平庸的側妃，不是打自己的臉嘛！

另一頭，趙大玲躲過一劫，專程到太清觀拜謝玉陽真人。

「多謝師尊為了弟子的事大老遠的跑了一趟，要不是您，弟子恐怕此刻不得自由了。」

玉陽真人緩緩搖了搖頭。「妳不必謝我，為師見了顧紹恆的信，自然要趕去救妳。只是我也沒想到蕭家的小輩如此任性胡為、不堪重用！」

她嘆了口氣，感慨道：「大周的江山若是交到這樣的君王手裡，只怕是愧對先祖了。」

很快的，宮中傳出消息，潘皇后要為太子挑選側妃。鑒於太子最近頻頻出現在御史府，眾人都在背後議論紛紛，看來柳御史是要時來運轉了。

傳言傳進御史府，汪氏和柳惜慈喜出望外，明擺著柳惜慈的好事近了。

潘皇后為了不讓旁人說她只顧自己的親生兒子，也放出話來，在為太子選側妃的同時也要為晉王挑選王妃。於是這幾日，京中權貴都帶著自家適齡的閨女進宮拜見皇后。

蕭翊得知這個消息後，徹底懵了。如今御史府自認已經抱上太子的大腿，為了撇清跟他的關係，只說二小姐染了風寒，將他拒之門外，心急的蕭翊只好半夜冒險翻牆，躲過御史府的巡院護衛，閃身進了柴房。

趙大玲已趁友貴家的睡著後溜到長生這裡，見到蕭翊進來，吃了一驚。「你太冒失了，御史府裡晝夜都有護院巡視。」

蕭翊哭喪著臉道：「這兩日我聽說潘皇后要替我挑選老婆，今日下朝在宮門口就看見鎮國將軍的老母帶著孫女進宮拜見潘皇后，那丫頭下車時我瞥了一眼，跟肉山似的，足有二百斤，肩膀比我還寬。」

聽著蕭翊的描述，趙大玲雖然同情他的遭遇，但想到當時的畫面和那個二百斤重的閨秀，還是沒忍住，「噗哧」笑了出來。

發覺到蕭翊幽怨的目光，她趕緊掩飾地揉了揉鼻子。

長生為人厚道，拍拍蕭翊的肩膀寬慰道：「這點你放心，潘皇后絕對不會將鎮國大將軍曹彥的女兒指婚給你的，皇子的婚事不但是為了延續子嗣，更是利益的結合。曹彥早年能征善戰、神勇無敵，曾多次打敗北地蠻夷的入侵，被先皇封為鎮國大將軍。曹彥手握兵權，在軍中威望極高，潘皇后怎會放心你有這麼一位泰山？她肯定會給你選一樁表面上門楣高，實際上在朝中卻沒有實權的婚事，以防你能倚靠岳家的助力。」

蕭翊聽聞不用娶鎮國大將軍的胖閨女，微微鬆了口氣，但依舊愁眉不展。「隨便塞給我一個我不認識的女子？太彆扭了，好歹這個胖妹妹看著還討喜呢，要是一掀開蓋頭是個麻子臉，或者醜得不能看怎麼辦？」

趙大玲眼睛一亮，府裡有現成的人選啊。她知道柳惜妍對蕭翊的情意，不久前在她的一力促成下，兩個人也有了不錯的開始，幾次在府中「偶遇」，都是欲語還休。

趙大玲湊過去，神秘兮兮地問蕭翊。「你覺得柳惜妍怎麼樣？」

蕭翊抓抓腦袋，一副傻乎乎的模樣。「她挺好的，長得好看，也不刁蠻做作，比她那幾個姊妹好多了。」

趙大玲眉飛色舞地向蕭翊提議。「要不你藉機向皇上和皇后請旨賜婚吧，娶柳惜妍進門，免得潘皇后胡亂塞給你一個不認識的女子逼著你盲娶盲嫁。」

蕭翊腦海中浮現柳惜妍的靚麗身影，遲疑了一下問道：「我聽妳說過一年多前，真正的蕭翊為她勒住驚馬，救過她一命，所以她對蕭翊心存感激與好感，若有朝一日她知道我不是當初救她的那個人，會不會覺得我在騙她？」

「不是人人都像長生這樣能接受一個穿越過來的人，所以我建議你不要將你的真實身分告訴她，尤其是現在這個時候，千萬不能讓她知道。」趙大玲誠心誠意向蕭翊道。「柳惜妍對以前的蕭翊是存在幻想的，但只見了一面並不是真正的愛戀。我相信在她與你的交往中肯定會愛上你，而不是心底的那個影子。」

蕭翊咧嘴，笑得憨厚，靦覥道：「這事還得聽聽人家姑娘的意思。要不，妳替我去問問，萬一人家不樂意呢？」

「樂意樂意，不用問我都知道她肯定是樂意的。」趙大玲趕緊替柳惜妍打包票。

蕭翊嘴都要咧到耳根了。「那我明天進宮……」

一旁的長生無奈地搖頭道：「你若希望三小姐平安，還是先別把你們兩人的事弄得盡人皆知。蕭衍往御史府跑得勤，此次沒能求娶到大玲，他礙於朝中的言論，也為了錯綜複雜的關係，肯定會求娶御史府中的一位小姐做側妃。他為人一向心胸狹窄，自幼便嫉妒你和蕭弼兩兄弟比他更得皇上寵愛，如今他終於坐上太子之位，更是將你視為眼中釘，但凡你看上的人，他肯定要爭一爭。潘皇后是他的生母，自然偏向他，若是你和他同時求娶三小姐，你說潘皇后會將三小姐指給誰？」

趙大玲和蕭翊的表情都凝重起來。若是宮中將柳惜妍指給太子或旁人，那才真是沒機會了。

見蕭翊神色落寞，趙大玲寬慰道：「與其在這時候暴露你和柳惜妍的事，引起蕭衍的注意，還不如靜待最後的勝利，到時候自然是水到渠成的事情。你也別擔心，只要你不把柳惜妍推到眾人面前，宮中是不會將柳惜妍指給蕭衍的，夫人一向防著柳惜妍，不讓她出現在蕭衍面前，所以蕭衍沒見過她，要我看八成會是柳惜慈。」

兩日後，御史府迎來宮中的旨意，來宣旨的是皇后跟前的富公公，如此興師動眾，柳家人也猜到了幾分，這是喜事臨門了。

柳御史還未下朝，一眾女眷喜不自勝地換上正式的衣服，跪在前廳中接旨。

柳惜慈穿著梅紅色的錦緞褙子跪在汪氏身後，從光可鑒人的青石磚地上可以看到自己頭上的鎏金飛燕釵，一閃一閃地發出耀目的光芒，那釵頭上雕的飛燕在光影中隱約幻化成一隻彩鳳，直欲飛上九霄，就好比此刻柳惜慈放飛的心情，彷彿已經看到金尊玉貴的未來。

富公公打開明黃色的卷軸，用太監特有的尖細嗓音唸道：「皇后懿旨，從三品御史柳成渝之四女柳氏惜桐，賢良淑德，儉素持家，端莊淑睿，克柔克令，今特賜為太子之側妃……」

屋裡靜悄悄的，柳惜慈突然感到一陣頭暈目眩，青磚映出的金光彷彿眼前亂飛的蚊蛾。

太子來御史府是因為仰慕自己的才名，他每次聽自己的詩作都大加讚賞，毫不吝惜讚美之詞，所以怎麼可能是「四女柳氏惜桐」被封為太子側妃？應該是自己才對！

柳惜桐跪在柳惜慈左後方，緊握著衣側布料的手慢慢鬆了開來。

塵埃落定，她的位分是爭到手了，不枉她處心積慮、想法設法地接近太子蕭衍，並引起他的關注。

當時在御史府花園裡的假山後面，她故意摔倒，跌進了路過的蕭衍懷裡，一會兒說扭了腰，一會兒說傷了腿，引著他的手撫遍自己全身……

綿長的懿旨終於唸完，富公公合上卷軸，雙手托起。

「不可能，這不可能……」柳惜慈目光呆愣，搖著頭喃喃地叫了出來。「是皇后娘娘搞錯了，一定是這樣的，太子殿下不可能娶柳惜桐為側妃，是皇后娘娘搞錯了！」

柳惜慈的聲音越來越大，越來越尖利，不管不顧地嚷了起來。

富公公一貫上彎的嘴角耷拉下來，麵團一樣和氣的臉上多了肅殺之氣，森然道：「柳二姑娘是聽聞妹妹得封太子側妃，歡喜過頭了吧，皇后娘娘什麼時候錯過了？」

汪氏兀自驚愕著，還沒有回過神來，柳惜慈還要爭辯，跪在最前方的老夫人第一個警醒過來，回身在柳惜慈臉上搧了一記耳光。「還不閉嘴！妳想害死一家人嗎？」

柳惜慈白嫩的臉上迅速紅腫，她捂著火辣辣的面頰，怔怔地看著老夫人。

老夫人恭恭敬敬地以頭觸地，雙手高舉過頭頂，接過詔書，恭敬地道：「謝皇后娘娘恩典。」

禮畢起身，老夫人揮揮手，旁邊一個小丫鬟將一個烏木托盤捧過來，上面擺著滿滿的銀錠子，用一方紅帕子蓋著。

老夫人向富公公賠笑道：「公公辛苦了，煩勞您大老遠親自跑一趟。家中孩子不懂事，還望公公不要計較。」

富公公瞟了托盤一眼，非常滿意。

跟班的小太監接過托盤退到一旁，富公公又換上一張和氣的笑臉。「咱家也是為了皇后娘娘當差，怎敢說什麼辛苦。再說貴府的四小姐榮登太子側妃寶座，將來的造化更是不可限量，咱家也是過來沾沾喜氣。」

老夫人見他收了銀子，這才放下心來，親自恭送富公公出了大門。

他們前腳剛走，後腳柳惜慈就暴跳起來，抓著柳惜桐的頭髮，歇斯底里地尖聲叫罵：「賤人！就是妳勾引了太子殿下，每日打扮得花枝招展在太子面前賣弄風騷。不要臉！枉我平日還拿妳當心腹，誰知妳就是個不知羞恥的白眼狼……」

汪氏面色陰沈，還未從震驚中反應過來。三小姐拉著五小姐躲得遠遠地，冷眼看著柳惜慈對柳惜桐又罵又打。

柳惜桐意外地安靜，被柳惜慈扯著髮髻、搧了幾個耳光也面不改色。

「妳鬧夠了沒有，還不住手！」老夫人回到前廳，朝瘋了一般扭打柳惜桐的柳惜慈怒斥道：「妳看看妳，像個市井潑婦一般，還有沒有半點兒官家小姐該有的儀態?!」

說著，她轉向一旁一言不發的汪氏。「汪氏，以往我念妳操持家務，沒有功勞也有苦勞，可是如今看來，妳連自己的女兒都管教不好，實在是不配掌家。」

這話說得極重，汪氏面色一震，忍不住分辯道：「明眼人都看得出來，這太子側妃之位本來就該是慈兒的，如今卻被人奪了去，媳婦也是不甘心啊！」

柳惜桐平靜地攏了攏被扯亂的髮髻，淡然中卻帶著揚眉吐氣的快意，一改往日謹小慎微的姿態道：「母親和二姐姐的話都說得好生奇怪，家中有好幾個姊妹，自然是誰合了太子殿下的眼緣，便是誰的造化。即便一開始他是因為二姐姐的詩詞慕名而來，但見了二姐姐，大概也覺得不過爾爾，不合他的心意。」

柳惜慈怔怔聽完，勃然大怒，揮舞著爪子又要衝上去。「妳胡說！定是妳使了什麼狐媚手段勾引太子殿下——」

「好了！妳們是要御史府成為京城裡的笑柄嗎？」老夫人忍無可忍地打斷柳惜慈，目光嚴厲地掃過眾人，吩咐道：「碧珠，帶妳們四小姐回沐霜苑好好梳洗梳洗，從明日起，讓教養嬤嬤到沐霜苑教導四丫頭禮儀，免得嫁入天家後禮儀不周，讓人笑話。至於二丫頭，就在自己的院子裡閉門思過吧。」

汪氏一驚。「可是母親，這件事不能就這樣算了，明明是慈兒受了委屈……」

「她有何委屈？」老夫人嚴厲地盯著汪氏。「汪氏，妳要明白，皇后親自賜婚，這便是柳府的無上榮耀。二丫頭是妳的女兒，但四丫頭也是柳府的小姐，同樣是妳的女兒，如今她既被指為太子側妃，將來柳府的榮辱便繫在她身上，妳不要目光短淺，不知輕重。」

汪氏抖著嘴唇，已知無力回天。老夫人說得明白，如今柳惜桐一步登天，往後她們母女都要看著柳惜桐的臉色，這真是三十年河東，三十年河西，尊卑地位一朝來了個天翻地覆的轉變。

柳惜慈受不了這個刺激，兩眼一翻，暈倒在汪氏的懷裡。

這場指婚像是一場鬧劇，終於落下了帷幕。

在將四小姐指給太子做側妃的同時，潘皇后一道懿旨送到了晉王府，將文學大儒秦舒的嫡女秦慕雪指給蕭翊做王妃。秦家三代翰林，書香門第，果然如長生所言，除了名聲上好聽，沒有什麼實權，無法在朝政上為蕭翊提供一點助力。

單就一個秦慕雪也就罷了，至少是個才貌雙全的閨秀，哪知皇上神來一筆，說晉王常年征戰，耽誤了娶親，如今只有一個王妃太清靜，話鋒一轉，便道：「朕看曹彥的女兒不錯，看著喜氣，乾脆好事成雙，給翊兒做側妃吧。」

曹彥老淚縱橫。終於把大胖閨女嫁出去了，而且還是嫁給了英俊威武的晉王殿下，即便是側妃也知足了，於是山呼萬歲，跪地謝恩。

事已至此，潘皇后也不好再反駁。只是太子和潘皇后都心裡暗恨，皇上如此作為，明顯是偏心晉王，將鎮國將軍的勢力都送到蕭翊麾下。

蕭翊得到消息，目瞪口呆。沒想到竟然有這麼坑兒子的爹，那二百斤的大胖丫頭，要娶回去鎮宅嗎？

曹彥在宮外堵到蕭翊，非要跟蕭翊喝酒，喝醉了也不叫「晉王殿下」，改稱「賢婿」，醉眼朦朧地拍著蕭翊的肩膀道：「賢婿啊，我可把女兒託付給你了。我家朵兒沒什麼愛好，就是喜歡美食，尤其喜歡醬豬蹄子，你們成親後，我把將軍府裡的廚子當作陪嫁送到你府上，你可不能餓瘦了她。」

蕭翊眼圈都紅了，一想到今後將要面臨的生活就悲從中來。

雖然要結婚了，新娘卻不是心儀的姑娘，還買一送一地一娶就娶兩個，其中一個還是一個頂兩。

和未來岳丈喝到大半夜，蕭翊來到御史府外，爬上一棵大樹，對著御史府唉聲嘆氣。

近日，柳惜妍心情很低落。

自從上次在小路上驚鴻一瞥，她與蕭翊就有了心照不宣的默契，雖然還沒有機會挑明，但幾次在府中擦肩而過，她知道蕭翊看她的目光跟看二小姐是不一樣的，那是男人看女人的目光，帶著欣賞和難以掩飾的愛慕。

趙大玲一得知蕭翊被指婚的消息就過來安慰她，柳惜妍苦笑道：「晉王妃的位置我是不敢肖想的，但心底多少存了奢望，若是有幸能成為他的側妃，也是我天大的福分。只是沒想到，如今連這點兒念想也沒有了。」

柳惜桐被指為太子側妃，柳惜妍的美好願望徹底落空。柳御史因著這樁婚事，明顯會成為太子一派，潘皇后不會將柳惜妍再許給蕭翊做側妃，而柳府也不敢做牆頭草，將兩個女兒分別嫁給太子和晉王。

趙大玲不勝唏噓。對照自己和長生的幸福，更替他們二人遺憾，只能安慰道：「妳也先別著急，不要放棄希望，說不定事情還有轉機。」

「什麼轉機？」柳惜妍心如死灰。「晉王的王妃、側妃之位是不用想了，我倒是不在乎什麼名分，只要能跟著他，做個沒名沒分的侍妾我也願意。但是這次四妹奪了二姊的太子側妃之位，汪氏恨之入骨，卻也無可奈何。這點兒邪火肯定會發洩在我身上；再者她一向痛恨我娘，肯定會將我隨便嫁了，還指不定是什麼人家呢。」

「不是還有柳御史和老夫人嗎？」趙大玲寬慰道：「妳讓妳娘求求妳爹，妳是他的親生女兒，他總不會不管。」

「親爹又如何？即便他平日還算疼我，但是婚姻大事上又怎麼會由著我的心思喜好？如今四妹搭上了太子，他眼中只有四妹那一個女兒，我和晉王的婚事，在他那裡就過不了關。」柳惜妍目光中透出孤注一擲的決絕。「嫡母若是逼著我嫁給旁人，大不了我就一頭撞死。」

趙大玲沒料到她如此剛烈，忙摀住她的嘴。「胡說什麼呢！妳不為自己想，也要為妳娘想想，妳要是有什麼事，她可怎麼活？總之妳別胡思亂想，事情還沒有到那一步呢。」

這邊趙大玲忙著安撫蕭翊和柳惜妍這對苦命鴛鴦，蕭晚衣那邊也是一個人整日傷春悲秋。

這些天來，她食不下嚥、夜不能寐，一張鵝蛋臉瘦得凹了下去。

奶娘董氏端著一盤糕點進來，心疼地勸道：「小姐，好歹吃一口，這樣下去，鐵打的人也要熬壞了。」

蕭晚衣搖搖頭，心事重重。「奶娘，妳別管我，我吃不下。」

董氏用帕子擦擦眼角。「我的好小姐，到底什麼事讓您這麼掛心？老奴真恨不得能為您做點兒什麼……」

蕭晚衣懨懨地倚在湖藍色撒花的美人迎枕上，思緒又飄走了。

自從上次從宮中回來，她就一直在琢磨一個問題。這個趙大玲到底是什麼來路，玉陽真人為何會收一個廚娘的女兒為徒？蕭衍又為何對她志在必得？

她百思不得其解，一抬眼見董氏正殷殷地看著她，手裡還捧著白瑪瑙盤，盤中的點心是淡紅色的，嵌著紫紅色的玫瑰絲和琥珀色桃仁。

蕭晚衣知道她要是不吃一口，這位奶娘就能捧一個晚上，無奈下只能拿起一塊象徵性地咬了一口，誰知竟有一股清甜的香味，與平日吃的不一樣。

「這是什麼點心?不像是府裡做的。」

董氏見蕭晚衣終於肯吃東西了，露出笑容道：「小姐的舌頭就是靈，這個叫芡實糕，是南方的小吃，是前幾天有個遠房親戚送給我的，我吃著不錯，就琢磨著自己做出來給小姐嚐嚐。」

不過蕭晚衣哪裡有胃口，放下糕點隨口問了一句：「我記得奶娘是滄州人，怎麼還有南方的親友？」

董氏笑道：「也算不上是什麼要緊的親戚，是我的一個姪女嫁到揚州，她男人是漕運的一名把事，有時候到京城會去御史府看他的表姨母，我姪女惦記我，便讓他男人來的時候也給我捎些那邊的特產。」

蕭晚衣本是無可無不可地聽著，聽到御史府三個字，不禁坐直了身。「哪個御史府？」

「就是城東頭柳御史的府邸。」董氏毫不在意地道：「我姪女男人的表姨母娘家姓齊，早年做過柳家四小姐的奶媽，後來一直留在御史府當差。」

蕭晚衣心念一動，眼睛瞬間亮了起來。「明日讓御史府的那位表姨母來王府中坐坐，正巧我有點事想向她打聽打聽。」

翌日，穿戴一新的齊嬤嬤被接到了瑞王府。王府中的亭臺樓閣、水榭花塢美不勝收，讓齊嬤嬤看得眼花繚亂。

董氏看不上齊嬤嬤那副小家子氣的樣子，嘴上敷衍道：「本就是親戚，又都在京城中，時常走動著才更親厚。昨日我給我們郡主做了揚州的芡實糕，郡主喜歡多吃了幾口，得知妳是揚州人士，便想著聽妳說說揚州的風土人情。」

齊嬤嬤既驚又喜，小眼睛都瞪圓了。「我的老天爺，我還能見到金枝玉葉的郡主？這可是我老婆子幾世修來的福分啊！」

到了蕭晚衣的閨房，只見一位美貌絕倫的少女坐在窗前的軟榻上，身姿清瘦，神態雍容。

一旁的董氏提醒這位就是淑寧郡主，齊嬤嬤趕緊低頭拜了下去。「見過郡主。總是聽說您貌若天仙，我老婆子還不信，心想這世上哪有天仙？今日見了才知道，這話原是沒有說錯的。奴婢一直以為我們御史府的三小姐就夠好看了，如今看來，竟是連您一根指頭都比不上。」

蕭晚衣聽她說話粗鄙，還在背後貶損自家主子，已是十分厭惡，但為了打探消息，也只能不動聲色地讓丫鬟賜了齊嬤嬤座位。

齊嬤嬤謝過恩，半個屁股就搭在了凳子上。

蕭晚衣隨口問了問揚州的名勝和風土，齊嬤嬤搜腸刮肚地回著話，可惜肚子裡也沒什麼東西，說來說去不過是當地有什麼特產小吃。

蕭晚衣聽了一會兒，覺得無聊透頂，忍不住打斷她，將話頭引往御史府上頭。「我養在閨中，還沒離開過京城，聽妳說揚州的事，件件有趣，真跟自己去了一樣，想來妳當年離開家鄉，也是捨不得的。如今妳在御史府裡也待了十幾年，可還住得習慣？」

「可不是讓您說著了，」齊嬤嬤覺得遇見了知音，拍著大腿道：「京城雖然熱鬧，但還是不如奴婢的老家。而且這御史府裡陰氣重，不太平，奴婢還想著等過兩年，積攢些家底就回揚州養老呢。」

蕭晚衣眉心一動，面上帶出興趣來。「哦？怎麼個不太平了？」

「奴婢只跟您一個人說，這事可是我們夫人嚴厲禁止嚼舌根的。」齊嬤嬤忙扶著屁股下的凳子挪近幾步，神秘兮兮道：「御史府裡有個掃地丫頭叫趙大玲，半年多前因為老夫人染了風寒一直不好，夫人便請了太清觀的觀主丹邱子來府裡作法事。丹邱子是玉陽真人的首徒，很有幾分道行，一眼看見趙大玲就說她是妖孽，還擺了陣法要收了她，誰知最後被一個官奴給救了。夫人把這件事給壓了下去，後來玉陽真人還收了趙大玲做弟子，也沒人再提她是妖孽的事。但我可是親眼看見的，那趙大玲顯出原形來，身後有毛茸茸的尾巴，就是個狐狸精，府裡有個叫蕊湘的丫鬟就是被她嚇傻的。」

齊嬤嬤煞有介事道：「奴婢還聽說跟她在一起那個叫長生的下奴，就是被這狐狸精吸了陽氣，著了她的道。」

「啪」地一聲，蕭晚衣折斷了小指上水蔥一樣半透明的指甲，她臉色蒼白，大大的瞳仁卻黑得發亮。「妳說的都是真的？」

看到蕭晚衣幽深的目光，齊嬤嬤不禁哆嗦了一下，見她還直直地盯著自己，忙指天誓日發誓。「錯不了的，府裡好多人都看到她露出狐狸的原形，看樣子道行挺深的，怎麼也是個千年狐妖，不但迷惑了玉陽真人，還讓老夫人收了她做義女。如今府裡可沒人敢惹她，生怕被她索了性命去。」

聽完，蕭晚衣讓丫鬟賞了齊嬤嬤二十兩銀子，齊嬤嬤得了銀子，千恩萬謝地走了。

蕭晚衣沈聲吩咐董氏。「奶娘，妳讓府裡的小廝拿著王府的帖子去城外的太清觀求見觀主丹邱子，就說瑞王府最近不大乾淨，請她來作場法事。」

董氏剛要離開，又被蕭晚衣叫住。「等等，還是備車吧，我親自去一趟太清觀。」

# 第三十章　將計

柳惜桐大婚的日子訂在了兩個月後的十月初八，因為四小姐的婚事，御史府上上下下逐漸忙碌起來。

原本汪氏合計著庶女的嫁妝幾百兩銀子就足夠了，如今柳惜桐成為太子側妃，這嫁妝自然不能寒酸，按照柳御史的意思，至少要一萬兩銀子起跳。

汪氏又驚又怒，直說把整個御史府搜刮完也沒這麼多銀子，結果老夫人自掏腰包拿出二千兩，柳御史交給夫人三千兩，再連同府中有的，勉強湊了一萬兩銀子給四小姐置辦嫁妝。

汪氏自是一百八十個不樂意，索性稱病不理事，柳御史無奈下只好讓梅姨娘幫襯著管理府裡一應大小事務。

太子府給御史府送聘禮的場面頗為壯觀，光禮單就有十頁，第一抬聘禮進了院子，最後一抬還堵在巷子口呢。來送聘禮的是潘又斌，不過是太子側妃的聘禮，本不用他這個世子爺出馬，但是潘又斌好了傷疤忘了疼，想著御史府裡的顧紹恆，又忍不住蠢蠢欲動。

不過他被蕭翊打怕了，也不敢像上次那樣直接來擄人，所以尋了這麼一個光明正大的由頭，大搖大擺地進了御史府。

柳御史設宴款待潘又斌，酒過三巡後，微醺的潘又斌搖搖晃晃地站起來，藉著更衣的理由走出前廳。

長生正在廚房後的菜地裡澆水，忽然覺得後背發涼，好像有嗜血的猛獸用貪婪的目光窺視著他，他悚然回頭，對上潘又斌陰冷的雙眼。

潘又斌站在幾步開外的樹下，明明此時豔陽高照，周圍的空氣卻因他的存在而生出陰冷之感，他所在的地方就是陽光都照不進的黑暗角落。

曾經的傷痛和噩夢驟然湧進長生的腦海，他彷彿又置身那種絕望無助的境地，那是最深沈的痛苦和無法釋懷的傷害。

長生感到渾身發抖，腦中嗡嗡作響，聽不見周圍的聲音，只能聽見自己如鼓的心跳和急促的喘息聲。

他想逃跑，可偏偏挪動不了半步。

潘又斌盯著長生瞬間變得蒼白的面龐，緩緩勾起嘴角，露出一抹得意的笑容。他伸出手指了指長生，又收攏手指握成拳，好像要把長生攥在掌心一般。

長生像被扼住咽喉一樣喘不過氣，直到一個小廝過來請潘又斌歸席，潘又斌才轉身離去。

長生長長地吐出一口氣，後背的衣裳都被冷汗浸濕，他這才發現嘴裡瀰漫一股腥甜，竟是不知不覺中咬破了嘴唇。

趙大玲找到長生的時候，見他蜷縮在柴堆的角落裡，面色慘白，嘴唇破了，唇角還有未擦淨的血漬。她心疼地抹去他臉上已經乾涸的血跡，張開手臂將他抱在懷裡，感覺到他在微微發抖。

在她得知來送聘禮的是潘又斌後，就一路跑過來找長生，她知道潘又斌是長生最不能觸及的夢魘，此刻說什麼都無濟於事。

她只是默默地抱著長生，用自己的體溫去溫暖他冰冷的身體，心痛得恨不得立刻拿刀去捅那姓潘的禽獸。

直到太陽漸漸西落，沐浴在晚霞中的長生才在趙大玲的懷中漸漸放鬆。

「對不起，我沒想到自己會這樣，我以為我只是恨他，卻沒料到竟然如此恐懼。」他喃喃說著，聲音依舊虛弱，好像一陣風就能吹散。「我是不是很沒用？」

「不是的。」趙大玲感覺鼻子發酸，她輕撫著他瘦削的後背。「你夠堅強、夠勇敢，才能在那樣的折磨中活下來，這是一般人都做不到的。因為那個人曾經殘忍地傷害過你，所以再見到他時，你會感到恐懼，這是一種下意識的反應，不是你能控制的。」

「他將我綁起來，堵住我的嘴不讓我自盡，然後折磨了我兩天兩夜；他打斷我的腿，我聽見自己骨頭折斷的聲音，竟然是清脆的，彷彿折斷的不過是一節樹枝。然後我看見鋸齒狀的腿骨從皮肉裡戳出來，那一刻，我感受到的不是疼痛，而是恐懼。」長生的聲音乾啞，他從來沒說過在潘又斌手裡的遭遇，無數個夜晚他會在噩夢中驚醒，看著烏黑的屋頂再難入睡，因為他懼怕回到夢境中，寧可睜眼到天亮。他從沒向任何人提起過，但此刻他卻像個無助的孩子，在情人懷裡訴說著自己的恐懼和軟弱。

趙大玲緊緊抱著長生，恨不得為他受這些苦。她眼淚落下，滴在他的身上。「我知道，長生，我都知道。一切都過去了，他再也不能傷害你，我也不許他再傷害你。」

長生感到脖頸一陣溫熱，那眼淚彷彿滲透了他的肌膚，烙燙了他的肺腑，同時也溫暖了他的體溫。

她一遍遍地吻他冰涼的唇，溫柔卻堅定地用舌尖撬開他閉緊的牙關，直到他下意識地回應。

天色漸晚，柴房中漸漸暗了下來，只能看到對方如剪影般的輪廓。兩個擁抱在一起的人從親吻中傳遞著刻骨銘心的愛意，給予對方戰勝一切的勇氣和力量……

潘又斌回到慶國公府後煩躁不已，臉上烏雲密布，兩道略微寡淡的眉毛緊緊擰在一起，眉心隆成一個川字。

府裡的下人看到他這副模樣都小心翼翼，低眉順眼，大氣都不敢出，生怕被他注意到，引來滅頂之災。

潘又斌一把扯下身上的披風扔在地上。「人呢？都死哪兒去了？」

他的聲音並不大，也不見多狠戾，彷彿像在說家常一樣，然而熟悉他的下人都知道，他若是橫眉立目發起火來還好，不過是打罵下人一頓，或者砸毀屋裡的東西出氣，可他越是平靜就越是可怕，好像表面波瀾不興的暗河，水面下波濤洶湧，隨時會將人吞噬。

貼身伺候的丫鬟小婉顫巍巍地過來伺候潘又斌更衣，纖細的手指好像蝴蝶的翅膀，顫抖著去解他身上的衣帶。

先前的丫鬟死了一波又一波，小婉才調到潘又斌身邊伺候沒幾天，服侍起他來還很生疏，好不容易脫下外衣，換上一件淺褐色繡寶相紋的家常衣服，小婉微微吁了一口氣，踮起腳尖替他摘掉頭上的金冠。

小婉細眉細眼，姿色平常，潘又斌本嫌棄小婉不夠美貌，引不起多大的興趣，誰知一低頭，正好看見她手托金冠，一雙纖纖素手好似半透明的白玉雕成的，圓圓的指甲是淡粉色的，帶著晶瑩的光澤。

潘又斌頓感一股邪火從心底拱了上來，加上今天喝了不少酒，越發覺得一陣陣的難耐，未等小婉替他把頭髮重新綰好，便一把握住了她纖細的手腕。

小婉驚恐地瞪大眼睛，不知所措地看著面前披頭散髮如同惡魔一般的潘又斌，彷彿被獵物逼到角落裡的小動物，瑟瑟地發抖，帶著哭腔道：「世……世子爺，奴婢給您泡壺熱茶來，您……先潤潤嗓子。」

潘又斌揚起一邊嘴角，挨個撫著小婉紅潤的指甲。「本世子現在不想喝茶，只想看看妳這水蔥一樣的手指如果沒有指甲的保護，會是什麼樣子。」

說完不顧小婉的哀鳴，順手從旁邊拿起剛解下來的腰帶捆住了小婉的雙手，單手扯著她的髮髻，將她扔在了床上。

床頭的抽屜被拉開，裡面擺著各種形狀的匕首和刀具，每一把都閃爍著刺眼的寒芒。潘又斌興奮地挑選著，手指在每把刀的刀柄上滑過，最終拿起一把刀刃薄如蟬翼的小刀。

房中傳來小婉哀哀的祈求，接著是令人血凝的慘叫，再後來變成若有似無、支離破碎的呻吟，最終歸於平靜……

潘又斌漠然地看著床上染滿鮮血、一動不動的胴體，叫進兩個小廝將已經沒了呼吸的小婉抬出去。

太沒意思了，這個女孩除了不停慘叫，就是哭泣著求饒。疼痛不會置人於死地，他也控制著沒有讓她失血過多，所以她最後就是嚇破了膽而死的，這讓他絲毫體驗不到挑戰的樂趣和征服的快感。

兩個丫鬟進來換掉了沾滿鮮血的被褥，潘又斌有些懊惱又弄髒了自己的床，這已經是這兩個月來第三次毀了床上的寢具，早知道就換一間屋子了。

至於地下的那間囚室，自從上次蕭翊闖進去將顧紹恆劫走，他就再也沒用過，他要把那間囚室封存起來留給顧紹恆，只有顧紹恆才配得上他精心打造的那間囚室。

想到顧紹恆，潘又斌眼中燃起渴望的火焰。記憶中那緊繃的軀體、不屈的眼神，和寧可咬碎牙也不肯發出一絲呻吟的倔強都深深刺激著他施虐的慾望，那才叫棋逢對手，勢均力敵。

潘又斌摩挲著滿是鮮血的手指，感受著那種滑膩黏稠的觸感，幻想著這是從顧紹恆身上流出的血液。他忍不住陶醉地伸出舌頭舔了一下染血的手指，鮮血的味道讓他感到興奮，同時又有種深深的空虛感。

太子和柳惜桐的婚事訂在兩個月之後，也就是說，到時候才能讓顧紹恆作為陪嫁的奴僕到太子府，他覺得自己無法等這麼長的時間，他必須想個辦法，盡快得到顧紹恆才行。

柳御史下朝回府後，剛要到梅姨娘的屋子歇息，就見有小丫鬟過來回話。

「老爺，夫人請您過去一趟。」

自從柳惜桐即將成為太子側妃後，汪氏就一直稱病，籌備嫁妝的事都由梅姨娘來操持。對於這點，柳御史也頗有微詞，所以這幾天都歇在了梅姨娘這裡，可今日既然汪氏來請，總是要給嫡妻這個面子，便換了家常服來到了汪氏的院子。

汪氏原本還想拿喬，不理自家老爺，可是今日的事情卻讓她不得不跟老爺商量。

兩個人不痛不癢地閒聊了幾句，汪氏才向柳御史道：「老爺，今日康泊侯夫人來府上做客，跟妾身聊了一個多時辰。」

柳御史喝了口暖胃的薑茶，不解地問：「康泊侯與咱們府上一向來往不算密切，這不年不節的，怎麼想起來過來跟妳閒聊，是不是有什麼事來商量的？」

「可不是嗎？」夫人笑道。「閒談了半天，原來是來探咱們口風的。康泊侯夫人是皇后娘娘的姨表妹，與慶國公府也來往甚密，今日登門旁敲側擊的就是來說慶國公世子潘又斌的婚事。」

「怪不得我今日下朝，在宮外見到慶國公，他竟然拉著我攀談了許久，弄得我莫名其妙。」柳御史恍然大悟。「原來是想替他兒子求親。」

「慶國公就潘又斌這麼一個兒子，妾身記得潘又斌曾娶了定遠侯的女兒為妻，可惜那姑娘福薄，娶進門沒多久就死了。算起來潘世子已經鰥居兩年，也該娶個續弦，要妾身說，慶國公世子妃的名頭也夠響亮，若是能與咱們府上結親，那也是好事。」汪氏親自為柳御史將茶杯斟滿。「今日康泊侯夫人親自登門，肯定是受了慶國公府的囑託，妾身說了活話，只說這件事還要跟老夫人和老爺您商量商量。康泊侯夫人臨走時說了，就等咱們回話，若是行的話，慶國公府就上門來議親。若要妾身來說，這件事推託不得，若是推了，豈不是得罪了背後的皇后娘娘？這個罪名咱們可擔待不起。」

柳御史皺眉道：「兩年前慶國公府傳出消息，世子妃染了時疫暴斃，說是怕屍身仍帶著疫毒，連屍首都沒讓世子妃的父親定遠侯看一眼就草草火化了。這朝中誰不知道潘又斌有那見不得人的嗜好，沒人再敢把女兒嫁給他，他也一直聲色犬馬，所以就沒有續弦。如今竟然打起咱們家幾個姑娘的主意，我擔心……」

「老爺有什麼好擔心的？」汪氏不以為然。「那是定遠侯家的女兒命短福薄，染上時疫去了。雖然京城中許多流言蜚語，說世子妃是被潘又斌打死的，可妾身就不信了，慶國公府還敢暗地裡害死世子妃不成？市井上的傳言如何信得？若說潘世子的嗜好，我也隱隱有所耳聞，不過是公子哥兒的小毛病，圖個新鮮有趣，娶了正妻，定下心性，自然就好了。」

柳御史瞥了汪氏一眼。「當日潘又斌擄走顧紹佪，不過半日，送回來時已經奄奄一息，不成人樣，將女兒嫁給這樣的人家，我不免心中忐忑。」

「顧家一向不敬太子，潘又斌與顧家結怨也是情理之中的事。再說那顧紹佪是罪奴，本就賤命一條，死了也沒什麼打緊，但咱們柳府的女兒嫁進慶國公府是做世子妃的，那是正經八百的主子，慶國公世子也會敬著正妃。再說句糟心的話，若不是市井傳言對潘又斌不利，這樣的姻緣還輪不到咱們家呢。」汪氏笑吟吟地道。

柳御史緊蹙的眉頭微微展開，心中已被說動。「如此說來倒是一門好親事，只是桐兒已經是太子側妃，若是咱們府裡再出一個慶國公世子妃，那咱們徹底算是太子這邊的人了。」

提起柳惜桐，汪氏就心口疼。「皇上再看重晉王又如何？太子終究是要繼承大統的，如今跟太子殿下站在一邊肯定只有好處，等到太子當政，你這個國丈就是心腹元老。只可惜讓四丫頭搶了慈兒的側妃之位，畢竟是個庶出，將來即便封妃，身分也不好聽。」

汪氏依舊義憤填膺，忍不住藉此向柳御史抱怨。

柳御史不耐煩地揮揮手。「皇后已經指婚，不管嫡庶，都是柳家的女兒。桐兒乖巧可人，不像慈兒那般刻板，想來更能得到太子的寵愛。況且嫡庶雖有差異，但對於天家來說，咱們御史府的姑娘都是高攀了，能得到太子寵愛比什麼都重要。」

汪氏撇撇嘴，仍是不服氣。

柳御史見汪氏不再說話，又勸慰道：「妳不是一直為慈兒的親事著急嗎？眼下就有慶國公府這門姻緣，桐兒雖嫁給太子，卻只是個側妃，屈居人下。慈兒若是能進慶國公府，那可是世子妃，將來的國公夫人，這臉面絕對夠了。」

「那可不行！」汪氏一口回絕。「當日太子殿下到咱們府上是仰慕慈兒的才名而來，這件事人盡皆知，咱們若是把跟太子有往來的慈兒嫁給慶國公世子，太子與潘又斌關係密切，將來家宴或宮宴，肯定會帶著家眷一同前往，要是遇上了難免尷尬。」

柳御史猶豫了一下。「那就五丫頭棠兒吧。」

「五丫頭的容貌和才智都不是頂尖的，為人又木訥，這樣的資質入國公府做當家主母豈能服眾？」汪氏又否定道。

柳御史也有些無奈。「那妳說誰適合？」

汪氏心中冷笑，慢悠悠道：「不是還有妍兒嗎？她年紀也不小了，只比慈兒小幾個月，模樣周正，人也伶俐能幹，只是這庶出的身分有些棘手。這些日子妾身正愁著很難給她找個配得上她的人家，好多高門大戶娶正妻都要挑個嫡女，妾身今天特意問了康泊侯夫人，慶國公府放話了，因是娶的是續弦，所以不挑嫡庶，而且那潘世子也是青年才俊，一表人才，兩個人站在一起肯定跟一對璧人一樣，這真是打著燈籠也求不來的好姻緣。」

柳御史還是忌諱潘又斌的名聲。「哪有先嫁妹妹、後嫁姊姊的道理？四丫頭那是皇后指的婚，只能領旨謝恩，但是咱們自己府裡議親，不能不顧這嫡長的順序，免得讓人笑話。」

汪氏氣得嘴裡發苦。說來說去柳御史還是捨不得將最喜歡的三女兒嫁給名聲不好的潘又斌，恨不得把嫡出二女兒嫁過去，這讓她異常憤怒。難道只有那個舞姬的女兒才是他的女兒，卻對嫡出的二女兒視而不見嗎？

汪氏慢悠悠道：「若說嫡長順序，府裡還有一個老夫人的義女待字閨中呢，難道因為她這個名義上的姑姑沒嫁人，府裡的幾位小姐就都不嫁人了？再說妾身已經為慈兒相中了康泊侯家的次子，在宮中擔任五品侍衛，如此就把二姑娘和三姑娘的婚事一起訂了，這樣總不會有人說姊妹先嫁後嫁的問題了吧！」

柳御史一時語塞，想了想妥協道：「也罷，妍兒比慈兒機靈，知道如何應對。那府裡幾個姑娘的親事妳就多費心吧。」

言罷便起身拍拍屁股走人，八成又去了梅姨娘那裡。

汪氏嘴角浮現一絲冷酷的笑意，幾天來盤踞在胸中的抑鬱之氣終於理順了。柳惜妍不過是個供人玩樂的女人生的孩子，跟她娘一樣的下賤，用來聯姻嫁給世子已經是她天大的造化。庶女就是庶女，還能翻上天去不成？一道懿旨便宜了柳惜桐，她說什麼也不能再讓柳惜妍得意，給她一個看似風光、實則受罪的親事，汪氏都等不及看那對礙眼的母女抱頭痛哭的樣子了。

當晚柳御史與梅姨娘提起這件事，這次一向千依百順的梅姨娘為了女兒真的是豁出去了，抓著柳御史的衣袖哀哀地哭泣，大滴的淚珠噼哩啪啦地往下掉，死活不同意。

「京城中都知道潘府隔幾天就會抬出被他虐死的人，虎毒尚且不食子，老爺真的要把妍兒往火坑裡推嗎？」

柳御史有些不自在。「耳聽為虛，眼見為實，外頭的傳言如何信得？」

「傳言？」梅姨娘冷笑。「那外院廚房裡的小廝從潘府抬回來的時候，老爺總是看見了吧？遍體鱗傷、體無完膚，癡傻了那麼久才醒過來。讓妍兒嫁給這樣的人，我死都不會同意的。」

柳御史有氣無力地安慰道：「潘世子對下人打罵也是有的，可是妍兒嫁過去就是世子妃，府中幾個姑娘就數她的名分最高。」

「世子妃又如何？潘又斌的原配還是定遠侯的女兒呢，成親沒幾個月就死得不明不白，定遠侯一直對這件事耿耿於懷，只是苦於沒有抓到潘又斌的把柄罷了。再者，位分高有什麼用？」梅姨娘撕心裂肺地哭道：「若真是一門好姻緣，汪氏為何不把二小姐嫁過去？」

梅姨娘哭鬧了一晚上，柳惜妍也跪在屋外哭得梨花帶雨，死活不肯起來。

柳御史看著哭成淚人兒的梅姨娘和嬌花一樣的女兒，又有些動搖，敷衍道：「橫豎還沒有定案呢，妳們容我再想想。」

梅姨娘屋裡的話傳到汪氏耳朵裡，氣得她將手裡的天青色蟬翼紋茶盞摜在了地上，隨著清脆的聲響，濺起一地的碎瓷片。「狐媚子！只會用這等一哭二鬧三上吊的下三濫手段，竟還敢鼓動老爺將慈兒嫁給潘又斌，她以為自己管了兩天家就能在這府裡指手畫腳，橫著走了嗎？」

柳惜慈正在汪氏這裡，聞言色變。「娘，不是說了讓柳惜妍嫁給那個潘又斌嗎？我一早聽說他不正常，府裡總是死人，這樣的人我可不嫁。讓三丫頭嫁給那個禽獸去，她賤皮賤肉的不怕那零碎折磨。」

汪氏心疼不已，摟過柳惜慈道：「我的兒，妳放心，娘絕對不會把妳嫁給潘又斌的。娘已經替妳相中了康泊侯家的次子方瑾涵，人長得英挺，年紀輕輕已經是宮中五品侍衛，倚靠著皇后娘娘的勢力肯定能平步青雲。康泊侯夫人既然來替潘又斌求親，娘就跟她提了妳和方瑾涵的事，康泊侯夫人點頭應了，說只要三丫頭和潘世子的親事及早定下，就來咱們府上替她二兒子向妳提親。」

柳惜慈紅著眼眶，跺腳道：「可若是爹爹心疼那個賤丫頭，要我代替她怎麼辦？娘，妳想個辦法，讓那姓潘的只能娶柳惜妍，最好是讓柳惜妍被那姓潘的看到，毀了清白，她就只能嫁他了。」

汪氏心念一動，撫著柳惜慈的頭髮。「還是我兒聰慧，反正三丫頭也是狐媚子投生的，潘又斌見了她沒有不動心的道理，我再來個捉姦，讓他們兩個想不成親都不行。」

柳惜慈這才露出笑容，撒嬌道：「還是娘疼我。」

汪氏叫來心腹范嬤嬤，壓低聲音問道：「有沒有什麼法子可以讓柳惜妍吃個啞巴虧，不得不嫁給潘又斌？」

范嬤嬤心領神會。「有倒是有。奴婢的男人以前在藥房裡做過學徒，知道些密藥的配方，奴婢只擔心三小姐沒臉了，會累及御史府的聲譽。」

汪氏冷哼一聲。「做得隱蔽些就是了，把那賤人的女兒和潘又斌放在一塊兒，咱們抓準時機衝進去，梅氏那個賤人為了女兒的名聲著想，說不定還得求著我趕緊把婚事定下來呢！潘又斌為了慶國公府的顏面也不會聲張，再說那賤丫頭隨她娘，皮相不錯，潘又斌得了個美人，自然高興。」

范嬤嬤臉上堆起獻媚的笑容。「還是夫人您想得周全，如此一來，老爺就算不樂意這門親事也沒辦法，要怪只能怪三小姐不知檢點。」

汪氏眼中寒芒一現。「老爺耳根子軟，禁不住梅氏那個賤人幾滴眼淚，說不定真會拿慈兒換了那賤人的女兒，我不得不防。只有把三丫頭和潘世子的婚事坐實了我才能安心，也好跟康泊侯夫人商議慈兒和方家次子的親事。」

幾天後便是老夫人六十歲壽辰，如今御史府出了個太子側妃，自然是今非昔比，水漲船高，前來賀壽的人幾乎踏破了御史府的門檻。

府中準備的酒席根本不夠，馬管家又臨時到「同德樓」訂了六桌席面送到府中才勉強應付得來。

太子蕭衍雖未出席，但一早派人送來了壽禮，算是給足了御史府面子。然而更讓大家感到驚訝的是，蕭翊和潘又斌都來了，還同坐在一張桌子前。

如此不搭的兩個人冷冷地對視了一眼，大廳裡的氣溫驟降了好幾度，眾人怕傷及無辜，都遠遠地躲開。

潘又斌率先打破沈默，陰陽怪氣道：「沒想到能在這宴客的大廳裡見到晉王殿下，您往日不都是往御史府的柴房裡鑽嗎？」

群眾的目光全「嗖」地射向蕭翊，這句話裡有明顯的暗示，彷彿有某種見不得人的事情呼之欲出。

只有蕭翊知道潘又斌其實是在諷刺他常常偷偷來找長生，但他也沒辯駁，只是斜睨了潘又斌一眼。「本王也正納悶呢，怎麼壽宴裡混進來一隻畜生？」

潘又斌勃然而怒，拍案而起。「蕭三兒，你罵誰畜生?!」

潘又斌在盛怒下叫了蕭翊的排行，蕭翊撇撇嘴，怎麼聽著跟「小三兒」一樣？他也沒含糊，冷笑道：「畜生自己跳出來領這名號，還算是有自知之明。」

於是兩個人陷入了「誰是畜生」的口水戰中，聽得眾人直掏耳朵。潘又斌也就罷了，一向是個混世魔王，肚子裡沒什麼墨水，可怎麼連晉王也如此幼稚，竟然跟這麼個人打起嘴仗，實在是自貶身價。

潘又斌帶來的兩個死黨——白硯平和王庭辛，一唱一和地跟著敲邊鼓，最後蕭翊忍無可忍，拍案而起，怒道：「本王寧可去外面吹風也不屑於跟你們這幾個禽獸小人同坐！」言罷便拂袖走出了前廳。

潘又斌見蕭翊走了，心中冷笑不已。蕭翊明顯是找茬離席，肯定又是去柴房找顧紹恆和那個燒火丫頭了。

席間，一個滿臉橫肉的僕婦過來傳話，說是老夫人有請，要當面謝過世子來參加壽宴。潘又斌知道這是老夫人要相看孫女婿，他本對御史府的幾位小姐都不感興趣，不過是為了盡早得到顧紹恆罷了，但老夫人這個面子還是要給的，因此懶洋洋地點頭應了。

他朝兩旁勾勾指頭，白硯平和王庭辛立刻湊上前，潘又斌向他們二人低聲道：「太子最近為蕭翊這小子的事挺煩心，他藉故離席肯定是去找顧紹恆和那個來路不明的趙大玲，你們兩個去跟著他，最好帶著幾個在朝中說得上話的人，要是能聽見他們幾個密謀什麼，說不定就能在朝中參他一本，這可是立功的好機會。」

白硯平和王庭辛心領神會地點點頭，招呼了朝中幾個有官職的道：「喝酒喝得上頭了，出去轉轉，聽說御史府的景緻不錯，園子雖不大，但是布局頗有巧思，正好去欣賞欣賞。」

潘又斌看著幾個人呼朋引伴地出了門，這才起身跟隨引路的僕婦前往內院。

一想到不久之後便能完全得到顧紹恆，他就覺得渾身的血液都在沸騰、叫囂，最好白硯平他們那邊能抓到蕭翊的把柄，除掉這個礙眼的，這樣就更可以高枕無憂了。

僕婦領著潘又斌穿過花園，來到一間清靜的屋子裡，恭敬道：「世子爺請在這裡稍微歇息一會兒，老夫人那邊未出閣的姑娘多，奴婢先去稟報一聲，讓姑娘們迴避，再來請您進去。」

潘又斌無可無不可地點點頭，那僕婦便掩門離去。

潘又斌左顧右盼，見這屋子布置得頗為典雅精緻，一套牡丹團刻紫檀椅，旁邊的几案上擺著一只粉彩牡丹紋瓷瓶，裡頭插著幾枝金絲皇菊，金燦燦的花朵足有碗口那麼大。旁邊的錯金螭獸熏香爐中焚著香，淡青色的煙霧從獸口中嫋嫋飄出，屋內一絲甜香若有似無，聞之銷魂欲醉。

潘又斌看到左邊掛著一道淡粉色的水晶珠簾，珠簾後是一間臥房。他走過去撥開珠簾，臥房裡擺放著一張檀香木雕花滴水大床，床上掛著水紅色的紗帳，帳內朦朦朧朧的看不真切，但有一把青絲自帳內蜿蜒而出，順著床沿垂下，幾欲委地。

潘又斌本是風月老手，更是柳巷花樓裡的常客，什麼香豔場面沒見過？按理說不會如青澀的毛頭小子一般急色，然而這會兒卻鬼使神差地感到一股熱流自小腹下直衝腦門，渾身都燥熱起來，好像一隻小手在心裡撓。

他上前掀開紗帳，只見一女子趴伏在床上，看不見面貌。她衣裳凌亂，香肩裸露，看上去還算白皙，在水紅色的紗帳映襯下，顯出桃花色的粉潤光澤。

彷彿是受到蠱惑般，潘又斌伸手探去，那具身體肌膚細膩，手感還是不錯的。他渾身的血液都湧到腦部，眼前漫過一層紅霧，忍不住俯身向下，在女子赤裸的肩膀上咬了一口，留下深深的齒痕。

鮮血染紅了他的牙齒，血腥味讓他精神一振，癡迷不已，越發忘記了身在何處，只沈淪在感官的刺激之中。

被咬的女子迷糊著尖叫了一聲，聲音淒厲，下意識伸手去推身後的人。

潘又斌用一隻手將女子的雙手攥在背後，讓她動彈不得，接著空出另一隻手撕扯她身上的衣裳，見她掙扎欲叫，便扯下她身上的一塊衣襟塞進她嘴裡。

那女子徒勞地在床上扭動著，嘴巴因為被堵住，只能發出「嗚嗚」的呻吟聲。

趙大玲以老夫人義女的身分，帶著幾名京城中的閨秀在花園中遊覽賞花，其中有早前在詩會上結識的王若馨和李柔萱，還有英國公家的小女兒周怡臻。

柳府嫡出的大小姐柳惜然在幾年前嫁給英國公世子周傲林當側室，世子妃身體一直不好，年初的時候油盡燈枯去世了，沒多久柳惜然就被診出懷了身孕，如今已是臨盆在即。現在柳府越發得勢，英國公一家有心將柳惜然扶正，只等她生完孩子便向柳府提出這件事，所以這次老夫人壽宴，雖然柳惜然無法回到御史府，但英國公夫人帶著小女兒一起前來為老夫人賀壽，老夫人也明白英國公家的意思，心中自是欣喜，特意囑咐趙大玲好好照顧周怡臻。

雖已是深秋時節，但府中的花草打理得好，菊花仍綻放著，奼紫嫣紅，妝點了秋日的風景。

趙大玲指著不遠處幾株盛開的木芙蓉，笑道：「菊花也就罷了，難得那幾株木芙蓉密密麻麻地開了一樹，卻是不得不賞的。」

王若馨和李柔萱一向看不起趙大玲的身世，神色淡淡的，只有十五歲的周怡臻天真浪漫，還是孩子心態，撲閃著大眼睛道：「靈幽姑姑，咱們過去看看，若能簪一朵鮮花，比這滿頭的珠翠更應景呢！」

周怡臻沒有計較趙大玲以前的身分，因著趙大玲是小嫂的姑姑這層親戚關係，對趙大玲頗為親熱，一口一個「靈幽姑姑」地叫著，引得其他幾位閨秀無奈撇嘴，這輩分落下去，可就長不起來了。

趙大玲也喜歡這個活潑可愛的姑娘，牽著周怡臻的手來到木芙蓉跟前，摘下一朵深粉色的木芙蓉簪在周怡臻烏黑的髮髻旁，看她笑彎了眼睛，也覺得開心。

其他幾位閨秀無可無不可地跟著過來，見一樹的深粉淺粉，繁花似錦，也起了愛美之心，每個人挑選著摘了一朵。

園子那頭開始有零星的鑼鼓點兒敲起，周怡臻扭頭看去，遠遠的只能看見高高的戲臺一角。

「為老夫人賀壽的戲班子都到了，怕是就要開始了，靈幽姑姑，咱們看戲去吧。」

正說著，汪氏就扶著范嬤嬤的手從園中的小路上走了過來。

趙大玲屈腿行禮。「嫂嫂沒在母親那裡，怎麼到園中來了？今日客人多，要是有什麼忙不過來的，嫂嫂儘管吩咐，母親的壽宴，我這個做乾女兒的能幫幫忙、盡盡孝心也算母親沒有白疼惜我。」

汪氏氣得咬牙。沒想到這個趙大玲好死不死地偏在這個時候帶著閨秀們過來。

幾位閨秀也與汪氏見過禮，汪氏的神色有些不大自然，冷著臉向趙大玲道：「妳照顧好幾位小姐就是替我分憂了，戲臺子那邊的大戲馬上就要開始，妳帶著幾位小姐去看戲吧。」

「這就開始了呀，那我們可得早點兒過去。」趙大玲左顧右盼。「三小姐最是愛聽戲的，不知這會兒跑哪兒去了？我有好一會兒沒見到她了。」

汪氏心中得意，面上卻不顯露出來，只閒閒地彈了彈長長的指甲。

一旁的范嬤嬤皮笑肉不笑地道：「府中的幾位小姐都在老夫人跟前盡孝呢，可沒有妳這位半路小姐悠閒。」

趙大玲也不惱，笑吟吟道：「原來是這樣，那我們先看戲去了。范嬤嬤若是見到三小姐，就告訴她趕緊過去。」

趙大玲帶著眾位小姐正要離開，就聽木芙蓉花樹後面的屋子裡傳出一聲女人的尖叫，聲音甚是淒厲。她停下腳步，狐疑地轉身。「什麼聲音？」

汪氏原打算要自己進去捉姦的，她不想把這件事鬧得太大，畢竟丟的是御史府的臉，便敷衍道：「也許是哪個小戲子吊嗓子呢，戲班子馬上要開始唱戲了，妳們再不去可是會錯過了。」

趙大玲詫異地挑挑眉毛。「戲班子的人都在園子那頭呢，怎麼跑到這邊吊嗓子來了？」

周怡臻年紀小，膽子也小，白著臉小聲道：「我怎麼聽著不像是唱戲的，聲音尖利得很。」

趙大玲聞言也畏懼地退後一步，面上做出害怕的表情，神秘兮兮道：「我也覺得不像是唱戲的，別是這個地方不乾淨，有女鬼吧！」

周怡臻倒抽了一口涼氣，越發嚇得小臉刷白。

李柔萱早就看不慣周怡臻這堂堂英國公府的小姐卻跟趙大玲這個燒火丫頭這麼親近，更看不慣趙大玲跟她們平起平坐，輩分還高了一輩，便冷笑道：「根本是危言聳聽，青天白日的哪來的女鬼？沐猴而冠地做了御史府的小姐，卻還是脫不了小家子氣的見識。」

王若馨一向與李柔萱交好，力挺閨密。「我也不信有鬼，咱們進去瞧瞧。」

汪氏見她們二人走過去就要推門，心中焦急萬分，范嬤嬤小聲安慰道：「夫人別急，即便鬧出來，丟的也是三小姐的臉，鬧大了說不定老爺一氣之下連著梅姨娘一起處置了呢。」

汪氏氣惱道：「先顧不得那個，妳快去進屋把迷香滅了藏起來。」

范嬤嬤立刻警醒過來，緊跑了兩步，一把推開正在推門的李柔萱，率先衝進屋內。

李柔萱和王若馨面面相覷。「這婆子瘋魔了嗎？」一邊嘀咕著一邊舉步往裡走。

周怡臻雖然膽小，但好奇心重，也躍躍欲試，卻被趙大玲一把拉住，扭著手不讓她進去。「妳年紀小，別跟著她們瞎鬧，在這兒等著就好。」

汪氏剛到門口，就聽見屋內響起王若馨和李柔萱的尖叫聲，緊接著迎面就撞上了摀著眼睛奪門而出的兩人，汪氏猝不及防，被撞了一個跟頭，倒在地上呻吟。

跑到外頭的王若馨和李柔萱摀臉痛哭，遠遠地看見老夫人帶著一眾命婦和親貴女眷去戲臺子那邊看戲，便撒腿跑過去找自己的家人哭訴，好像受到了奇恥大辱一般。

幾位官家夫人忙著安慰李柔萱和王若馨，詢問出了何事？二人哭得泣不成聲，口齒不清地道：「柳家好不要臉……我們不要再待在這個地方……嗚嗚……」

老夫人聽見後，拄著枴杖朝汪氏這頭走過來，趙大玲默默地走上前攙扶著老夫人的胳膊。

「這是怎麼了？」老夫人嚴厲地看了倒在地上的汪氏一眼。

范嬤嬤跑出來攙扶起汪氏，汪氏扶著扭傷的腰，一臉的痛心疾首，壓低聲音道：「母親還是別問了，家醜不可外揚，回頭過完壽宴，媳婦再向您告罪。」

老夫人惱怒道：「現在說這個已經晚了！」

屋內又傳來一陣女子的嗚咽聲。此刻房門大開，范嬤嬤為了驅散屋內迷煙的香味，出來時並未關門，從洞開的大門隱隱可以看到珠簾後頭一片狼藉，有兩個人影在床榻上糾纏。

老夫人感到一陣天旋地轉，要不是趙大玲扶著她的胳膊，差點兒就摔在了地上。

周怡臻好奇地伸頭欲看，卻被上前而來的英國公夫人一把拉到跟前，黑著臉向隨行的僕婦道：「馬上送小姐回府，一刻也不要停留。」

各家也意識到事態嚴重，讓自己府裡的人將自家的幾位小姐送走。就在此時，一名僕婦匆匆跑過來，神色慌亂地跪在老夫人面前。「老夫人，不好了，外院那邊幾位大人聚集在柴房門外，將……將晉王殿下堵在了柴房裡。」

老夫人勉強穩住身形，納悶道：「晉王殿下去柴房幹什麼？」

那僕婦迎向老夫人詢問的目光，吭哧了半天才硬著頭皮道：「柴房裡還有一個人跟晉王殿下在一起，是……是三小姐。」

老夫人腳下一趔趄。一波未平一波又起，眼前的事還沒搞清楚，那邊竟然又出現一樁醜聞，未出閣的姑娘竟然跟一個男人被別人堵在柴房裡！

汪氏愣愣地聽著，忽然反應過來。三小姐和晉王在柴房裡？那這屋裡跟潘又斌在一起的是誰？

她心中湧起不祥的預感，驚恐地看向范嬤嬤，後者也是丈二和尚摸不著頭腦，還給汪氏一個無辜的眼神。

汪氏一顆心直往下沈，鐵青著臉衝進屋裡，趙大玲也扶著老夫人進到屋內。

外面如此吵雜，完全沒有打擾到床榻上的潘又斌，他渾然忘我地壓著那具年輕的胴體，在女子的肌膚上留下了密布的齒痕和紅印。

眼前的情景讓所有進屋的人目瞪口呆，汪氏發出一聲淒厲的嚎叫，撲過去揪扯著床榻上的潘又斌，卻被潘又斌揮手一甩，摔了出去，一屁股坐在地上。

她披頭散髮地從地上爬起來，搖搖晃晃地又要撲過去。

趙大玲眼疾手快，抄起几案上的粉彩牡丹紋瓷瓶，抽出裡頭的金絲皇菊扔在地上，將花瓶裡的水兜頭澆在潘又斌的頭上。

潘又斌一個激靈，血紅色的雙眼稍見清明，一時不知身在何處，看著眼前的景物也是怔怔發著呆。

身下的女子乘機推開潘又斌，跌跌撞撞地從床上撲到地上，霞紅色繡著百蝶穿花圖案的錦衣被扯爛了，像碎布條一樣掛在身上，露出裡面同樣破爛的淡粉色肚兜。頭上的髮髻也散了，頭髮亂蓬蓬地披著，她光著腳踩在地上，嘴裡還塞著布，肩頭上一個齒痕滲著血絲，異常的刺眼。

因為極度驚恐，她瞪大了眼，眼珠彷彿要跳出眼眶一般，十分嚇人。忽然，她看到了同樣披頭散髮的汪氏，這才用力吐出嘴裡的破布，從沙啞的喉嚨中迸發出一聲撕心裂肺的呼喊。「娘——」

老夫人這才看清這個衣不蔽體的女子竟然是自家的二小姐柳惜慈！當下兩眼一翻，暈倒在趙大玲的臂彎裡。

# 第三十一章　退路

一夜之間，柳府淪為京城的笑柄。二小姐和三小姐同時出事，一個被女眷們看到與慶國公世子潘又斌在臥房中行苟且之事；一個與晉王私會時被朝中官員堵在了柴房裡。

柳府一下子從風光無限變成了眾人茶餘飯後的八卦，街頭巷尾都流傳著柳府裡的風流韻事。

「聽聞柳家三小姐和晉王被眾人堵在柴房裡，半天不敢開門，直到外面要砸門了，才遮遮掩掩地打開門，兩個人肯定沒做好事，要不然怎會這麼磨嘰？」

另一人神秘兮兮地道：「柳家三小姐算什麼，好歹打開門時，她和晉王身上的衣服還是齊整的，據說頭髮也一絲不亂。柳家二小姐才叫火辣，被人發現時，衣服都被扯爛了，只剩下粉紅色的肚兜，十分香豔。」

聽者搖搖頭。「一個也就罷了，兩個女兒都是如此，可見柳府家風不嚴，教導無方。」

「誰說不是呢！」旁邊的人附和道。「還朝廷的清流砥柱呢！竟然養出這樣傷風敗俗的女兒，丟人現眼。」

李柔萱和王若馨一對難姊難妹因為撞見了潘又斌和柳惜慈的醜事，失了閨譽，被家裡送到道觀清修，只能等過兩年風聲過去了，人們漸漸淡忘，才能再把她們兩個接回來。

兩個人除去珠釵華服，穿上素淡的布衣，一人只有一個貼身丫鬟跟隨，哭哭咧咧地上了馬車。一路上兩人抱頭痛哭，二八的青春年華卻要在清苦的道觀中虛度兩年，即便回來了，還不定能議上一門好親事。

柳府中更是焦頭爛額，老夫人氣病了，夫人汪氏整日以淚洗面，提起兩個親生女兒就痛哭流涕。

嫡出大小姐柳惜然被怒氣沖沖的英國公夫人斥責了一通。「妳自己的兩個親妹子如此不知羞恥，做出這樣下賤的事來，有柳府這樣的親家，讓我們英國公府如何在人前抬得起頭？幸虧妳那個姑姑攔著臻兒，沒讓她冒冒失失地闖進去，要不然臻兒的一輩子都要被毀了！看看李家和王家兩個姑娘是什麼下場，你們柳府裡唯一明白事理的只有這個不姓柳的姑姑！」

柳惜然羞憤難當，動了胎氣，當晚生下一個女兒，好在母女均安。

柳府得到消息，派人將要給新生外孫女的禮物送去，卻被英國公府扔在了門外，看來這是要跟柳府撇清關係了。

柳惜然指天誓日地聲稱要跟母家斷絕關係，英國公夫人才容她繼續待在府裡，沒有讓世子休掉她，但是經此一事，自然是不能再扶正做世子妃了。英國公夫人開始為世子物色續弦，最終選中了平昌郡主家的小女兒，只等先前的世子妃喪期滿一年便成親。

汪氏得知此事，更是恨得咬碎一口牙。本以為大女兒終於熬出頭，誰知卻遭遇飛來橫禍，到手的英國公世子妃之位也雞飛蛋打。

柳惜慈就更不必說了，整日尋死覓活，卻終是膽小也捨不得死。既然出了這種事，先前汪氏打算把三小姐嫁進慶國公府做世子妃就不可能了，只能讓二小姐嫁給潘又斌。

汪氏找來康泊侯夫人，康泊侯夫人心中暗自慶幸，幸虧還沒讓自家次子跟柳府二小姐議親，這種姑娘誰敢娶回去，沾染上都是要被人戳脊梁骨的，同時又忍不住露出幾分鄙夷。這個時候了竟還敢覥著臉要世子妃之位？於是向汪氏道：「慶國公府傳話出來了，柳二小姐這樣的姑娘可不配做世子妃。」

汪氏瞪大了眼睛，哆嗦著說不出話來，半天才悲鳴道：「慈兒的清白都被潘世子毀了，這麼多雙眼睛看著呢，他慶國公府怎麼能不認帳呢？這讓我們上哪兒講理去？要不然就讓我們老爺到皇上面前喊冤，告他潘世子姦淫民女！」

康泊侯夫人扶了扶髮髻上的八寶攢珠金簪，淡笑道：「御史夫人這話就說差了，但凡這種事哪裡有女家跳出來喊『姦淫』的？不過是兩個孩子一時糊塗做了錯事，能掩就掩下來吧，給自己也留些臉面。再說如今除了潘世子，妳家的二姑娘還有人敢娶嗎？」

汪氏一時語塞，氣焰也滅了不少，低聲下氣地哀求道：「我家慈兒都沒法做人了，這事怎麼說也是潘世子的責任，煩勞您好好再跟那頭說和說和。御史府的嫡女久負才名，又被他潘世子壞了名節，如今我們都不計較了，只求一個世子妃之位。」

康泊侯夫人瞥了汪氏一眼，面沈如水。「來柳府之前，我見到了潘世子，世子很想知道你們究竟使了什麼下三濫的手段？潘世子也是見過世面的，當時那屋子裡肯定是點了催情的迷香，要不然他怎麼會一進去就把持不住？這要是讓外頭知道御史府為了攀高枝下迷藥招女婿，御史府的名聲可就徹底完了。」

汪氏呆呆地張著嘴，卻說不出話來。

康泊侯夫人復又道：「別說世子冤枉了你們，晉王殿下當日是不是也著了你們的道？若只是潘世子，妳還可以喊冤，若是潘世子和晉王殿下一同站出來說御史府裡行事齷齪，妳說大家會信妳，還是會信潘世子和晉王殿下？」

汪氏徹底委頓了，好像洩了氣的皮球，身形也佝僂了下去。

康泊侯夫人起身拍了拍衣服。「慶國公府肯收妳家二姑娘已經是仁至義盡，妳也放心，雖然不是世子妃，但貴妾的名分還是有的。不過潘世子有一個條件，就是將妳府上的顧紹恆作為陪嫁的奴僕帶到慶國公府。」

二小姐的親事塵埃落定，慶國公府草草地過了聘禮。不過是一個妾室，只查了查黃曆，找個差不多的日子，一頂小轎把人抬過去就了事。

柳惜慈哭鬧著。「我不要嫁給他！他是畜生，不是人，他還咬我……」

柳御史沒等她說完，一巴掌將她搧倒在地上，怒罵道：「出了這等事，妳的清譽都毀了，柳府的顏面也丟盡，妳大姊姊的英國公世子妃也做不成，夫家差點兒休了她。如今我們唯一的指望就是太子殿下大人大量，不要退了妳四妹的婚事！」

柳惜慈滿眼的絕望，哀求道：「爹，我是冤枉的。壽宴當天，祖母讓趙大玲帶著來府中的幾位閨秀到園子裡逛逛，我懶得跟她們一處，便一個人待著，這時一個婆子說李侍郎家的小姐李柔萱在那邊的屋子裡等我，我以為她也是厭煩趙大玲便過去，誰知進了屋就覺得頭暈，然後就什麼都不知道了，再醒來的時候，就發現被一個陌生的男人壓著，女兒真的什麼錯事都沒有做……」

柳御史也覺不忍，畢竟是自己的女兒，受了這等屈辱，做父親的卻無可奈何，不覺放緩了聲音，語氣裡有著衰老和疲憊。「如今說冤枉也沒用，翻遍府裡也沒找到傳話的婆子，這個虧只有咬牙忍下；況且妳是在自己家裡出的事，難不成要告訴外人，妳是被自家人坑害的嗎？」

「可我就是被府裡的人坑害的啊！肯定是柳惜妍，她自己不願意嫁給潘又斌，所以使出這樣陰險的招數陷害女兒。」柳惜慈哭泣道：「爹，求您為女兒做主，不要把我嫁給那個潘世子，我願意像李柔萱和王若馨那樣住到道觀裡去，過兩年您再接我回來。」

柳御史黯然道：「妳與她們如何能一樣？躲是躲不過的，妳不嫁給潘世子，這輩子便沒人敢娶妳。妳嫁給潘世子，那點子事就成了你們夫妻之間的事，外人最多說妳之前行為不檢點，恥笑一陣也就罷了，但妳若在這個時候攀咬潘世子，說是他強迫妳的，不但會得罪慶國公府，還會得罪太子殿下，若是再影響了妳四妹的太子側妃之位，咱們柳府就真的沒有翻身之日了。」

柳惜慈的眼淚滑落，她知道她已經被父親、被柳府遺棄了。

柳御史疲憊地走出倚雲居，如今御史府深陷輿論的漩渦，朝中都是看笑話的人。老夫人病了，夫人汪氏也閉門不出，他只有在梅姨娘那裡才能得到片刻的安寧，可是一想到柳惜妍和晉王的事，他感到頭疼得更厲害了。

兩個女兒同時出事，這裡面有太多的蹊蹺，他轉身進了汪氏的院子。

汪氏咬死了對二小姐和三小姐的事不知情，柳御史也無可奈何，砸了一只雙耳冰裂紋瓷瓶後，便怒氣沖沖地出了汪氏的院子。

差點兒虛脫的汪氏倒在椅子裡，看著滿地的碎片，眼睛瞪得大大的，緊張地抓著范嬤嬤的手，好像瀕臨溺水的人抓著最後的浮木。

「他發現了……他發現了一些蛛絲馬跡，對嗎？他肯定懷疑是我在屋子裡放了催情的迷香……」

范嬤嬤一迭聲地安撫汪氏。「夫人，您自己可不能亂了套啊！老爺只是懷疑，所以才來詢問您，您不是什麼都沒承認嗎？老爺即便疑心，也是沒有證據的，您只要咬死了自己什麼都不知道，誰也不能拿您怎麼樣，您依舊是這御史府的女主人。」

汪氏大口地喘著氣，端起茶几上已經冷了的茶水，一股腦兒灌下去，才覺得好些，喃喃道：「他也不能確定就是我做的，因為我要害也不會害自己的女兒，而是梅姨娘那個狐狸精的女兒。」她直直地看著范嬤嬤。「明明應該是柳惜妍在那屋裡的，怎麼會變成了慈兒呢？」

范嬤嬤手指向天。「奴婢發誓，當時奴婢確實把三小姐騙進去了，見她暈倒，奴婢把她放在床上後才去請潘世子過來，奴婢也不知道最後三小姐怎麼跑到柴房去了，而咱們布置的屋裡卻變成了二小姐？」

汪氏眼中閃著駭人的亮光。「是趙大玲那個妖孽！當時是她帶著一群人圍在屋外，將本來可以瞞住的事弄得人盡皆知，肯定也是她將慈兒掉包的。這個歹毒的女人，害了我的慈兒，也害了我的然兒……」汪氏的手死死掐著范嬤嬤的手臂，嘶吼道：「一定是她！」

另一頭，柳御史與梅姨娘商量著將柳惜妍送到道觀中清修一陣，畢竟柳惜妍和晉王被人發現是清清白白，不像柳惜慈那麼難看。

柳惜妍走進屋子，直直地在柳御史和梅姨娘面前跪下。「父親、娘，女兒不孝，辜負了你們的信任和愛護，女兒對晉王殿下是真心的，晉王殿下他也喜歡女兒。那日我與他確實是在柴房私會，但是請爹娘放心，女兒跟他沒有做過苟且之事，我們只是交談幾句就突然被人堵住，女兒不為自己辯解什麼，只求父親疼惜女兒，讓女兒做晉王殿下的侍妾，女兒就心滿意足了。」

柳御史目瞪口呆地聽完柳惜妍所說的話，伸出一根手指指著她，哆嗦道：「妳……妳……」妳了半天卻說不出話來。

梅姨娘趕緊上前撫著柳御史的胸口，焦急道：「老爺您消消氣，別氣壞了身子。」

柳御史終於回過神來，痛心疾首道：「我堂堂從三品的御史，難道女兒一個、兩個的都要送出去做侍妾嗎？妳們肯丟這個人，我還丟不起呢！」

梅姨娘淚流滿面。「您就當成全孩子。妍兒已經失了名聲，不嫁晉王還能嫁給誰？」

柳御史見了梅姨娘的眼淚，也沒了脾氣，嘆氣道：「不光是名聲的問題，妳個婦道人家懂什麼？如今太子和晉王形同水火，桐兒被指給太子為側妃，慈兒又入潘府為妾，咱們等於是被綁在了太子這邊，這種形勢下，咱們不能跟晉王再扯上任何瓜葛。」

他看向跪在地上的柳惜妍，聲音復又冷硬起來。「所以妳也死了這條心吧，即便為父養妳一輩子，也不會將妳嫁給晉王蕭翊。」

柳御史言罷便甩手而去，剩下梅姨娘抱著柳惜妍痛哭失聲。

隔天在老夫人的屋裡，趙大玲盡心地照顧著老夫人，郎中來過給診了脈，開了藥，只說是「五神不寧而致病，以其盡力謀慮則肝勞，曲運神機則心勞」，趙大玲聽得也不是很明白，只能理解大概是說老夫人沒有什麼大礙，只是年歲大了禁不起刺激，不能勞心憂慮，所以要靜養。

對於老夫人病倒，趙大玲是深感內疚的。這個府裡，除了三小姐跟她要好，老夫人是第二個向她表達善意的人，不計較她婢女的身分，認她做義女，也沒有看不起她，反而在其他幾位小姐諷刺她的時候，會站出來喝止她們。

當然趙大玲也明白老夫人對她好是利益的關係，更是看在她是玉陽真人的弟子這個身分上。不過她一向是人敬我一尺，我敬人一丈，不管老夫人心中的打算如何，她對自己都是很不錯的，就憑這一點，趙大玲也對於把她氣病而感到愧疚。

目前的事態發展都在她的預期之中。自作聰明想坑害別人的人搬石頭砸了自己的腳，其實這次的事件會如此發展，要回溯到壽宴的前幾天——

那時她偶然看到一個體型富態、打扮高貴的女人走出汪氏的院子，汪氏親自將她送了出來，嘴裡說道：「這件事若是成了，府上定要謝謝妳這個媒人。」

當時趙大玲聽到「媒人」二字，心中咯噔了下，回到柴房後就向長生仔細描述了那婦人的品貌特徵。

長生皺眉道：「難道是康泊侯夫人俞氏？」

「她是什麼來頭？」趙大玲托著腮問。

「她是潘皇后的姨表妹，嫁給康泊侯方牧之為正妻，她與潘皇后和慶國公一家關係密切，走動頻繁。」長生也意識到事態不妙。「康泊侯夫人仗著與潘皇后的親戚關係，一向自視甚高，能請動她來說媒的，整個京城不會超過五家。這其中有適齡男子可求親的只有三朝元老祁家和慶國公潘家，但祁家一向清高，與柳御史向來不睦，看不上柳家明哲保身的官聲，不會來求親，最有可能的就是來為潘又斌說媒的。兩年前，潘又斌娶了定遠侯的女兒文思瑤，那是個詩情畫意的女子，可惜成親不過三個月就死了。」

趙大玲悚然大驚。「被潘又斌打死的？」

長生嘆息。「大家都是這麼猜測的，但苦於沒有證據，潘家一口咬定文思瑤是染了時疫而死，怕屍身仍帶有疫毒，便送到城外疫所焚燒掩埋，因此下葬的只是文氏的衣冠。如今兩年過去，文氏早已作古，所以說康泊侯夫人很可能是為潘又斌續弦一事而來。」

趙大玲扳著手指頭。「府裡如今還剩下柳惜慈、柳惜妍和柳惜棠。潘又斌惡名在外，夫人肯定捨不得將自己的閨女嫁給那個禽獸，五小姐又還年幼……」她「噌」地站起來。「她不會是想把柳惜妍嫁過去吧？」

長生皺眉不語，過了一會兒才沈聲道：「妳給蕭翊寫封信吧，這件事咱們得好好商量商量。」

蕭翊得到這個消息，立刻就炸了毛，派人監視御史府。看到范嬤嬤的男人從藥房裡買了蛇床、紫梢花、菟絲子、麝香、沒藥等幾味草藥，便抓了同樣的草藥回去，找郎中一查，竟然是做媚藥用的。

長生本想著揭穿汪氏的陰謀就行，但是趙大玲和蕭翊都堅持不能就這樣輕饒了汪氏，而且汪氏這次受挫，肯定還會再找機會害人，索性直接斷了潘又斌求娶柳惜妍的念頭。

而柳惜妍和蕭翊也找機會深談了一次，她表示可以不計名分，只要能讓她追隨蕭翊就行，這讓蕭翊非常感動，索性一不做二不休，將他們兩個人的事也暴露在陽光下。一來這樣柳家就不能再將柳惜妍隨便指給旁人，二來也是逼得柳家沒有退路，為二人贏得一線生機。

於是就有了蕭翊在壽宴上假裝與潘又斌吵架然後離席，引得潘又斌派人去跟蹤蕭翊，試圖抓住他與長生密謀的把柄。

同時，柳惜妍在范嬤嬤將她帶到布置好的屋子裡時，屏住呼吸，佯裝被迷藥迷昏，等范嬤嬤去叫潘又斌時，偷偷跑到柴房等候蕭翊，而趙大玲則安排蕭翊的人將柳惜慈騙進點了迷香的屋子，待她昏倒後將她放在床上。

如今塵埃落定，終於惡有惡報，只是柳惜妍想要嫁給蕭翊，還不是那麼容易。

趙大玲一邊為熟睡的老夫人掖了掖被角，一邊想著心事，這時門口一陣吵雜，她扭頭看去，就見汪氏帶著范嬤嬤氣勢洶洶地闖了進來。

汪氏走到趙大玲跟前，揚手一記耳光搧來，趙大玲猝不及防被打得頭一歪，汪氏反手還要再打，可趙大玲哪能讓她得逞，一抬手抓住了她的手腕，冷冷地看著她。

汪氏平日養尊處優，論力氣哪裡是趙大玲的對手，掙扎了一下，卻抽不出手，情急之下向一旁的范嬤嬤厲聲道：「妳還愣著幹什麼？還不替我來打這個賤婢！」

范嬤嬤回過神來，張牙舞爪地撲過來要打趙大玲，卻被趙大玲一腳踹在肚子上，往後倒在地上。老夫人屋裡的丫鬟們都沒見過這麼慓悍的全武行，嚇得目瞪口呆，不敢上前。

汪氏怒道：「不過是個燒火丫頭，還反了妳！一個賤婢還要上天不成！」

趙大玲甩開汪氏的手。「我是個燒火丫頭沒錯，但也是妳夫君的義妹，妳不要左一個賤婢、右一個賤婢，妳讓柳御史的臉面往哪兒放？」

汪氏氣得面目猙獰。「柳府的顏面已然丟盡，都是妳這個賤婢害的，妳還害了我的然兒和慈兒！丹邱子說得沒錯，妳就是一個妖孽，是來禍害柳府的！」

「柳府的顏面是我丟的？」趙大玲冷笑。「妳的兩個親生女兒也是我害的？」她逼近汪氏。「是誰在屋裡點了帶著媚藥的迷香？是誰讓人去請潘又斌到屋子裡來的？又是誰算準了時間準備衝進去捉姦？」

汪氏滿臉驚恐，面對趙大玲的質問步步後退，她很快發現了自己的失態，勉強穩住腳步，色厲內荏道：「妳不要血口噴人，我不過是路過那裡罷了。倒是妳，母親讓妳帶著來賀壽的幾位閨秀遊園，園子那麼大，妳怎麼偏偏就引她們去那裡呢？」

趙大玲鄙夷地嗤笑道：「妳是路過，我就是故意帶人過去？究竟是誰血口噴人？」她看著汪氏慌亂的眼睛。「妳以為自己布下的局萬無一失，不會被別人發現，然而妳做得並不高明，反而漏洞百出。其一，范嬤嬤是第一個衝進屋子的人，她沒有去救裡屋床上被潘又斌壓制的二小姐，反而將屋子裡燃的香匆匆掐滅，為了驅散屋內的迷香，她故意敞開屋門，讓外面的人也看見了屋內的情況。其二，那迷香是哪兒來的？范嬤嬤的男人以前在藥房做過學徒，懂得些藥理，後來又在市井上混過一段時間，在花樓裡做過郎中，接觸過各類媚藥和迷煙，只要查一下他這幾日是否出入藥房、買了些什麼藥，就能知道當日屋子裡的迷香是不是出自他手？這周圍的藥房不過四、五家，而且藥房賣出的藥都是有記錄的，這個肯定不難查。其三，當日到外院前廳去請潘又斌進內院的並不是柳府的僕婦。當時我娘在內院廚房幫忙，看見一個滿臉橫肉的婆子領著潘又斌進到內院，後來我娘跟我說起這件事時還覺得奇怪，怎麼范嬤嬤的大姑子會出現在府裡的內院？我娘還以為她是來幫忙的。如今知道了，她確實是來幫忙的，卻不是幫著忙乎老夫人的壽宴，而是幫著布這個局。」

汪氏的冷汗涔涔而下，一旁的范嬤嬤更是汗出如漿，一張圓臉顯得油膩膩的，不住拿袖子抹汗。

汪氏彷彿要抓住最後一根稻草，慌不擇言地吼道：「妳胡說！我為什麼要指使范嬤嬤做這些事？我怎麼會害自己的女兒？我的女兒是要許配給康泊侯府的次子方瑾涵的，康泊侯夫人已經答允了這門親事，我怎麼會在這個時候讓慈兒跟姓潘的攪和在一起！」

趙大玲的眼中有著深深的厭惡。「妳想害的當然不是柳惜慈，而是三小姐柳惜妍。康泊侯夫人來替潘又斌求親，可妳看上了康泊侯家的次子，想讓柳惜慈與之結親，所以作為交換，將柳惜妍許給了潘又斌。妳怕柳御史心軟，捨不得三小姐嫁給那個惡名在外的禽獸，索性一不做二不休設下這個局，要毀了三小姐的名節，讓她不得不嫁給潘又斌。只是害人者終害己，妳的愚蠢和卑劣最終害了自己的女兒。」

汪氏想到失去英國公世子妃之位的柳惜然和不得不嫁給潘又斌做侍妾的柳惜慈，一時憤怒到失去理智，上前抓住趙大玲的衣領，惡毒的目光好像淬了毒的箭頭。「妳早就知道這個局，卻不動聲色地躲在暗處，妳將柳惜妍掉包，將我的女兒推入火坑，妳好卑鄙！」

明明是自己做了卑鄙的事卻去指責別人，趙大玲已經懶得跟她爭辯，可汪氏依舊不依不饒，揪著她歇斯底里地叫罵。「妳這個妖孽當時怎麼沒有被火燒死！妳怎麼不死……」

「夠了！妳還要鬧到什麼時候？還嫌御史府丟的臉不夠大嗎？」老夫人緩緩從床上坐起身。

趙大玲拂開汪氏抓著她衣襟的手，到床邊將一個軟枕放在老夫人背後。她知道老夫人剛才並沒有睡著，一直醒著呢。

汪氏見老夫人坐起身，腿一軟，跪在地上哭訴道：「母親，求您給媳婦做主，趙大玲這個賤婢陷害慈兒！」

老夫人厭棄地看了淚流滿面的汪氏一眼。「慈兒是妳親生的女兒，妳自然愛護，但是妳怎能去害妍兒？妍兒就不是柳府的小姐了？妳是府裡的當家主母，是幾個孩子的嫡母，卻殘害庶女，置柳府的名譽於不顧。」老夫人越說越氣，哆哆嗦嗦地伸出手指著汪氏。「妳才是柳府的罪人，柳府多年的清譽就是毀在了妳的手裡！」

汪氏匍匐在地上，哭得渾身顫抖。

老夫人凌厲的目光掃到范嬤嬤身上，冷冷地吐出幾個字。「來人，將范氏杖責五十，逐出府去。」

范嬤嬤像一團爛泥一樣堆乎在地上，老夫人院子裡兩個膀大腰圓的僕婦上來，一邊一個架起她往外拖，范嬤嬤聲嘶力竭地叫道：「老夫人饒命！老夫人饒命！夫人，救我啊，我都是按照您的吩咐做的……」

屋外傳來板子落在皮肉上的脆響和范嬤嬤鬼哭狼嚎的慘叫。老夫人閉上眼睛，聲音透出無奈和疲憊。

「汪氏，妳也退下吧，這幾天妳就安心替慈兒準備嫁妝，從我這兒撥出二千兩銀子，籌備得豐厚些，別讓慶國公府小瞧了去。」

為了柳府的臉面，老夫人不願再進一步扯出汪氏的陰謀，所以只處置了助紂為虐的范嬤嬤，給汪氏一個教訓，但也放過了汪氏，沒有再追究。

汪氏神色呆滯，再也沒有了剛才衝進來時的氣焰。

老夫人揮揮手，旁邊兩名僕婦上前將汪氏架起來送回她的院子，屋裡一下子安靜下來，老夫人就閉著眼睛靠在床頭。

趙大玲有自知之明，一曲腿，直直地跪在老夫人床前。

老夫人冷笑道：「老身活到今日才知道什麼叫引狼入室。汪氏是蠢，但妳明明可以提前揭穿她，將傷害降到最小，可妳卻選擇螳螂捕蟬，黃雀在後，使了一招偷梁換棟，換出三丫頭，將二丫頭推給潘又斌。妳真是好手段，讓汪氏自毀長城，又讓柳府身敗名裂。」

趙大玲垂下頭。「對不起，義母。」

老夫人睜開眼睛，目中精光四射。「妳這一聲『義母』，老身可擔待不起。我只想知道我柳府究竟哪裡對不起妳？我收妳為義女，讓妳娘和弟弟離開外院廚房，成為柳府的半個主子，而妳就是這樣報答我的？」

趙大玲知道站在老夫人的角度來看，她的這番作為損害了柳府的聲譽，可以算是恩將仇報。她恭恭敬敬地給老夫人磕了一個頭。「義母，我很感激您為我所做的一切，我也希望以後有機會能夠報答您的恩情，但柳府的聲譽不是我使手段就能敗壞的。夫人答應潘府的親事就已經將柳府推到風口浪尖，即便這次遮掩過去，夫人還是會想法子將三小姐嫁入潘府。」

老夫人冷哼。「嫁入潘府，也要看是怎麼嫁。本來柳家的小姐能成為慶國公府世子妃，這麼一鬧出來，慶國公府覺得柳府的小姐名聲不好，不配為正妻，只許了侍妾之位。」

趙大玲神色不變。「四小姐已經是太子側妃，如果再有柳家的小姐做了慶國公世子妃，那柳府就陷得過深，徹底綁在太子這邊，一絲餘地都沒有。」

老夫人聞言，瞥了她一眼，緩緩道：「難道柳府還有別的選擇嗎？」

「老爺為官向來不偏不倚，因為從不涉及黨爭，所以在朝中一向平穩。如今皇后指婚四小姐為太子側妃，就等於是讓老爺今後效忠太子。當然，太子是國之儲君，柳府自然是站在太子這棵大樹下好乘涼，但是聖上也會覺得老爺這個御史以後會維護太子，失了言官應有的公允。」趙大玲口齒清晰，娓娓道來。「而且聖上偏愛晉王，朝野上下沒有人不知道，這種狀況下，柳府只有為自己留一條退路，方能立於不敗之地。」

趙大玲沒有點明，老夫人卻是馬上明白了她的意思。太子如今只是太子，一日沒登基就不敢說金鑾殿上的寶座將來一定是他的。

老夫人深深看了趙大玲一眼。「那妳說該如何留下退路？」

趙大玲平靜道：「將三小姐許配給晉王蕭翊為侍妾。」

「這不可能！」老夫人斷然拒絕。「柳府已經出了一個侍妾，不能再出第二個。」

「三小姐已經不能再嫁給別人了，不嫁給晉王便只能孤苦一生，她雖是庶出，卻是您的親孫女，您只當可憐可憐她。」趙大玲懇切道：「晉王對三小姐也是一片癡心，您知道的，晉王一向與太子和潘又斌不睦，明知柳府已與太子一心，他卻仍以親王的身分參加了您的壽宴，不過是為了能夠見三小姐一面，以慰相思之苦。」

老夫人心有所動搖，但仍犀利地道：「晉王殿下來府中，只怕不是為了見三丫頭那麼簡單吧！以往他多次打著仰慕二丫頭才名的幌子來府中與顧紹恆會面，每回都是妳幫忙掩護，如今又說愛慕上了三丫頭，他到底有幾分真心？」

趙大玲不料老夫人如此明察秋毫，只能實話實說道：「義母明鑒，之前晉王殿下確實對二小姐有利用之心，但是我可以打包票，他對二小姐並未動心，對三小姐卻是真真切切地放在了心上，您何不成全這對有情人？這門親事看似上不得檯面，實際上卻是有利無弊的。」

老夫人沈吟片刻。「如何有利無弊？難道此舉不會惹惱太子殿下，讓太子以為柳府用三丫頭向晉王示好嗎？」

趙大玲趕忙解釋。「三小姐因為與晉王私會壞了閨譽，柳府因此只能將三小姐送給晉王為侍妾，這樣的處置太子也無話可說。一來因為潘又斌和二小姐的事情鬧得更加沸沸揚揚，他都娶了二小姐為侍妾，有那一對的比照，三小姐許給晉王也是情理中的事。二來，如果三小姐許做晉王側妃，太子會覺得柳府立場不定，但三小姐只是為妾，太子只會認為是晉王的一段風流韻事而一笑置之，不會放在心上，來日太子順利登基，即便不容晉王，也不會為難一個王府侍妾的娘家。」

趙大玲左右看了看，再次確定屋裡只有她和老夫人二人，方低聲道：「但是，如果朝堂上有什麼變數，太子的擁立者必會受到株連清算，這個時候以晉王對三小姐的喜愛，以及他對柳府將三小姐許配給他而生的感激之情，必能讓他庇護柳府不受衝擊。」

趙大玲直視著老夫人。「柳府用三小姐這麼一個沒有作用的死棋，換來一條隱密而不被人注意的退身之路，是不是一樁極其划算的買賣？」

老夫人看了趙大玲許久，嘆息一聲。「妳真的只是個廚娘的女兒嗎？」

趙大玲垂下頭，沒有正面回答這個問題，只是誠懇道：「義母，也許您不再相信我，但是我可以發誓，我並非是要柳府身敗名裂，我是害了二小姐不假，那也是夫人和二小姐想陷害三小姐在先，我不過是幫著三小姐以其人之道還治其人之身，如今柳府除了名聲不大好聽，並沒有實質上的損失。四小姐即將嫁入太子府，這個姻親關係是無法撼動的，而將三小姐許給晉王為妾，又等於暗地裡搭上了晉王這條船，無論將來如何，柳府都將立於不敗之地。」

話已至此，趙大玲相信自己已經打動了將柳氏一門看得比性命還要重要的老夫人。老夫人慢慢閉上眼睛，沈聲道：「妳先下去吧，這件事容我再想想。」

趙大玲鬆了一口氣，磕了一個頭後便退了出去。走到門口時，身後傳來老夫人幽幽的話語——

「潘又斌說了，他要柳府將顧紹恆作為二丫頭陪嫁的奴僕送到慶國公府。」

趙大玲腳下一滯。雖然她早就知道潘又斌一直惦記著長生，但是親耳聽到這個消息還是讓她感到恐懼和憤怒。

她恭恭敬敬地向老夫人行禮。「謝謝義母相告。」

趙大玲回到長生的柴房時天色已暗，她一把抓住長生的胳膊，焦急道：「長生，潘又斌那人渣要你隨二小姐入慶國公府。」

長生不以為意，平靜道：「他向柳府求親時我就猜到了會有這個條件。本來太子娶四小姐時也可以讓我到太子府，看來他是連這兩個月都等不及了。」

趙大玲埋怨道：「既然你早就知道，怎麼都不告訴我？」

長生微微牽牽嘴角，拉她入懷。「我不想妳擔心。」

她怎麼能不擔心？一想到潘又斌那雙冷血的眸子就感到遍體寒涼，她抱緊長生，生怕一撒手他就會消失不見。「長生，我剛才向老夫人分析了利害關係，讓她把柳惜妍嫁給蕭翊做侍妾，如果能成的話，你就到蕭翊的晉王府吧。」

長生垂下眼簾。「如今柳府成了太子一黨，他們不敢得罪潘又斌，況且即便蕭翊提出了這個要求，柳府答應潘又斌在先，也會回絕蕭翊的。」

趙大玲的心又揪了起來，聲音乾巴巴的。「那你說怎麼辦？」

長生微微一笑。「若是我死了，潘又斌自然就得不到我了。」

彷彿一盆冰水兜頭澆下，趙大玲猛地離開長生的懷抱，面色蒼白，瞪大了眼睛看他。

長生知道嚇到她了，後悔不迭，趕緊握住她冰冷的手，用自己手掌的溫度去焐熱她。「假的、假的，妳別怕，咱們好好謀劃，使一『金蟬脫殼』之計，徹底斷了潘又斌的念想。」

趙大玲這才吁出一口氣，感覺自己又活了過來。她掄起拳頭捶在長生的胸膛上。「以後把話說清楚，不要這麼嚇人。」

長生自知理虧，便由著她打。

趙大玲每捶一下就要教訓長生一句。「以後不許在我面前說死啊活啊的話，你不忌諱我忌諱。我只告訴你一句，上天入地我都會跟著你，這輩子你別想甩開我。」

想起上次長生受傷時那種無助又心痛的心情，她聲音都哽咽了。「我們都好好活著好不好？活到七老八十，活到滿頭白髮，活到兒孫滿堂，等到走不動了，我們就手把手一起死。在這之前，我們都要努力地活著，哪怕再艱難也要為對方活下去。」

長生動容地捧起她的臉，吻去她面頰上的淚珠。他曾經那麼接近死亡，是她的愛支撐著他活了下來，也必將支撐他走出現在的困境，帶給她全新的生活。

兩人離得近了，長生這才看到趙大玲微腫的面頰，錯愕地伸手撫上。「這是怎麼了？」

趙大玲這才想起自己的臉，想咧嘴給他一個微笑，卻牽動了腫痛的臉，輕輕地「嘶」了一聲，才掩飾地扭過頭，心虛道：「不小心撞到牆上了。」

長生從木墩上拿起屋裡唯一一盞油燈，舉起來照向她的臉，趙大玲躲閃著不讓他看，被他用另一隻手臂箍住了腰肢，並將她的兩隻手禁錮在身體後方。這是他第一次對她用強，他若真用了力氣，她自然是抵擋不了的。

趙大玲整個人被他圈在懷裡，前胸緊緊抵著他的胸膛，手腕被握得有些痛，只能放棄掙扎，由著他端詳自己的臉。

即便光線昏黃，長生仍可以看到她白生生的臉頰上有明顯的五指印。

他抿住嘴，眼圈迅速紅了起來，默默地放開了她。

趙大玲嚇壞了，她還從沒見過長生這個樣子，他自己遍體鱗傷、奄奄一息的時候都沒有哭過，卻因為她挨了一記耳光而紅了眼眶。

她搖著長生的胳膊。「長生，我沒事的，真的！這一下我是故意挨的。當時汪氏衝進來朝我揮掌時，其實我能躲開，但是我為了引她說出實情給老夫人聽才沒有躲的。」

長生不願讓她看見自己的眼淚，扭過頭去，用手迅速地抹了一把。

趙大玲以為長生不理她了，急得圍著長生團團轉。「長生，你要是生我的氣，你可以罵我，但是不要不理我。」她抓著他的手。「要不你在這邊再給我來一下，讓我兩邊臉頰都對稱。」

長生抽出自己的手，趙大玲又纏上來。「好長生，別不說話，你說嘛，要我怎樣你才不生氣？」

趙大玲叫了好多聲「好長生、乖長生」，連自己都覺得肉麻，才將長生哄過來。

他沙啞著聲音道：「下次不要讓別人再打到妳。」

趙大玲像小雞啄米一樣點頭，指天賭地地發誓絕不讓別人再碰自己一根手指頭。

長生湊過來捧起她的臉，用手指輕輕摩挲著，心疼地問：「還疼嗎？」

趙大玲不是嬌滴滴的那種女生，原想搖頭來著，但是想了想，還是決定藉機撈點兒油水。

她醞釀了一下情緒，故做捧心狀，有氣無力地皺著眉頭。「疼，火辣辣的脹痛。」

長生瞬間慌了神。「我給妳打些涼水來——」

趙大玲趕緊拉住他的手腕。「你給我吹吹就好了。」

長生聽話地重新坐在她的身邊，捧起她的臉，呵氣如蘭地吹著她的面頰。

趙大玲瞇起眼偷看他如畫的眉眼、鼓起的嘴和認真的神色，忍不住扭頭朝他吻了下去。

幾天後，京城府尹送來一張帖子，請御史夫人汪氏到衙門走一趟，府尹有要事相詢。

汪氏不知所為何事，但看這架勢，已是心虛了幾分。如果不是傷筋動骨的大事，京城衙門不會如此行事，雖說是「請」，但是誰都知道是為了顧忌御史府的面子，實際上與抓捕也沒什麼區別，不過是聽上去客氣點兒罷了。

汪氏被衙役帶到衙門，進去就被扣下了，好在沒有三堂會審，只問了話，簽字畫押後便關進了女囚大牢。

柳御史在宮門口見到了神色焦急的家丁，這才得知汪氏被官府「請」走了，大驚之下趕緊四處打探，這一打探，驚得如五雷轟頂。

原來京城府尹接到密報，破獲了城中最大的一個放印子錢的錢莊，涉案銀兩高達百萬兩白銀，此事傳到皇上跟前，龍顏大怒，下令徹查。這事柳御史當然也在朝堂上聽說，但他無論如何也沒想到自家夫人會牽扯在其中。

這個錢莊背後的老闆其實是太子蕭衍，衙門當然查不到他這一層，也不敢如此深究，於是只抓了錢莊的老闆和幾個替罪羊，而在清查帳目時發現一本帳簿，汪氏也放了三千兩銀子在錢莊放印，於是便以同黨的罪名帶到衙門問話。

汪氏對帳簿上一筆筆收支款項無從抵賴，只能乖乖認罪。

柳御史自詡清流，自家夫人竟然做出這種事來，自是羞憤難當，跪在朝堂上向皇上謝罪，自請撤職。皇上念他一向勤勉，府中小姐又指給太子為側妃，不能打了太子的臉，所以並未撤了柳御史的官，只訓斥了他幾句，說他治家不嚴，縱容家眷違反朝廷律法。

雖然烏紗保住了，卻讓柳御史灰頭土臉，顏面掃地。女兒不檢點出了醜事，夫人又貪戀錢財，私放印錢，柳御史多年苦心經營的兩袖清風、國之砥柱的形象一夕崩塌，在同僚面前抬不起頭來。

汪氏放在錢莊的那點兒錢數目不大，經查明她只是將銀子放在錢莊找人代管，賺些印子錢，並未參與錢莊的管理和經營，而且京城中的官吏夫人拿點兒體己出來放在錢莊裡賺點零花錢的不在少數，只是不像汪氏這麼倒楣被揪出來就是了。京城府尹看在與柳御史同朝為官的面子上，奏明皇上，只沒收了那筆放在錢莊的銀子，便將汪氏放了回來。

汪氏吃了兩天牢飯，整個人都是恍恍惚惚的。一向注重儀表的汪氏回到御史府時，衣裳髒得不成樣子，髮髻歪了，頭髮好像亂蓬蓬的枯草，門房差點兒以為是哪兒來的討飯婆子。進府門的時候，柳御史當著府裡下人的面狠狠地搧了汪氏兩記耳光，汪氏的臉迅速腫脹起來，跟豬頭一樣。

這樣德行有虧的婦人不配做御史府的當家主母，柳御史想休妻，汪氏放下所有的身段苦苦哀求，日日跪在梅姨娘的屋外，向歇息在梅姨娘這裡的柳御史祈求原諒，就連大少爺柳敬賢和四少爺柳敬涵也來替汪氏求情。

後來還是老夫人發了話。「汪氏雖有過錯，但畢竟是賢兒和涵兒的母親，你若休了汪氏，讓兩個孩子以後如何做人？」

柳御史畢竟看重嫡長子柳敬賢，也最疼愛只有七歲的幼子，長嘆一聲，將已經寫好的休書撕成兩半。汪氏雖然保住了夫人之位，但是顏面掃地，在府裡已經毫無威信可言，連這一年來備受老爺冷落的翟姨娘和一向不受寵的李姨娘，也能在她面前冷言冷語，不時諷刺幾句，再也不像以往那樣畢恭畢敬。

柳御史還徹底收回汪氏的掌家之權，將府中庫房的鑰匙和帳房的帳本一併交給了梅姨娘。汪氏完全失了勢，灰頭土臉地躲在屋子裡不敢再出來，人也憔悴得兩頰都凹了下去，一下子好像老了十歲。

而汪氏從衙門大牢回來那天，趙大玲正好去太清觀見了玉陽真人，回到御史府時，在門口正好看到柳御史用盡全力抽了汪氏兩巴掌，汪氏臉上鬆弛的皮肉都飛了起來，在空中晃蕩著，趙大玲下意識地摸了摸自己的臉，看著都覺得疼。

看完這齣鬧劇，她回到外院廚房，撫著下巴，用審視的目光看著在屋後空地劈柴的長生。

長生在她的目光下坦然地劈著柴，落下的斧頭又準又穩，將木柴劈成均勻的細塊。

趙大玲忍不住湊過去，探頭看著他的臉。「是你做的對不對？」

長生仔細地將劈好的柴堆成一堆，平靜地道：「是她自己咎由自取。」

趙大玲吃驚地張大嘴巴，嘴裡嘖嘖稱奇。「你連府門都沒出，是如何做到讓汪氏跌了這麼大一個跟頭的？」

長生從水缸裡舀了水，一邊洗手一邊解釋道：「那個錢莊背後的老闆是蕭衍，他為了培訓死士需要大批的銀兩，可光靠官員的孝敬是不夠的，於是就開了這家錢莊，躲在背後放印子錢，以謀暴利。兩年前，我查到了這家錢莊，無意中看到了一本帳簿，裡面有御史夫人的名字。汪氏投放的銀子雖然不多，但是一筆筆往來十分清楚詳盡，那時我便知道她參與其中。前兩日我讓蕭翊找一個信得過的人向京城衙門檢舉了這家錢莊，並讓他們將輿論造大，傳到皇上耳朵裡，皇上沒想到在他眼皮子底下竟然有人操作著這種事，盛怒下要求徹查。我又憑著記憶將當年看到的那本帳簿抄錄出一份投到衙門裡，於是汪氏的事便暴露出來。」

趙大玲聽得目瞪口呆。「你的腦子是人的腦子嗎？兩年前看的一本帳簿你竟然能憑記憶寫出來！」

長生神色淡然，彷彿只是在闡述一個事實。「我六歲時便可過目不忘。」

趙大玲對長生崇拜萬分。要知道她當年就是為了躲避史地政這三門需要大量背誦的學科而毅然決然選擇了理科。

她隨即有些懊惱。「可惜沒能順藤摸瓜揪出背後的蕭衍。」

長生挑挑眉。「蕭衍躲在幕後非常謹慎狡猾，這兩年來也沒露出破綻。此次時間有些倉促，來不及仔細籌劃，所以沒有牽扯出他來。不過毀了他的這個錢袋子，對他來說也是一個不小的打擊。」

趙大玲眼珠一轉，明白了長生急於揭穿錢莊的用意，嘴角噙笑道：「你就這麼著急替我出氣？」

長生擦乾了手上的水珠，撫著她的臉，認真道：「汪氏打了妳一記耳光，我就要讓她被雙倍地打回來。」

趙大玲深深地看著長生。他從不在意自己受到的傷害和不公的待遇，即便他被潘又斌打得體無完膚，也從來沒有聽他提過報仇的事，她原以為他那顆悲憫的心永遠只會寬恕，卻不知他還有如此霸道又睚眥必報的一面。

他看不得她受到一丁點兒的欺辱，即便他如今身為最低等的奴僕，沒有權勢、沒有財富，甚至沒有自由，但他還是會用自己的方式替她討回這一掌之辱。

趙大玲這才知道自家男人在其他時候可以是一隻良善無害的小綿羊，但是一旦涉及到自己，他就會化身為腹黑凶狠的狼，給敵人致命的一擊。這反差萌讓她感受到自己在長生心底獨一無二的存在，那是他對她的情意，他在意她勝過在意自己。

她雀躍地撲過去抱住長生的脖子，巨大的衝擊力撞得他退後一步才伸手接住她。

趙大玲興奮地向他描述汪氏挨打的情景。「你剛才真該去大門口看看那個場面。當著那麼多下人的面，柳御史左右開弓，『啪』地一下搧在汪氏的左臉上，那聲音清脆得跟過年放鞭炮一樣，汪氏立刻就懵了，還沒等她反應過來，『啪』地又是一聲巨響，右臉跟著挨了一巴掌，汪氏立刻就變成了豬頭，臉腫得鼻子和眼睛都擠在一起……就像這樣……」

趙大玲用雙手擠著自己兩邊的面頰，將臉擠成了一個肉包子，引得一向面色清冷的長生也笑了出來。

# 第三十二章　自由

老夫人最終做主，同意了柳惜妍和晉王的親事。

其實也不能叫親事。侍妾是連娶親都不用的，不過是挑個黃道吉日，將人悄無聲息地用一頂小轎抬到晉王府就算了事。

柳御史一開始並不同意。御史府出了一個女兒做侍妾就夠丟臉了，若再出一個，同僚會如何看他？奈何老夫人心疼孫女，一力堅持，柳御史終究拗不過老夫人，也沒抵抗得了梅姨娘的眼淚，無奈之下只能撒手不管。

老夫人一視同仁，從自己的體己裡掏了二千兩銀子給三小姐置辦嫁妝，雖說是侍妾，但嫁進的是晉王府，老夫人的意思是還是要按照京城中官宦人家嫁女兒的嫁妝來準備。

籌備嫁妝的事都落在了梅姨娘身上。這些日子梅姨娘忙得腳不沾地，四小姐不必說，那是要大大操辦的，而二小姐和三小姐同時出嫁，明面上嫁妝規格都一樣，可暗地裡梅姨娘對自己的女兒當然盡心竭力，對二小姐那邊不過是敷衍著不要太難看就是了。

好在這一年多來「花容堂」和「雲裳堂」賺了不少銀子，梅姨娘數錢都數到手軟，這會兒自然是全用在了柳惜妍的身上。

梅姨娘的想法很簡單，自家女兒在名分上已經沒有挽回的餘地，因此才更要在嫁妝上找回顏面。於是光是新衣裳，就讓自家的雲裳堂做了好幾十身，春夏秋冬都預備好了，而大毛的衣裳就有七、八件，足夠柳惜妍穿上好幾年。

柳惜妍終於得償所願，心滿意足地準備做蕭翊的新嫁娘。她的婚事多虧了趙大玲，因此對這個朋友尤為感激。

趙大玲從柳惜妍這裡取出這一年多掙的銀子，數了數足有五、六百兩，對於普通人家來說絕對是一筆不少的財富。她拿出二十兩銀子向御史府贖出友貴家的和大柱子作為家生子的賣身契，當家的梅姨娘自然毫無異議，老夫人也沒有難為他們一家人，於是在官府處登記後，重新領了戶牒，他們一家便是徹徹底底的自由之身，再也不是誰的奴僕。

趙大玲之前就託田氏用二百多兩銀子在晉王府東側的貓耳巷裡，買了一處三進院的小宅子，又給了田氏五十兩讓她幫著置辦屋裡的家具和日用品。宅子的正門與晉王府的院牆僅一街之隔，方便晉王府將這間宅子納入保護範圍內。

出府的時候，趙大玲去拜見了老夫人，這也是上次跟老夫人開誠布公談過後的第一次見面。

雖然撕開母慈女孝的虛偽面紗，兩人之間不過是互相利用的關係，可趙大玲還是誠心誠意地感謝老夫人這些日子以來對自己和家人的關照。

老夫人也不再扮演慈愛的老乾媽，目光銳利地盯著趙大玲，緩緩道：「如妳所願，我已經作主將妍兒許給晉王做妾，也放妳一家人離開，雖然我不希望柳府有需要晉王庇護的那一天，但如果真有翻天覆地的變化，晉王和妳都要記得今日柳府的恩情。」

趙大玲鄭重地點頭應下，跪地磕了三個頭，拜別了老夫人。

走出御史府的那一刻，趙大玲感到猶如獲得了新生一般，她回首看著這座宅院。一年多前她從異世穿越到這裡，經歷了底層僕役的卑微和屈辱，也得到了彌足珍貴的親情和愛情，如今她終於走出了這個院子，只覺得自由是如此可貴，連吸入肺腑的空氣都是香甜的。

一家人很快就搬了進去，屋裡一應東西田氏都打點齊全了，雖不華麗，但溫馨舒適。友貴家的覺得跟作夢一樣，沒想到這輩子終於住上了屬於自己的房子。

這個月的好日子就只剩下一天，於是柳惜慈和柳惜妍便選在同一天離府。

慶國公府只派來一頂青布帷的小轎子，還有兩個趾高氣揚、鼻孔朝天的嬤嬤。

柳惜慈穿著一身暗粉色繡四喜如意紋的衣裳當作嫁衣，哭哭啼啼地拜別了老夫人和汪氏，坐上了潘府的轎子。

汪氏為柳惜慈選了八個伺候的丫鬟和四個婆子隨她去潘府，但潘府的兩個嬤嬤冷笑道：「國公府的規矩，妾侍跟前只能有兩個丫鬟，自己還是伺候人的呢，犯不著要這麼多底下的人伺候著。我們世子爺還特別吩咐了，服侍的丫鬟帶兩個就夠了，再帶上你們府上的僕役顧紹恆。」

柳惜慈央求了半天，對方毫不通融，最終無奈下，柳惜慈只帶了染墨和暈朱兩個貼身大丫頭，好說歹說下又帶上了奶娘胡嬤嬤。

相比潘府迎親的簡陋，晉王府這邊卻是誠意十足。妾侍本不需要新郎親自來接，蕭翊卻穿戴一新，騎著高頭大馬前來迎親，帶著足有上百人的龐大迎親隊伍和一個吹鼓班子一路吹吹打打地進了御史府，吸引整條街的人出來觀看，孩子們更是跟過年一樣，一直跟在迎親隊伍後面看熱鬧。

柳惜妍雖然不能穿紅色嫁衣，但是一身桃花粉色繡百花飛蝶圖案的彩緞錦衣分外華貴，面上化著桃花妝，真是豔若桃李、燦若春花，眉心一點紅色的花鈿更顯出新嫁娘的喜慶。

蕭翊自從進了御史府的大門，嘴就一直咧著，待看到美若天仙的柳惜慈，更是樂得合不攏嘴。雖說不能跪拜岳父岳母，但他還是向老夫人、柳御史和梅姨娘幾人行了晚輩禮，唬得梅姨娘不知往哪裡躲閃。

迎親當日還發生了一場意外。晉王欣喜之下燃放了爆竹，飛濺的火星點燃了外院廚房，瞬間燃起了熊熊大火，將廚房和附近的柴房都燒成灰燼，柴房中的一名僕役不幸葬身火海，一命嗚呼。

潘府的轎子抬回哭了一路、面目紅腫的柳惜慈，潘又斌卻不見志在必得的顧紹恆，一問之下才知道人被燒死了。

潘又斌對如此無恥而又明目張膽的把戲感到異常憤怒，拍案而起，怒道：「竟敢在本世子面前玩這樣的花招，老子活要見人，死要見屍！」

誰知隔天潘又斌收到御史府送來的一副燒焦的骨架，柳御史哆哆嗦嗦地帶著厚禮親自上門致歉，指天賭地地再三聲明御史府是無辜的，起火原因是晉王府的人燃放炮竹，一個竄天猴落在外院廚房房頂的草坯上，這才燒了起來。

說完後，柳御史縮著脖子，大氣兒也不敢出，低頭看著自己的腳尖。

潘又斌頓覺受到了莫大的侮辱。「你們拿爺當傻子騙呢！」

柳御史擦著額上的冷汗，擠出一副比哭還難看的笑臉，牙關打顫道：「下官就是有天大的膽子也不敢欺騙世子，當日御史府中的人均可作證，確實是晉王殿下帶的人放鞭炮點著了外院的廚房。」

柳御史刻意在「晉王殿下」幾個字上加重語氣，其深意不言而喻——冤有頭，債有主，潘世子您還是去找蕭翊吧！

潘又斌當然無法去找蕭翊要人，這個啞巴虧吃得無比憋屈。轟走柳御史後，第一件事就是提著馬鞭進了柳惜慈的屋子，直打得柳惜慈滿地打滾，慘叫連連。

潘又斌是個中老手，自然知道折磨人又不見傷痕的法子。柳惜慈露在外面的手和臉都是乾乾淨淨的，但是衣服下面別人看不到的地方卻是傷痕累累。

自那日後，原本正值青春年華的姑娘就成了目光呆滯、戰戰兢兢的婦人，聽見潘又斌的名字都會嚇得如同一攤爛泥一樣癱在地上起不來，不過好在柳惜慈並不出眾的樣貌引不起潘又斌多大的興趣，平日裡連她的門都懶得進。

潘又斌被耍後，憤怒難當，找上太子蕭衍，一拳捶在了桌子上。

「該死！蕭翊那小子是拿我當猴耍嗎？這麼明目張膽地搶我的人！我說他怎麼就有模有樣地帶著那麼多人去迎親，還真道他是稀罕柳家那個三小姐，卻原來是玩了這麼一手金蟬脫殼！」

蕭衍最近被朝堂上的事弄得焦頭爛額。蕭翊大展拳腳，不但皇上器重他，一干朝臣除了自己的擁戴者以外，幾乎都開始說蕭翊的好話，形勢已經呈現逆轉之勢，這樣下去可是大大的不妙，而最讓他鬱悶的是，他還莫名其妙損失了一個地下錢莊。

要知道，自從工部尚書杜如海落馬，這個錢莊可是自己最主要的經濟來源，一年能有十萬兩銀子的進項，卻不想被人給端了。雖說沒有揪出自己來，但損失巨大，實在是讓他心頭窩火。

他沒好氣地瞥了潘又斌一眼。「整日不見你做什麼正事，只一心惦記著那個官奴。」

潘又斌仍是憤憤。「這如何不是正事了？蕭翊得了顧紹恆，又有趙大玲那丫頭幫襯著，可不是如虎添翼了嘛！以前還顧忌著人在御史府，要碰頭也得偷偷摸摸，如今把人悄無聲息地弄到他的王府裡，謀劃起來更方便了！」

蕭衍也皺起了眉頭。「也是本宮失策。本想留著顧紹恆恨不得引蕭翊上鈎，讓他觸犯父皇，誰知道他們兩個倒都忍了下來。如今顧紹恆連姓氏家名都不要了，寧可從此隱姓埋名，早知如此還不如趁早殺了顧紹恆，也好過縱虎歸山，為蕭翊所用。」

說起這件事來，潘又斌也是懊惱不已。「還謀劃著咱倆一人一個呢，你得那異世者趙大玲，我得顧紹恆，如今可倒好，倒是一人一個了，可惜不過是柳成渝的兩個賤丫頭。你那個還好些，好歹模樣周正，我這個粗眉粗眼的，看著就讓人生氣。」

蕭衍想到柳二小姐那張牌九臉，不禁暗自慶幸，幸虧沒砸在自己手裡，只能同情地拍拍潘又斌的肩膀。「你也收斂些，畢竟是御史的女兒，別給整死了。」

「我曉得輕重。再說就那牌九臉的姿色，也實在是讓我提不起興致來。」潘又斌滿不在乎道，忽然又想起一事。「我讓那柳惜慈將御史府裡關於顧紹恆的事細細講給我聽，她知道的不多，但是她提及有一次在御史府的花園裡，看到趙大玲和蕭翊站在一處說話，兩個人竟十分熟稔的樣子。」

蕭衍轉動著手指上的翠玉扳指。「這也不稀奇，蕭翊到御史府中肯定是想方設法地見顧紹恆，有那個趙大玲從中協助，兩個人一來二去也就熟識了，況且她是顧紹恆的未婚妻，他們兩口子都在輔佐蕭翊。」

「兩口子」這個詞讓潘又斌很不爽，鄙夷道：「這點尤為奇怪。蕭翊是顧紹恆的好友，朋友妻不可戲，為何他還跟顧紹恆的未婚妻有說有笑？柳惜慈說了，她當時看到那二人也覺得十分納悶，也不知趙大玲說了什麼，那蕭翊竟然過來拍她的肩膀，被她跳著躲開了，別是兩個人背著顧紹恆有什麼姦情也說不準的。」

蕭衍無語地看了潘又斌一眼。「你還真是鹹吃蘿蔔淡操心，只要一扯上顧紹恆，你就這麼上心，還替他看著媳婦了，他被戴綠帽子關你什麼事？」

潘又斌聳了聳肩膀。「趙大玲是不是偷人我不知道，但是她與未婚夫的好友關係這麼密切，毫不避嫌，確實有違常理。也許蕭翊與她是一類人吧，所以才那麼不避諱。」

蕭衍神色一動，眸色幽深起來。「如此說來，本宮倒想起一件事。蕭翊剛從西北邊陲回來的時候，神色木訥，在宮中總是垂著頭，誰叫他都不理，本宮邀他到太子府飲酒，他看上去目光閃爍，含糊著說了一句『小弟謝謝太子哥哥』，可他從沒有在本宮面前自稱『小弟』過，而且他以往都叫本宮『二皇兄』，去西北邊陲之前也未改口叫本宮『太子哥哥』。當時本宮就覺得奇怪，還道他終於肯低頭尊本宮為太子，誰知父皇解了他的禁閉後，再見到本宮又開始稱呼本宮為『二皇兄』，你說，這是不是有些古怪？」

潘又斌點頭附和。「你這麼一說，我也想起來了。蕭翊剛進京那日帶人闖進我的囚室劫走顧紹恆，見到石床上綁著的顧紹恆，竟然向旁邊人問了一句『這是小顧大人？』當時我就覺得奇怪，他怎麼會叫顧紹恆『小顧大人』？而且蕭翊打傷我的手法很奇特，不是他以前的套路，看不出招式，但是穩、準、狠，一拳就打斷我三根肋骨，潘府幾十名家丁上前，竟然都不是他的對手。以前蕭翊雖然好武，但也沒有這麼厲害……哦，對了，你看看這個。」潘又斌從身上掏出一封信遞給蕭衍。「這是前幾日我的人在御史府外截獲的，是晉王府侍衛要遞進御史府的密信。我本想著能作為蕭翊和顧紹恆共謀的證據，卻不料是通篇的鬼畫符，一點兒用處也沒有。」

蕭衍打開一看，果真滿紙都是曲裡拐彎的符號，看著雜亂，卻又帶著某種奇怪的規律，隔幾個鬼畫符就有一個圓點或者是長著尾巴的點，倒像是斷句一般。

「可能是一種只有他們才知道的隱密符號，專門用來傳遞消息的。」蕭衍皺眉道。

潘又斌接過信紙，揉成團想扔掉，卻被蕭衍攔住。「你還記得指認趙大玲是妖孽的那個道姑嗎？」

潘又斌想了想。「你是說太清觀的丹邱子？」

蕭衍點點頭。「你把這封信拿給她看看，興許她能看出什麼門道，不過記得要避開玉陽真人。雖然她是本宮的皇姑奶奶，卻是胳膊肘往外彎的，上次就是她阻攔了本宮與趙大玲的婚事。」

潘又斌點點頭，也想知道其中的關鍵。

第二天，蕭翊下了朝出宮，想著柳惜妍在府中等著自己，不覺嘴角上揚。

他還有很多事要跟長生和趙大玲商量。如今長生被他安頓在王府中一個隱蔽的院落裡，趙大玲也住得很近，三個人再也不用像以前那樣偷偷摸摸地碰面了。

想到如今越來越好的局勢，蕭翊不禁步履輕快，忽然他感到身後如芒在背，好像一支冷箭射向自己，悚然轉頭，就見街角處一個中年道姑正面色陰沈地盯著自己……

趙大玲出了自家位於貓耳巷的小院，穿過短街，大搖大擺地走進晉王府東側的角門。長生居住的院落就在晉王府的東側，屋外種著芊芊翠竹，一條溪水繞著屋外潺潺流動，環境十分清幽。

屋外有王府的侍衛把手，連趙大玲進去都要出示晉王府的權杖。如今知道長生隱匿在晉王府的只有趙大玲、蕭翊、柳惜妍幾個人，當然蕭衍、潘又斌他們定然也料到這個結果，卻苦於抓不到蕭翊和長生的把柄。

趙大玲想起迎親那日，一早在外院廚房屋頂的草坯上塗滿桐油，於是一個竄天猴就引起了熊熊大火。蕭翊趁亂將長生掩護在迎親隊伍裡，又派人將帶來的一具屍首放在柴房之中，就這樣將長生帶出了御史府。只是這樣一來，官府中顧紹恆的檔案會註明「死亡」，長生也無法再以顧家子孫的名義出現在人前。

她知道這樣的決定對於長生來說很艱難。古人注重姓氏和身分大於性命，如此行事就等於不要祖宗。好在長生這一年多來受趙大玲影響頗深，好漢不吃眼前虧地玩了一回假死遁世。

趙大玲輕快地走進屋內，屋裡敞闊，布置得清爽大氣，雪白的牆壁上沒有任何字畫。一張寬大的檀木書案上整齊擺放著筆墨紙硯，靠牆的條案上放著一個細釉瓷瓶，瓶中插著幾支蘆葦，蘆花雪白，賽雪欺霜。

長生正在案前書寫著什麼，一身白色的布衣，更襯得他頭髮烏黑，眉如鴉羽。他神色專注，修長的手指握著紫檀狼毫筆桿，姿態優美寫意，書案上已經摞起厚厚一疊手稿。

屋內如此安靜，落針可聞，面前的人素衣墨髮，彷彿一幅丹青水墨。

趙大玲倚在門口，靜靜地看著他，只覺得美夢都變成了現實，反而有種不真實感，好像依然在夢境之中。

長生仍在奮筆疾書，並未抬頭，卻悠悠道：「妳已經在門口站了一盞茶的時間了，還沒看夠嗎？」

趙大玲「噗哧」笑了出來，輕快地走到他面前，上半身趴在書桌上，由下往上看著他微俯著的臉。「看不夠，用一輩子都看不夠。」

長生擱下手中的筆，嘴角含笑，眼中也滿是笑意，眸光閃亮，好像映襯著星瀚的海洋。

趙大玲哀嘆一聲。「你不要這麼看著我，你知道我意志力很薄弱的。」

長生臉上笑意更濃，隔著桌子向她伸出骨節分明的手，趙大玲一把拉住，轉過書桌，自然而然地坐在他的腿上，伸頭去看案桌上寫滿字的素白紙箋。「在寫什麼呢？」

長生一手攬著她的腰，一手拿起那疊紙。「給蕭翊寫備忘錄，包括他從小到大發生過的所有事，得空讓他仔細背下來。」

趙大玲隨手翻了翻，就見上面寫著——

肇熙三年元月一日，先帝設宴宮中，江皇后攜蕭弼、蕭翊進宮赴宴。席間，先帝讚八歲的蕭弼天資粹美、穎悟絕倫；讚五歲的蕭翊赤心耿耿、智勇雙全。

趙大玲又翻到另一頁。

乾平四年，蕭翊年十二，隨虎賁將軍習武，於秋闈中獵鹿九隻、獐六隻、狐四隻，聖上賜金弓。金弓重二十餘斤，眾人皆謂翊年幼，臂力不足以拉開弓弦。翊引弓射中空中鴻雁，聖上撫掌而讚。

趙大玲看了幾頁，不禁驚呼出聲。「這麼多，蕭翊背得下來嗎？」

長生捏了捏眉心，聲音中透著幾分疲憊和擔憂。「背不下來也得背，這些只是事件的梗概，當時實際的情況我也會仔細告訴蕭翊。蕭翊自幼與我一起讀書、一起長大，他的事我最清楚不過了，不過即便如此，還是不能保證萬無一失，一些宮中秘聞和家人間的瑣事，我不可能知道，也無法給現在的蕭翊一個預警。」

趙大玲敏感地問：「你在擔心什麼？是不是有人懷疑蕭翊的身分？」

長生看著趙大玲擔憂的神色，想起蕭翊幾日前告訴他，潘又斌的人在御史府外截走了他給趙大玲的一封信，還好信是用英文寫的，潘又斌拿到也沒有用。

蕭翊覺得不是什麼大事，幻想著潘又斌和蕭衍滿懷希望地拆開信卻一個字也看不懂的場景，得意地大笑了一場，但長生卻嗅到一絲危險的訊息，彷彿看到嚴實的包裹已經裂開一個小洞，正以肉眼可見的速度在迅速擴大，不知何時就會暴露出裡頭藏著的秘密，而這也是他下定決心，不惜假死也要儘快離開御史府的主要原因。

他怕她擔憂，沒有告訴她信件的事，沈吟片刻方道：「防患於未然總是好的，蕭翊身分特殊，即便掩飾得再好，在親人面前總是會有疏漏。他目前尚未在宮中暴露，只是因為眾人根本沒往那方面想。再者因為他離京一年在邊關打仗，大家覺得他在軍中待久了，言語和行事上與以往有些不同也屬正常。可萬一紕漏多了，自然還是會引起有心人的懷疑。」

聽他這麼一說，趙大玲也有些擔心。「我當時也覺得自己掩飾得很好、很安全，可還是被丹邱子揭穿了。蕭翊的身分就像個定時炸彈似的，不知道什麼時候會爆炸……」

長生神色有些凝重。「所以我們要做的，一是在他被揭穿前就為他掃清所有的障礙；二是儘量提前做些準備，為他取得最後的勝利爭取更多的時間。等到他站在權力的最頂端，就沒人再敢質疑他的身分和過往。」

兩個人正說著，就見蕭翊疾步走了進來。趙大玲趕緊從長生腿上跳起來，剛想數落蕭翊兩句怎麼連門都不敲，但見他面色凝重，眉頭緊鎖，連忙問道：「怎麼了？是不是蕭衍在朝堂上又給你小鞋穿了？」

蕭翊自顧自地端起桌上冷卻的茶，一口灌了下去，才心有餘悸地張口道：「今日我在宮外看見一個道姑，大約四十多歲，瘦不拉嘰的一張晚娘臉，她直直盯著我足足看了一分鐘，看得我心裡發毛，那一刻竟然有種……有種……」蕭翊不知該如何形容那種感覺。

「是一種『靈魂出竅』的感覺。」旁邊的趙大玲白著臉補充道。

「對，沒錯！」蕭翊一拍大腿。「就是『靈魂出竅』！整個人都像傻了一樣動不了，等我回過神來，只看見那個道姑的背影，轉過街角就不見了。」

「丹邱子……」趙大玲喃喃道，情不自禁地呼吸急促起來，好像又回到了火御寒冰陣法裡，身體受著烈火的炙烤，內裡卻寒涼如墜冰窖，靈魂從頭到尾叫囂著要掙脫身體。

身旁的長生趕緊握住她的手，聲音溫柔而堅定。「大玲，別怕，丹邱子不在這裡，她傷害不到妳的。」

在長生的安慰下，趙大玲才脫離了那個噩夢，恢復了正常的呼吸。

長生愛憐地用衣袖拭去她額角的冷汗，趙大玲也顧不得蕭翊在眼前，有些虛脫地倚在長生的懷裡，喃喃道：「蕭翊，你現在很危險，丹邱子道行很深，當初就是她一眼看出我的靈魂占據了趙大玲的身體，她固執地認為我是個不該存活在這個世上的妖孽，即便後來我師父玉陽真人說我只是個異世者，不是妖孽，也不能解開丹邱子的心結。而且這個人心眼很小，她惱恨師父收我為徒，覺得這讓她顏面掃地，所以一直記恨我，只是懾於師父的威儀，不敢公然與我為敵罷了。如今她看到你，肯定會看出你也是個異世的靈魂，占據了這個時空蕭翊的身體，以她的個性，肯定不會放過你的。」

蕭翊瞇起了眼睛。「這個道姑竟然這麼歹毒，要不我讓侍衛去收拾了她？」

沒想到擔心的事這麼快就來了，此刻長生反而鎮定下來。「稍安勿躁，若謠言已經傳出，這個時候殺了丹邱子豈不是坐實了你自己心虛？而且丹邱子不足為懼，即便發現你是個異世者也奈何不了你。既然我們已經知道她發現了，就可以處處提防她，只要不讓她近身，火御寒冰陣自然也派不上用處。若是她敢對外說出你借屍還魂，你就可以以誹謗皇子、妖言惑眾的罪名要刑部拘捕她，畢竟她這番說辭太過匪夷所思，真鬧到皇上面前，皇上也不會相信。」

聽長生這麼說，蕭翊的肩膀才放鬆了下來。「你這麼說我就放心了，剛才是我自亂了陣腳。想想也是，誰會相信一個道姑對皇子的詆毀，還是借屍還魂這麼荒誕的事？」蕭翊握緊拳頭，一副勝券在握的神情。「從今天起，我要加強警備，讓閒雜人等無法近身到我五十公尺的範圍之內。」

長生依舊眉頭不展，趙大玲一見他這個神色，就知道事情沒這麼樂觀。

果然，就聽長生緩緩道：「丹邱子出現在宮外，肯定是有人讓她去驗證你的身分，所以我們真正要提防的人是那個對你起疑的人，現在丹邱子肯定已經去向那個人報備你和大玲一樣是個異世者，並不是本來的蕭翊。」

蕭翊也緊張起來。「這個人是誰？」

長生垂眸。「除了太子蕭衍還會有誰？此刻他恐怕正因這個消息而欣喜若狂呢！丹邱子不足為懼，是因為她無法接觸到皇上，更無法讓皇上信服，但是蕭衍不同，如果他能在皇上面前讓你漏洞百出，繼而揭穿你不是蕭翊，便可以坐穩他的太子之位，更能除掉你，再無後顧之憂。」

蕭翊一拳捶在桌上，沈聲道：「那我們先下手為強，提前行動吧！」

長生搖頭。「你的聲望還未累積到眾人都擁護的地步，蕭衍也未到窮途末路、眾叛親離的境地，若此時勉強出手，勝算極小，風險太大。」
「那應該如何應對？」蕭翊有些洩氣。
趙大玲默默遞給他厚厚的一疊紙。「你今晚不必睡覺了，重新體驗一下期末考的滋味吧！」
在長生的授意下，蕭翊稱病在府中閉門三天，沒日沒夜地背誦著，果真跟準備大考似的。不過幾天的工夫，人就瘦了一圈，走路都在飄。
第四天，頂著兩個黑眼圈的蕭翊終於出現在宮中。蕭衍見到他時，嗤笑了一下，彷彿已經看到蕭翊人頭落地，一命嗚呼。
那日從丹邱子口中得知蕭翊也是個異世者，蕭衍驚得嘴裡能塞下一個饅頭，隨即便是一陣狂喜。真是天助他也！只要能揭穿蕭翊的身分，就能要了他的命，這個人對於自己而言再也不是威脅。
當然揭穿蕭翊也不能直接跑到皇上跟前說「父皇，告訴你一個秘密哦，老三早就死了，現在這個是假的，是借屍還魂哪！」如果他這麼說，估計自己這個太子也做到頭了，所以最聰明的做法應該是讓皇上自己對這個兒子起疑心。
蕭衍已經將這個「好消息」告訴了潘皇后，潘皇后雖然覺得不可思議，但還是選擇相信太子。屆時母子倆內外夾擊，當皇上的疑心累積到一個程度時，再讓他知道「真相」。
早朝後，蕭衍假裝親熱地拉住蕭翊的手。「三弟等等，這幾日你臥病未能上朝，父皇和母后很是擔心，如今你病好了，為兄便隨你去拜見父皇和母后，咱們一家人也好聊聊家常。」

蕭翊當然知道蕭衍的用意，不著痕跡地擋開蕭衍的手，目不斜視道：「好啊，本王也很久沒去給父皇和母后請安了。」

懿德宮中，當著皇上和潘皇后的面，蕭衍當然是不遺餘力地說起小時候的事。「三弟，你記得嗎？肇熙六年時，皇祖父曾帶著大皇兄和你、我到慎思園遊玩，當時你調皮，跳到湖裡去捉魚，嗆了好幾口水。」

蕭翊微微一笑。

「二皇兄記差了，那是肇熙五年的夏末，當時我只有七歲，掉入池中也並不是為了捉魚，而是為了給母后採一朵盛開的蓮花，不想被人從後面一推，掉入池中，幸虧被隨行的顧太傅的兒子顧紹恆拉了上來。」

蕭翊喝了一口茶，淡淡道：「哦，對了，我記得當時是你站在我身後的。」

蕭衍臉色一變，冷哼道：「三弟這是什麼意思？難道當時是為兄推你下去的嗎？」

蕭翊不軟不硬地接道：「年頭長了，當時年紀又小，有些事模糊了也是有的。不過我雖然不知是何人推我下去的，但是人在水裡卻看見二皇兄笑得暢快呢。」

蕭衍氣得臉紅脖子粗，懊惱自己找了個最不該提起的話題。

潘皇后趕緊打圓場。

「小孩子難免調皮，做父母的不知為你們操了多少心。當年翊兒落水，衍兒哭得跟什麼似的，到底是親兄弟，心連心。」

蕭翊起身向潘皇后行了一禮。「孩兒記得當時潘母后還差人給孩兒送來了祛熱安神的六安散，當時年幼不懂事，都沒有當面謝過潘母后。」

皇上皺了皺眉頭。「六安散雖是祛熱安神的，但藥性烈，怎可給幼兒服用？」

潘皇后掩飾地端起茶盞，嫻雅笑道：「誰說不是呢，許是翊兒記錯了。」

蕭翊面無表情。「孩兒沒有記錯，送藥的是潘母后跟前的素嬤嬤，只需查一下當年太醫院的記檔就能見分曉。」

潘皇后端著茶盞的手一頓，看向蕭衍，蕭衍趕緊解圍道：「如今你好好的，還提那陳穀子爛芝麻的事做什麼？下人拿錯了也是有的。哦，對了，那日我在外頭看見一把金弓，金碧輝煌，甚是打眼，跟父皇賜給你的那把很像，你可記得父皇為何賜你金弓？」

「自然記得，乾平四年的秋闈，翊獵鹿九隻、獐六隻、狐四隻，父皇賜孩兒金弓。」蕭翊語氣不慌不忙，說著微笑著轉向皇上。「眾人都說孩兒年幼，拉不動那弓弦，結果孩兒引弓射中天空中飛過的大雁。現如今，那把金弓孩兒一直存放在王府的兵器室內，用專門的供桌供奉著，時刻提醒孩兒不忘父皇的恩典。」

皇上聽了頻頻點頭，含笑道：「你自幼驍勇，那金弓除了你，別人是不配擁有的。」

潘皇后和蕭衍聞之暗恨，一直到午膳之時，二人也沒問倒蕭翊，偶有小事蕭翊記不清的，也屬正常。

蕭衍和蕭翊留下陪帝后共進午膳，席間蕭翊表現得也無可挑剔，對帝后的口味知之甚詳，讓潘皇后和蕭衍的一番心思都付諸流水。

蕭翊有驚無險地全身而退，蕭衍隨潘皇后回到鳳鸞宮，潘皇后心煩意亂地問：「你確定有借屍還魂這件事？這也太過匪夷所思了。而且本宮看蕭翊對答如流，絕大多數的事情都記得清清楚楚，絲毫不錯。」

蕭衍面色陰沈。「正是因為絲毫不錯才是奇怪，竟然連想都不用想就答上來了，倒像是事先背好的。肯定是顧紹恆那小子又在背後幫著蕭翊，姓顧的小子出名的頭腦好，過目不忘。」

潘皇后頗為洩氣。「這樣下去也抓不到蕭翊的把柄，反而讓你父皇覺得咱們母子一個勁兒地在針對他。那個道姑到底是否可靠？要不你把她召到宮中，本宮詢問她一二。」

蕭衍無奈地搖頭。「丹邱子的話無足輕重，即便咱們知道她說的是真的又如何？父皇會相信嗎？」

潘皇后眼中寒芒一閃。「她的話沒有分量，那你皇姑奶奶的話，你父皇總是能聽進去的吧！大周皇室總不能讓個野種忝居皇子之位。」

聞言，蕭衍低頭深思。

另一頭，蕭翊咧著嘴回到了晉王府。今天的表現好極了，他迫不及待地想跟長生和趙大玲分享皇宮裡潘皇后和蕭衍吃癟的情形。

剛進到王府外院，就見馬車已經套好，趙大玲掀開車簾招呼。「上車吧，我們去個地方。」

「去哪兒？」蕭翊見長生和趙大玲都在車上，有些丈二和尚摸不著頭腦。

「太清觀。」長生簡短答道。

長生和趙大玲帶著蕭翊到太清觀拜見玉陽真人。玉陽真人本來很歡喜見到長生和趙大玲，尤其見到長生不再穿下奴的黑色短裳，而是一身淡青色的布衣，如修竹一般挺拔，面容俊美，眉眼瀹寧，一身清貴的書卷氣，儼然有當年顧太傅的神韻，不禁帶著笑意點頭。

「看上去氣色好了許多，如今雖然詐死，不能再用真實姓名，但是你父母若是泉下有知，看到你不再受苦，也會感到欣慰的。」

蕭翊高大的身影出現在門口，長生向玉陽真人介紹道：「這位是晉王蕭翊，特來拜見您。」

玉陽真人看向蕭翊，一下子皺起了眉頭，琥珀色的眼珠捲起風暴般的漩渦。

蕭翊感到一陣天旋地轉，好像驚濤駭浪中的一葉小舟，渾身的力氣都被抽光了。

長生及時向前一步，站在玉陽真人和蕭翊之間，擋住了玉陽真人的目光，蕭翊這才如同溺水的人終於冒出水面，大口地喘著氣。

玉陽真人目光犀利地看向長生和趙大玲，篤定道：「他也是個異世者！」

「是。」長生坦然承認。「蕭衍已經對他起疑，我擔心蕭衍會來求您出面指摘他，所以帶他前來。」

玉陽真人怒道：「這個遊魂占據了蕭家子孫的身體，即便蕭衍不來求貧道，貧道也斷斷留不得他。」

趙大玲哀求。「師尊，我也是個異世者，您沒有揭穿我，還收我為徒，為何不能寬待蕭翊呢？」

玉陽真人搖頭。「那不一樣。妳只是御史府的丫鬟，不會對別人造成危害，而這個人不同。皇室的血脈不能有異，而且他的存在難保不會造成朝廷的動盪。」

蕭翊恭恭敬敬地向著玉陽真人行了晚輩禮。

「晚輩的魂魄確實來自異世，但這具身體裡的血脈卻是蕭家的，不因晚輩的靈魂而有絲毫改變，從這個意義上來說，晚輩還是要稱呼您一聲皇姑奶奶。一年多前，晚輩死後又醒過來，就發現自己成了大周朝的皇子蕭翊，我也曾渴望回到自己的時空，但是這一年多的時間，我在這個異世結交了好友，也找到了摯愛，更看到了自己身上的責任。」他看了一眼長生和趙大玲。「如今我不能離開，為了保護我的朋友，也為了陪伴我所愛之人，我一定要留下來。」

長生神色悲憫，眼中含淚。「真人，您知道以前的蕭翊，我最好的朋友，是怎麼死的嗎？他是被他的親哥哥蕭衍害死的。蕭衍派出百名死士，在邊關的密林裡伏擊阿翊，將阿翊和他的貼身侍衛全部殺害了。阿翊身中數刀，要不是這個異世的魂魄從他的身體裡甦醒，他的身體早已歸於塵土，他的冤屈將永遠得不到申訴，他的仇恨也永遠報不了。」

玉陽真人目光如炬。「你們要替蕭翊報仇，就是亂了大周的朝綱。」

「太子不仁，謀害手足，何德何能成為大周的儲君？如果大周的江山落在這樣的人手裡，聖上的幾個幼子將會被他屠戮殆盡，朝堂上難免會颳起一陣腥風血雨。蕭衍狹隘陰狠，這樣的君王又如何能治理好國家？如何能讓百姓安居樂業？」長生一連串的問句，讓玉陽真人也沈默下來。

上次她去宮中阻止蕭衍求娶趙大玲，當時就對蕭衍這個姪孫印象極其不佳，此人面色陰鬱，目光閃爍不定，一看就是宵小之輩。她當時想到大周下任君王如此不堪，還暗自心驚，只因身在方外，不再管紅塵俗世，所以雖為大周的將來擔憂，卻也無法多加置喙。

趙大玲見玉陽真人不語，知道她已有所動搖，誠懇道：「師尊若是到宮中拆穿蕭翊，皇上自是會信您的話，那就等於是讓蕭翊再死一次。不管他的靈魂來自何方，他的身軀和血脈卻是蕭家的子孫無異，蕭翊已經慘死在兄長手上一次，難道還要讓蕭衍再次殺了手足嗎？蕭衍那個人您也是知道的，當初顧太傅因為支持蕭翊而被蕭衍記恨，以結黨營私的罪名關入牢中，這樣陰毒狠辣、陷害忠良之人若是做了皇上，那才是大周的災難。」

玉陽真人聽到「顧太傅」三個字，胸中一慟，前塵往事滾滾而來，她自嘲地閉了閉眼睛。原來清修了許多年，還是會僅僅因為聽到有人提及他的名字，便跌回紅塵之中。

翌日，潘皇后在太子蕭衍的陪同下，以到道觀上香、為國祈福之名來到城外的太清觀。不過她真實的目的不過是想要拜見玉陽真人，誰料卻吃了閉門羹。

小道姑說真人在清修，誰也不見，而兩人雖貴為國母與儲君，卻也是拿這個大長公主毫無辦法，最後只能無功而返。

# 第三十三章　綁架

危機暫時解除。在長生的幫助下，蕭翊在朝中加緊時間鞏固自己的勢力。

趙大玲很想搬到晉王府中與長生住在一起，但長生卻拒絕了。

他拒絕了、拒絕了、拒絕了……趙大玲感覺自己受到了不小的打擊，噘著嘴表示不開心。

這種事向來都是女人矜持、男人主動的，結果自己厚著臉皮提出來，人家卻不領情，顯得自己多猴急似的。

好吧，自己是想一天十二個時辰跟他膩在一起，相愛的人不都是這樣嗎？

長生執起她的手，溫言道：「這裡畢竟是晉王府，我要給妳一個只屬於我們的家。」

趙大玲一下子釋然了，明白了他的驕傲和自負。如今他客居晉王府，被蕭翊保護著，成了一個沒名沒姓的隱身人，只有等到真正自由的那一天，恢復了他的姓氏，他才會毫無顧忌地娶她為妻。正像他說的那樣，他要給她一個真正的嘉禮，可以與她攜手人前，接受眾人的祝福。

趙大玲摟住他精瘦的腰，將頭埋在他的胸前，呼息間都是他身上淡淡的蘭香味道。今天他穿了一件墨藍色的衣袍，只在衣襟和袖口繡上銀色的雲紋，她在他的前襟上蹭了蹭，雲紋上的銀線刮在皮膚上，傳來些微的刺痛。

她感受著他懷中的溫暖和愜意，不知為何，沒來由地感到一陣心慌，彷彿這種溫暖是短暫的，背後卻是黑不見底的萬丈深淵。

她甩甩頭，自嘲自己的胡思亂想。長生住的院子有重兵把守，連隻蒼蠅都飛不進來。這大概就是因為在意而生的憂慮吧！

她伸手越發地抱緊了他，手臂扣在他瘦削的後背上，喃喃道：「長生，你要一直跟我在一起，我們不要分開。」

他「嗯」了一聲，聲音從胸腔帶著共鳴傳到她的耳膜，顯得異常渾厚。他撫著她墨黑的秀髮，親吻著她的鬢角。

「我們永遠不會分開。」

太子府中，蕭衍見到了被潘又斌領來的丹邱子。

說起玉陽真人拒絕見潘皇后和太子，丹邱子神色淡漠。「太子殿下不必感到奇怪。師尊明知趙大玲是個妖孽，可還是一意孤行收她為徒，如今即便知道那晉王蕭翊也是個異世者，恐怕也不會有多在意。」

蕭衍陰沈著臉。「可是本宮卻不能容忍有這樣的妖魔鬼怪玷污皇室，必除之而後快。」

丹邱子眼中精光一現，單手豎掌。「無量天尊，衛護天地清明，降妖除魔一向是我輩之職責，貧道但憑太子殿下吩咐。」

蕭衍想讓丹邱子靠近蕭翊，以火御寒冰陣將蕭翊的魂魄驅走，但蕭翊自從上次在街角遠遠看見丹邱子後就非常警覺，出府身邊都要圍著一圈侍衛，其他人根本無法靠近。且火御寒冰陣施展起來頗費周章，不把人控制起來便無法啟動陣法，蕭衍幾次想把他騙到自己的太子府或是潘皇后的鳳鸞宮，但蕭翊像是滑不溜丟的魚，死活不上當，大不了就稱病不上朝，引得皇上心疼這個兒子，賜了大批的珍貴補藥送到晉王府，氣得蕭衍直咬牙。

此路不通只能另闢蹊徑，潘又斌又打起了趙大玲的主意。

「玉陽真人也默認了趙大玲是個異世者，若是那燒火丫頭能出面指摘蕭翊與她是同類，將他們之間的計畫說個清楚，便能讓這個假蕭翊無處遁形。」

丹邱子主動請纓，要將趙大玲捉拿過來，但是趙大玲所住之地都有晉王府的侍衛把守，出入也會有侍衛跟隨。雖說進了太清觀倒是一個人，可丹邱子在玉陽真人眼皮底下又不敢動趙大玲，幾次劫持不成，只能恨恨作罷。

蕭衍和潘又斌不死心，與丹邱子商量對策，丹邱子忽然想起一人。

「兩個月前，淑寧郡主曾向貧道打聽過趙大玲，貧道告訴她趙大玲是個妖孽，她非常震驚，既然咱們無法近趙大玲的身，或許可以讓淑寧郡主試一試。」

於是蕭衍找來了蕭晚衣，一見之下也是嚇了一跳。

只見蕭晚衣形銷骨立，一副了無生趣的模樣，瘦得臉頰都凹陷，昔日油光水滑的黑髮如今顯得枯黃毛躁，整個人好像脫了水的乾花，再也不復之前的美貌。

蕭衍驚問：「晚衣妹妹可是遇到什麼變故，為何如此憔悴不堪？」不問還好，一問之下蕭晚衣忍不住掩口而泣，淚珠如雨落下。蕭衍立刻明白過來，閨中少女能有什麼愁事，不過是一個「情」字看不破罷了。

蕭衍化身知心大哥，嘆氣道：「晚衣妹妹，妳這又是何苦？那顧紹恆若是泉下有知，必會感念妳一片癡心。也是他沒有這個福氣，本來本宮想著把他弄出御史府，送到瑞王府上的，但是又怕瑞皇叔怪罪，便沒敢如此行事。誰知一念之差卻讓你們陰陽兩隔，再無可能。」

蕭晚衣哭得越發哀婉。「妹妹也不怕在太子哥哥面前沒臉，說句掏心窩子的話，若不是顧及父母，晚衣真想隨他去了。」

屏風後的丹邱子適時地走了出來，神色肅穆。「無量天尊，郡主不必過於憂傷，貧道算了一卦，那顧紹恆並沒有死。」

蕭晚衣瞬間瞪大了眼睛，顫聲問：「妳、妳說的是真的？顧公子他沒有死，還活著？」

丹邱子淡然道：「貧道乃修道之人，不會口出妄言。卦象上顯示他尚在人世，當日的大火不過是個障眼法，讓眾人都以為他死了，其實他已經離開了御史府。」

蕭衍也跟著敲邊鼓。「本宮也覺得當日的大火起得蹊蹺，倒像是有預謀的一般。」

蕭晚衣雙手合十，感謝上蒼，激動得不能自已。

最初的驚喜過後，她又忍不住問：「那他為何假死遁世不再現身？他如今身在何處？」

丹邱子掐指一算，肅然道：「是那個妖孽趙大玲在作祟，顧紹恆如今被那妖孽控制住了。」

蕭晚衣也變了神色，失聲道：「又是她？當日您告訴我趙大玲是個妖孽，占據了原來那個廚娘女兒的身體，我還想去通知顧公子不要被她騙了，可是他一直不肯見我，誰知還沒等我想出一個好辦法，就傳來了他的死訊。」

丹邱子點頭道：「顧紹恆被妖孽所擾，此番也是那妖孽的手段，讓他假死遁世，如此一來，他便完全落入那妖孽的手中。」

蕭晚衣滿臉的憤恨。「她太歹毒了！害得顧公子從此以後只能隱姓埋名，無法恢復顧氏子孫的身分。」

蕭衍搖頭撇嘴。「晚衣妹妹妳也太單純了，顧紹恆失去的可不僅僅是顧氏的身分。那妖孽是霸占著顧紹恆，唉……」蕭衍長嘆一聲。「為兄都不好意思當著妹妹的面說出口，只怕顧紹恆此刻即便沒死，也時日無多了。」

蕭晚衣一愣，很快明白過來。偶爾淘換來的話本裡也有類似的故事，狐狸精化成人形專門迷惑年輕的男子，採集男子身上的陽氣。

蕭晚衣垂下頭，蒼白的臉上浮起堅毅的神色。「我要救他，不管付出什麼代價。」

蕭衍見差不多了，才唉聲嘆氣道：「為兄也是想救顧紹恆一命，畢竟也算是舊識，不能眼睜睜看著他被妖孽所害。若想救他，就要先拿下那個妖孽，只是如今連晉王蕭翊也被她蠱惑，處處給她方便，還派侍衛保護她，她那個院子跟銅牆鐵壁一般，根本無從下手。那妖孽又十分警覺，本宮的人都無法靠近，更別提解救顧紹恆了。」

蕭晚衣果真立刻上當，急切道：「也許我可以試試。我見過她的娘，他們一家人對我是沒有防備的。」

蕭衍與丹邱子對視一眼，接著神色嚴肅地道：「為兄在此謝過晚衣妹妹深明大義。」

屋子裡，友貴家的一邊繡帕子，一邊向大柱子嘮叨：「你看你姊，說是去太清觀了，怎麼還不回來？別是又跑去找你姊夫了，婚事還沒辦呢，就整天膩在一起，膩出事來怎麼辦？」

大柱子正在練習寫大字，一筆一畫寫得有模有樣，頭也不抬道：「姊姊去找姊夫也是在晉王府裡，能出啥事？晉王殿下可厲害了，上次他帶我去校場，十幾個人都不是他的對手，被他三拳兩腳就打趴了，他還教了我幾招呢，他說這叫『散打』。」

大柱子又有了新的偶像，說起蕭翊來很是崇拜。

友貴家的用針尖劃劃頭皮，呵斥道：「你小孩子家的懂個屁，老實把你姊夫給你留的功課都做了，別整天喊打喊殺的。」

提起姊夫，那是大柱子心中神一樣的存在，他立刻不說話了，乖乖地練習寫大字。

友貴家的看著認真的大柱子，又看看屋裡的擺設。儘管已經住進來好些天了，可還是有種作夢的感覺，總怕一覺醒來，自己又成了御史府的廚娘，大玲子還是灰頭土臉的燒火丫頭，而大柱子也被打回原形，就是個院子裡玩土坷垃的小泥猴兒。

友貴家的偷偷掐了自己一把，還挺疼，看來不是夢，這才放心下來。

如今的日子也算是幾輩子燒高香得來的了，不過清閒是清閒，卻也失去很多樂趣。以前在御史府裡做廚娘，雖然累得直不起腰，但是周圍都是老姊妹，沒事鬥鬥嘴、打打牌，也能混個熱鬧，現在一家人住這麼個宅子，蕭翊給找來兩個膀大腰圓的僕婦幫著照看他們娘仨兒，一個蔡氏，一個何氏，平日裡做做飯、打掃院子，連友貴家的想自己做頓飯還弄得像是跟那兩個人搶活幹似的。友貴家的自己嫁人前是丫鬟，嫁人後就是僕婦，幹了一輩子活兒，不習慣衣來伸手、飯來張口的生活，所以總覺得天天閒得難受。

她自嘲地搖搖頭。自己就是個勞碌命，這輩子是做不了享福的夫人了。

正在胡思亂想，門口傳來敲門聲，院裡的何氏非常謹慎，從門縫裡往外看，見敲門的是一個穿著翠色衣裙的小丫鬟，頭梳雙髻，笑容滿面。

「靈幽姑娘是住這裡嗎？我家郡主前來拜訪。」小丫鬟脆聲問。

何氏看到小丫鬟身後是一輛氣派的馬車，墨綠色帷帳，四角掛著玉珮，馬車外掛著木牌，上書「瑞王府」。何氏又看向四周，晉王府的侍衛從各個角落裡探出身來，只等何氏一聲令下，就將馬車裡的人拿下。

何氏見侍衛都已就位，才放心地打開門，恭敬道：「不巧得很，靈幽姑娘去太清觀了，姑娘可以留下瑞王府的帖子，等靈幽姑娘回來，奴婢再交給她。」

車簾掀開，一個紅衣姑娘率先跳下來，與那翠衣婢女生得一模一樣，也是圓圓的笑臉，一副天真爛漫的神情。她回身伸手，一位身穿淡紫色繡凌霄花錦衣的美貌女子，扶著紅衣丫鬟的手款款從馬車中下來，含笑道：「靈幽妹妹不在也不打緊，本郡主好久沒見趙伯母了，今日正好拜訪拜訪。」

友貴家的在屋裡聽到外頭的動靜，放下繡了一半的帕子走出來，見到蕭晚衣，趕忙行禮。

「呦，這不是淑寧郡主嗎？」因為上次淑寧郡主願與趙大玲共侍一夫卻遭拒絕，友貴家的一直覺得對不住人家姑娘。

其實友貴家的想法很樸實，人家可是堂堂的郡主、皇上的親姪女，願意跟自己閨女平起平坐，怎麼說也是給自己閨女長臉，結果卻哭著走了。

今日一見，這姑娘都瘦得快沒人形，一張巴掌大的臉只剩下一雙大眼睛，衣服穿在身上都顯得寬大，心中不免多了幾分憐惜和愧疚。

蕭晚衣上前一步扶住友貴家的。「趙伯母不必多禮，晚衣本是晚輩。」

蕭晚衣絲毫不計前嫌，還是這樣謙和有禮，友貴家的越發覺得這個郡主可親可愛，趕緊道：「那哪兒行，您是皇親國戚，皇上是您的親伯父，給您行禮那是奴婢的榮耀！」

友貴家的又奴婢上身了，堅持行了大禮，方問道：「今兒什麼風把您吹來了？我們這窮門破戶的，您別嫌埋汰。」

蕭晚衣笑容如和睦的春風。「晚衣早就想來祝賀趙伯母與靈幽妹妹的喬遷之喜，無奈府裡事情多，好不容易今日得閒了，便過來看看。」

翠衣丫鬟和紅衣丫鬟兩人合力從馬車中將一個樟木箱抬到院子中央，抱出一個一米多高的紅珊瑚樹。蕭晚衣在一旁道：「這是從南洋尋來的紅珊瑚，就當給新屋子添個擺設，望您別嫌棄。」

友貴家的不料蕭晚衣一位郡主卻對自己如此客氣，再看那紅珊瑚樹，通體瑩潤，閃閃發光，即便她不懂行情，也知道肯定是個好東西。

她搓著手，吶吶道：「瞧您這話說的，王府裡隨便拿個痰盂出來都是您的一番心意，這個盆景一看就不是便宜貨，擺在古鋪子裡怎麼也得賣幾十兩銀子吧，咱這兒小門小戶的，可擺不起這麼貴重的東西。」

友貴家的說得粗俗，蕭晚衣卻不以為意，紅衣和翠衣丫鬟嬉笑道：「這個紅珊瑚樹夠買下京城中任何一間古董鋪子了。」

友貴家的聽了越發不敢收，還是蕭晚衣道：「您不用聽紅裳、翠羽這兩個丫頭渾說，這個並不值什麼的；再說我本就是來祝賀喬遷之喜的，總不能空著手進門，您再不收，我可要惱了。」

「別惱、別惱！我收下便是。」友貴家的只能收下。

何氏和蔡氏想過來幫著搬進屋裡，紅裳和翠羽一閃身，道：「還是我們來吧，這紅珊瑚最是怕磕怕碰的，掉下一枝來，就壞了品相。」說著便抬著紅珊瑚進了正廳。

何氏和蔡氏見友貴家的與這位郡主十分熟稔，便也沒阻攔。何氏上前關院門，不著痕跡地朝外面比了個「安全」的手勢，侍衛這才隱身回到暗處。

友貴家的領著蕭晚衣走進屋裡。「您進屋裡坐坐，我家大玲子去太清觀找她師父修道去了，算算時辰，一會兒就會回來。」

蕭晚衣跟著友貴家的進屋，見到大柱子又是一番誇獎。

友貴家的不無得意。「這孩子得他姊夫教導，比以前有出息了許多，如今整本書都能唸出來。」

蕭晚衣目光一黯，垂下頭。「顧公子親自教他，他自然錯不了的。」

友貴家的暗自懊惱。好好的提長生做什麼，又惹人家姑娘不開心，趕緊打岔道：「呦，說了半天話，郡主渴了吧，奴婢給您倒碗茶去。」

蕭晚衣緩緩抬起臉，黑水銀一樣的瞳仁裡帶著一絲複雜和愧疚。「趙伯母，您是好人，我也是身不由己。」

友貴家的剛想說「郡主這是哪裡話」，就忽然覺得彷彿置身春日的百花園中，一股股花香直衝鼻端，渾身懶洋洋的好似飄在水中。

接著她感到一陣頭暈目眩，眼前的蕭晚衣幻化出兩個腦袋和四隻眼，一旁的紅裳和翠羽冷冷地看著她，唇邊的笑容凝結如染霜的花朵，眼中有銳利如刀鋒的寒芒。

友貴家的也察覺出不對勁，強撐著去看大柱子，就見柱子已經趴在桌子上，打翻的硯臺染了一身的墨汁。

猴崽子，又弄髒了衣服……友貴家的模模糊糊地想著，身子往下一滑，徹底地不省人事。

屋內的友貴家的、大柱子和屋外的何氏和蔡氏都失去了知覺，蕭晚衣向紅裳和翠羽點了點頭。

其實她們兩個並非瑞王府的丫鬟，而是太子府養的一對雙生殺手，尤善使用迷香，只需輕輕揮揮衣袖，就能將迷香散布出去。她們三人因提前吃了解藥，因此不受迷香的干擾。

紅裳和翠羽將院子裡的何氏和蔡氏抬到廂房裡，又從珊瑚樹的底座抽出兩把長二尺、寬不過一寸的窄刀。蕭晚衣靜靜地垂頭坐在正房裡的客座上，陽光透過雕花窗扇，在她的臉上投下明暗的陰影。

趙大玲拎著一個用油紙包著的肉包子走進院門，習慣性地喊了一句。「我回來了。」

意外地沒有得到回應，她有些納悶，又喊了一聲。「柱子，我給你帶裕德樓的肉包子回來了！」

還是沒有聲音，大柱子也沒有如她所想歡呼雀躍地奔出來，更奇怪的是何媽和蔡媽也沒在院子裡。

院子裡太安靜了，安靜得詭異。趙大玲本能地覺得不對勁，將手裡的油紙包一扔，轉身就往院門跑。

剛跑兩步，就見院門在她面前無聲無息地關上了，門後出現一個穿著紅色衣裙的姑娘，面容嬌俏，帶著天真燦爛的笑意，眼中卻是一片冰冷，好像在一張生動至極的臉上嵌上一雙別人的眼睛。

趙大玲剛想張嘴呼救，那紅衣姑娘手腕一翻，手裡多了一把窄長的刀，刀尖對準她的胸口。

紅裳用刀逼著趙大玲進到屋內，趙大玲一眼就看到倒在地上的友貴家的和大柱子。

「娘、柱子！」她驚呼一聲想撲過去，旁邊一個穿著翠綠衣裳的姑娘用手裡的刀比著地上的兩人，讓她生生止住了腳步。

蕭晚衣坐在椅子上，幽幽道：「我若是妳，便不會做傻事。」

趙大玲憤而回頭。「蕭晚衣，我一直敬妳有情有義，卻不想妳如此卑鄙。」

「卑鄙？」蕭晚衣冷哼一聲。「妳明明是個妖孽，卻魅惑顧公子，慫恿他假死遁世，害他見不得天日，真正卑鄙的是妳！」

「妳口口聲聲說我是妖孽，又有什麼證據？妳是親眼看見我青面獠牙了，還是看見我吸人血、吃人肉了？」趙大玲怒道。

蕭晚衣一滯，勉強道：「御史府中的僕婦齊嬤嬤和妳的師姊丹邱子都說妳是妖孽，可還冤枉了妳？」

趙大玲怒極反笑。「我若是妖孽，我師父還能收我為徒嗎？她老人家的道行不比丹邱子高深？她都證實了我是常人，妳卻只願意相信妳想聽到的答案。從妳本心來說，妳希望我就是個妖孽，是個狐狸精，如此妳就可以安慰自己，長生對我情有獨鍾是因為受了我的妖術和蠱惑，這樣是不是能讓妳好受一點兒？」

趙大玲一邊說，一邊焦急地計算時間。她回來時是未時三刻，她答應了長生申時正點去找他一起吃晚飯，如今已近申時，她只要再拖一會兒，長生見不到她自會起疑，屆時定會讓晉王府的侍衛來一探究竟。

蕭晚衣面色蒼白，顯然是被趙大玲說中了心中所想，只是這個事實是她自己都不願面對和承認的。

她死死握著梨花木椅子的扶手，不敢去看趙大玲的眼睛，慌亂道：「不，妳胡說，丹邱子說過妳慣會洞察人心再施以妖法，玉陽真人就是這樣被妳唬住的，顧公子也是這樣被妳騙住的，妳休想再騙我！」

假話說多了，自己也會相信，蕭晚衣唸叨了好幾遍，又有了底氣。「我不能讓妳再害顧公子，只有除掉妳，他才能得救。」

旁邊的紅裳有些不耐煩，提醒道：「郡主不用跟這妖人多說什麼，太子殿下吩咐了，一旦得手就儘快把她弄出去，免得夜長夢多。」

趙大玲感到絕望，悲哀地看向蕭晚衣。「妳看，蕭衍並不是要殺我，他只是想利用我對付蕭翊和長生。今天妳把我交給太子，就是害了妳最在意的人。」

「妳閉嘴！」紅裳嬌斥了一聲，同時用刀柄砸在趙大玲的肩窩上。

趙大玲半邊身子都麻了，吃痛地倒在地上，她喘著粗氣，直直地看著蕭晚衣。「妳說妳愛他，為了他不惜做任何事，可是妳可曾顧及過他的感受？他不會原諒妳的。」

聞言，蕭晚衣神色猶豫，緊張地從椅子上站起來。

紅裳見情況不對，將紅色的衣袖拂到趙大玲的面頰上。「就妳話多，老實睡一覺吧！」一股花香襲來，好像周圍有無數鮮花綻放，清香中卻又帶著一絲窒悶的甜膩，趙大玲下意識屏住了呼吸，可還是抵不住腦子一陣眩暈，眼前的事物都變得模糊。

她掙扎著看向友貴家的和大柱子，就見那個翠衣女子揚起了手中的刀——

「不！」她撕心裂肺地喊，用盡最後的力氣抓住蕭晚衣的裙角，斷斷續續道：「不要……讓嫉妒……蒙蔽了妳的心，失掉妳本來的善良……」

蕭晚衣頓時愣住，冷汗浸濕了身上的紗衣，她勉強揮手，向紅裳和翠羽道：「不要節外生枝傷及無辜。快把趙大玲帶上，我們馬上離開這裡。」

趙大玲心裡一鬆，徹底墮入黑暗之中。

紅裳和翠羽二人將趙大玲抬起放進剛才盛放紅珊瑚樹的碩大木箱內，兩個人臂力過人，抬起裝了一個人的木箱毫不費力，好像在抬一個空箱子一般。

蕭晚衣打開院門，讓二人將箱子抬到馬車上，接著故意站在院門口向院內揚聲道：「趙伯母、趙姑娘，妳們不必相送，晚衣改日再來拜訪。」

說完便帶上了院門，在紅裳的攙扶下上了馬車。

長生在書桌前寫字，卻一直靜不下心，手一抖，又一個字寫歪了，頓住的筆鋒在宣紙上留下渲染開的墨跡。

他鎖著挺秀的眉毛，嘴唇抿成了一條線，心煩意亂地將那張雪白的素馨雪箋揉成團，扔進桌下的廢紙簍裡。

這已經是今天下午第五張寫廢了的紙。他索性將筆放在了青花筆架上，背靠著椅背，專注地看向門口，等待那個熟悉的身影一溜煙地跑進屋子裡。

時間一點一滴過去，已經申時整了，趙大玲很少會遲到。其實偶爾她也有被友貴家的數落而來晚的時候，但他沒有一次像今天這樣坐立不安，那種感覺好像是那日在御史府的柴房中，他忽然聽見潘又斌的聲音，那一刻渾身的血液都凝結了，整個人彷彿墜入冰冷的海水之中，無聲而飛速地下沈，不知何時會落到漆黑的海底。

一念既起，長生再也坐不住，他噌地一下子站起身，疾步走到屋外，守候在門口的侍衛見到他，躬身恭敬道：「公子有何吩咐？」

長生清清喉嚨，發現自己的聲音在發抖。「派人去看看趙姑娘的宅子可有什麼不妥？」

侍衛領命而去，不過片刻便回來稟報。「貓耳巷守衛的侍衛說半個時辰前瑞王府的淑寧郡主前來做客，一炷香前剛走了。趙姑娘也差不多是那個時候回來的，進去後就沒再出來。」

長生的喉嚨發緊。「趙姑娘是在淑寧郡主走之前回來的，還是之後？」

「應該是之前，守衛的侍衛說還聽見淑寧郡主跟趙姑娘告辭。」侍衛畢恭畢敬答道。

長生一個趔趄，差點兒摔倒。

侍衛詫異地扶住他。「公子，您怎麼了？」

長生推開侍衛，跌跌撞撞地往外跑。

侍衛趕緊去追。「公子、公子，王爺說了沒他陪著您，您不能出王府——」

長生置若罔聞，心裡的不安如一把利劍穿胸而過，那種惶恐和自責讓他只能聽見耳邊的風聲和自己如鼓的心跳。從他住的院子到晉王府東門不過五百步，卻漫長得好像永遠也跑不到盡頭。

終於，他氣喘吁吁地來到趙大玲家門口，只見大門緊閉，他想去推門，卻又恐懼得不敢伸手，不知道門後等待他的是什麼樣的情景。

隱匿在宅子周圍的侍衛現身，面面相覷，不知發生了什麼事。

長生鼓足勇氣推開院門，跨步走進院裡，身後的侍衛才跟著湧了進來。

院子裡沒有血腥味，也沒有打鬥的痕跡，一片寂靜，好像主人只是剛剛離開一般。地上滾落了好幾個白胖的包子，整個院落寂靜中透出一絲詭異。

長生一步步走在院子中央的石板路上，好像走在無人的墳場，遍體寒涼。當他走進正屋，見到友貴家的和大柱子並排躺在地上，心口一窒，立刻撲上去探他們的鼻息。

謝天謝地，他們都還活著，只是失去了知覺。他四下尋找趙大玲，卻不見她的身影。接著侍衛從廂房裡找到了依舊昏迷不醒的何媽和蔡媽，可翻遍了整個宅子，也沒找到趙大玲。

才剛回到王府的蕭翊得到消息也趕了過來，一邊指揮著侍衛繼續在貓耳巷附近搜尋，一邊讓眾人將昏迷的人抬到王府，再去找郎中。

蕭翊看到長生臉色慘白，搖搖欲墜，趕緊上前扶住他。

長生目光直愣愣地看著前方，喃喃道：「怪我……都怪我，你早就說過讓他們一家人搬進王府的，而我卻拒絕了……是我為了自己所謂的驕傲和自尊，將她置於危險之中，是我害了她。」

蕭翊心中彷彿堵著一個鉛塊。「怎麼能怪你呢？要怪也怪我沒有保護好他們，讓人鑽了空子。」他懊惱地一拳捶在牆上，見長生面如死灰，忙安慰道：「你別急，沒找到她也是好事，至少證明她還活著，蕭晚衣總不會帶走她的屍首吧。」

長生眼前一黑，人也向地上倒去，蕭翊一把抓住他下沈的胳膊。「喂喂，我就是這麼一說，你別暈啊！郎中，快傳郎中！」

長生掙扎著推開他，趺趺撞撞地往外跑。

蕭翊從後面追上來。「你要是被人看到就沒命了，我已經派侍衛趕往瑞王府了！」

長生扶著院子裡的樹幹，強忍著胸中翻江倒海的情緒，咬牙道：「還有通往太子府和慶國公府的幾條路，務必在蕭晚衣將大玲交給別人前截住她。」

蕭翊神色凝重地問：「你是懷疑蕭衍和潘又斌插手此事？」

長生面色像白紙，渾身都在顫抖。「蕭晚衣沒這麼大的膽子，也不可能布置得這麼周詳，將人從貓耳巷的宅子裡帶出去。她背後肯定有人指使，提供協助。」

蕭翊神色一凜，向侍衛道：「增派人手在通往太子府和慶國公府的幾條路上搜尋，再牽我的馬來，一隊人馬隨我即刻去瑞王府。」

長生一把抓住他的手肘。「給我備輛馬車，我與你同去。」

蕭翊知道此刻長生的心裡猶如油煎一般，當下點頭讓侍衛備車。

一行人趕到瑞王府，就見晉王府的侍衛與瑞王府的侍衛正對峙著，雙方都抽出了佩劍，嚴陣以待。兩隊人馬中間是一輛墨綠車帷的馬車，車廂四角掛著雙魚玉珮，在風中叮鈴作響。

蕭晚衣端坐在馬車裡，垂眸不語，好似廟宇中的木塑泥像。馬車旁邊的地上放著一個一米長、高和寬都有近半米的大木箱，長生和蕭翊滿懷期待地上前打開，卻發現箱中空空如也。

看到長生出現，蕭晚衣才抬起頭來，目光定定地看著他。面前的人不似記憶中那般溫潤如玉、寧靜從容，他看上去失魂落魄，彷彿緊繃的弓弦，隨時會斷裂，俊美的面龐也因焦慮而顯得蒼白如紙。

「妳把大玲帶到哪兒去了？」長生的聲音暗啞顫抖。

蕭晚衣苦笑，他心中惦記的還是那個女人。「顧公子，我知道你會怪我，但是我真的是為了你才這麼做的。趙大玲是個妖孽，這點毋庸置疑，她留在你身邊只會害了你。」

長生不理會她，又啞著聲音重複一遍。「妳把大玲帶到哪兒去了？」

這樣的長生讓蕭晚衣感到陌生而害怕。以往他雖然對她疏遠，卻總是謙和有禮。她急急地辯解，卻顯得軟弱無力。「御史府的人和她的師姊都說了她是妖孽，顧公子，你醒醒吧，不要繼續受那妖孽的迷惑。」

「妳把大玲帶到哪兒去了？」長生還是那句話。

蕭晚衣終於崩潰，眼淚奪眶而出。「你就那麼在意那個妖孽嗎？好，我告訴你，一出貓耳巷，太子府的兩個殺手就把她帶到另外一輛馬車上，如今她在哪裡我也不知道，不是在太子手上就是在潘又斌手上。」

長生怔了一下，緊接著氣血翻湧，「噗」地一口鮮血噴出，染紅了雪白的衣襟。

他一路趕來，本就五內俱焚，雖然也知道她凶多吉少，但心中總是存了一絲僥倖，希望蕭晚衣還沒來得及將她交給別人，此刻親耳聽見蕭晚衣說出太子和潘又斌，急怒之下，再也忍不住胸中的血湧。

他舉袖抹去唇邊的血，艱難地向蕭翊道：「帶齊人馬，去太子府和潘府。」

蕭翊立刻想到潘府那間地下囚室，不禁也握緊拳頭，振臂一呼。「上馬，隨我先去慶國公府！」

蕭晚衣見長生吐血，整個人都嚇傻了，直到這時才如夢方醒地撲過去拉住長生的衣袖，含淚的秀目中滿是驚懼。「顧公子……」

長生閉了閉眼睛，不願再看眼前這張臉。「妖孽一說純屬無稽之談，竟讓妳拿來當作助紂為虐的藉口。即便大玲真是妖孽，我也甘之如飴，干卿何事？」

他伸手一撕，將被蕭晚衣抓著的那截衣袖撕下。「今生今世，我不想再見到妳。」

蕭晚衣手中一輕，長生已經遠去，她愣愣地看著手中那片衣袖，忽然想起了趙大玲說過的話——

他不會原諒妳的……

瞬間，她遍體生寒，如墜冰窟，從沒有像現在這樣清楚地意識到這個不爭的事實。顧紹恆以前沒有屬於過她，今後更加不可能，她與他終是背道而馳，連點頭之交的朋友都沒得做了……

# 第三十四章 囚禁

趙大玲作了一個光怪陸離的夢，一會兒是現代時空裡的飛機帶著轟鳴從頭頂飛過，一會兒是古代的駿馬從她身旁疾馳而去；一會兒她好像回到了五、六歲的時光，兩隻手一左一右牽著爸爸媽媽，在他們中間盪鞦韆，一會兒是她勾著長生修長的脖頸，用鼻尖在他臉上蹭來蹭去，趁他不備吻上他的唇……現代和古代交錯，她左右搖晃著頭，處於甦醒的邊緣。

一個男子的聲音彷彿從水下傳來，帶著嗡鳴聲。「紅裳和翠羽給的迷藥差不多能支撐三個時辰，她應該快醒了。」

另外一個男人聲音低啞，同樣像是從很遠的地方傳來，帶著迴音道：「有了她，不怕蕭翊和顧紹恆不乖乖就範。」

這個聲音如此耳熟，那是長生揮之不去的噩夢。這個念頭一起，趙大玲一下子睜開了眼睛。

眼前的光線有些刺眼，她抬手遮住眼睛，看到兩個男人背光而立，正俯頭看著她。昏迷前的記憶一瞬間湧回腦海，貓耳巷的宅院、消瘦的蕭晚衣、長得一模一樣且笑容詭異的紅衣和翠衣女子……

趙大玲騰地一下子坐起來，腦袋一陣劇痛，她呻吟一聲捂住了腦袋。雖然頭像宿醉一樣疼痛，但視線在此刻逐漸清晰。

她半坐在地上，站在她面前居高臨下看著她的赫然是蕭衍和潘又斌。

「妳終於醒了。」蕭衍唇角掛著冷笑。

趙大玲放下手，環視四周，發現自己身處在一間空曠的房間之中，房間四周的牆壁都是用青黑色的巨石砌成，牆壁上掛著幾盞油燈，在一個半人高的地方有一扇鐵窗，外面天色已黑。

她究竟睡了多久？

「這是哪裡？」迷藥的效力讓她思維不是很敏銳，啞著嗓子問了一句。

潘又斌嗤笑一聲，不無得意道：「妳放心吧，這個地方在京城外的大山之中，隱蔽得很。聽說蕭三兒和顧紹恆到瑞王府找蕭晚衣要人，又闖進我府裡的囚室找妳，可惜撲了空。他們也不想想，我怎麼會把妳關在府裡的囚室裡？那可是我為顧紹恆留著的好地方。」

聽到長生的名字，趙大玲的心縮成了一團。她不敢去想長生此刻的心情有多焦急，那樣想只會讓自己更加軟弱。

她想站起來，掙扎了一下卻跌倒在地上，索性背靠著牆，蜷起腿抱著膝蓋席地而坐。雖然背後一片冰涼，卻多了一絲倚仗，這點依靠也為她增加一些勇氣。

蕭衍和潘又斌見她垂頭而坐，既沒有哭鬧不休，也沒有嚇得癱軟，不禁感到詫異。

蕭衍率先開口。「趙姑娘，我們都知道妳的底細，有道是識時務者為俊傑，妳還是把妳知道的都說出來吧。」

趙大玲安靜道：「民女趙大玲是御史府的一個丫鬟，得恩師不棄，收為弟子，隨恩師修道。而御史府的老夫人收民女為義女，又為民女脫了奴籍，這便是民女的底細了。」

潘又斌陰惻惻道：「丹邱子把妳是妖孽的事都說了，妳也不必藏著掖著的。」

趙大玲一聽到他的聲音，下意識地覺得膽寒，聲音都發緊。「民女不知世子在說什麼？民女並非妖孽，這是丹邱子的誣衊，她記恨玉陽真人收我為徒，便處處為難我，還四處造謠我是妖孽，毀我名聲。」

蕭衍耐著性子道：「妳與丹邱子之間的恩怨本宮沒興趣知道，橫豎妳是妖孽也好，異世者也罷，我們都不會為難妳，本宮在意的是蕭翊的身分。丹邱子說他跟妳一樣也是借屍還魂的異世者，而本宮身為大周的太子，不能眼睜睜看著皇室受此戲弄，如今請妳來，就是為了讓妳站出來指認現在的蕭翊冒充皇子，妳只要把蕭翊的身分揭穿出來，再說出他與顧紹恆背地裡意圖篡位的詭計，我們立刻就放妳回去。」

腦中的轟鳴漸漸褪去，趙大玲也恢復了思考能力。看來這才是他們劫持她的真正目的吧，想借她的手拉蕭翊下馬——先將她這個異世者的身分弄得人盡皆知，再由她揭穿蕭翊跟她是同夥，這麼一齣曲線救國，即便不能讓老皇上立刻認定蕭翊這個兒子是冒牌貨，多少心裡會有疙瘩，而疑心一旦產生，就會怎麼看怎麼可疑，然後蕭衍一夥再揭發蕭翊意圖謀逆，便能徹底讓蕭翊翻不了身。

一旦蕭翊倒了，無論是她、長生，還有友貴家的、大柱子、柳惜妍，所有她在意的人都會跟著灰飛煙滅，這個結果她看得很透澈，所以明知自己今日是在劫難逃，卻也只能咬死了不把蕭翊和長生牽扯進來。

「民女只是個燒火掃地的丫頭，怎麼會跟晉王殿下有什麼瓜葛？唯一的聯繫也就是因為民女的未婚夫與晉王是舊識，晉王來看他的時候，見過晉王幾面罷了。」

潘又斌將一張紙遞到趙大玲眼前。「這可是妳與蕭翊密謀的密函？這上面寫的是什麼？」

趙大玲瞟了一眼。竟然是一封蕭翊手寫的英文信，看來是被潘又斌布置在御史府外的手下截走了。

她搖搖頭。「民女沒見過這個，更不知道上面寫的是什麼。不知道世子是從什麼地方得來的？看這彎彎曲曲的符號，倒像是一張道符，要不您拿給我師父，讓她老人家看一下？」

蕭衍不料趙大玲在這種情況下依舊咬死不說，還敢給他們挖坑。去找玉陽真人？那不是等於送信讓那位皇姑奶奶來救她嗎？蕭衍此刻已經失去了所有的耐性，冷聲道：「看來妳是不見棺材不落淚。」

他朝潘又斌點點頭。「本宮還要回宮中探望母后，這裡就交給你了，務必撬開她的嘴，明日的這個時候，本宮要看到她畫押的供詞。」

潘又斌眼中閃著興奮且躍躍欲試的光芒，看得趙大玲一顆心瞬間往下沈。

石門打開，蕭衍消失在門口，趙大玲真恨不得喊他別走，她可不願意跟潘又斌這個禽獸單獨在一起。然而石門「轟隆」一聲關閉，偌大的石室內只剩下她和潘又斌，石壁上的油燈將他的身影拉得很大很長，彷彿是妖魔鬼怪一般，猙獰恐怖。

趙大玲低著頭，眼角餘光看到潘又斌從腰間扯下腰帶，那是一條三指寬的牛皮腰帶，上面嵌著一排一寸見方的羊脂玉塊。她沒用地吞了口口水，她是個怕痛的人，手上破一個小口子都要在長生面前哼唧一天，她沒有長生那麼堅強，更沒他那麼能忍，此刻她拚命想鎮定下來，卻還是不受控制地瑟瑟發抖，牙齒抖得格格響。

潘又斌獰笑著，右手拎著腰帶，左手伸過來托起她的下頷，拇指摩挲著她的面頰。

趙大玲一陣反胃，一甩頭躲開他的手。

潘又斌笑得詭異，聲音低啞得好像粗礪的砂紙。「妳知道妳身上什麼最讓我感興趣嗎？」

他沒等趙大玲回答，又續道：「是妳這一身毫無瑕疵的肌膚，白皙如玉，細滑如緞，我第一眼看見妳就禁不住想，如果這樣的身體布滿鞭痕和鮮血，會是怎樣一番旖旎光景？」

趙大玲深吸一口氣，腦子裡迅速想著如何自救，但喉嚨卻因為恐懼而發緊，聲音乾巴巴的，彷彿不是從自己嘴裡說出來的。「要……要不，咱……咱們先隨便聊聊？」

潘又斌幾乎是溫柔地搖搖頭。「妳早晚會把知道的都說出來，我能肯定妳再能熬也撐不過一天。不過想來妳不會介意我在妳說出蕭翊的秘密前，先給自己找點兒樂子吧？」

趙大玲欲哭無淚。有這樣的逼供法嗎？竟然都不聽她要說什麼，先打一頓再說。她有信心對付一個思維正常的人，卻不知怎麼對付一個愛好施虐的瘋子。

眼見潘又斌高高舉起了手中的腰帶，她絕望地閉上眼睛，渾身的肌肉都繃緊。腰帶伴著風聲呼嘯而下，「啪」地一聲重重落在她的肩膀上，她慘叫出聲，由於過於緊張，竟然沒有感到疼痛，會慘叫純粹是因為被嚇到。

潘又斌沒有給她喘息的機會，第二鞭落在了同樣的位置，徹骨的疼痛從肩膀處蔓延開來，趙大玲只感到自己的肩胛骨都要被打碎了。

這次的慘叫貨真價實，她下意識用雙手護住頭部，將身體蜷縮成一團。

潘又斌不耐煩地掏了掏耳朵，嘟囔道：「吵死了，我真該把妳的嘴堵起來。在這點上顧紹恆可比妳強多了，不管我怎麼折磨，他都咬牙不吭一聲，硬氣得很。」

他一提到長生，趙大玲不禁憤怒。就是眼前這個人曾經殘酷地折磨長生，將他打得遍體鱗傷，要不是長生意志堅定得異於常人，早就死在了他的手裡。

一念及此，她眼睛中恨不得飛出無數小刀，在潘又斌身上刺出千百個窟窿。

潘又斌見慣了恐懼的目光，這是第二次發現不一樣的眼神，上一次還是顧紹恆眼中的堅定和悲憫讓他倍感興趣，所以一直念念不忘。這會兒他感受到趙大玲的憤怒，彷彿發現了一個無價珍寶。

「對，就是這股不服軟的勁頭！」

腰帶接二連三地落下，打在趙大玲的脊背、胳膊和大腿上……每一下都痛徹心腑，身體的每一個細胞都在咆哮著。

很快的，趙大玲什麼勁頭都沒有了，哭嚎著只想一死了之。她徒勞地在地上翻滾，卻躲不開潘又斌不緊不慢落下的腰帶。她看著自己的鮮血隨著腰帶的落下而飛濺開來，在空中形成詭異的紅色珠串。

鮮血刺激了潘又斌，他的眼中一片猩紅，彷彿回到了幼年時那個雨夜，女人扭曲的身體、飛濺在牆上的血跡，還有那個男人的咆哮。「賤人、賤人……」

兒時的記憶與眼前重疊，他不知不覺地也喊了出來。「賤人！」

此刻他不僅僅是在滿足自己施虐的慾望，更是享受著懲處腦中那淫婦的快感。他拚命揮舞著手裡的腰帶，不停地咆哮著。「賤人，妳該死！該死！」

在痛楚中苦苦掙扎的趙大玲還要忍受他精神上的侮辱，這簡直是「叔可忍，嬸不可忍」！

失血讓她感到頭暈目眩，然而最要命的不是皮開肉綻，而是腰帶上的玉石砸在身上，還能聽見骨頭裂開的「喀喀」聲，掩飾在呼嘯的抽打聲中，傳進她的耳朵裡，更是讓人膽寒。

她伸手一把抓住再次揮下來的腰帶，腰帶末端繞過她的手臂打在她的脖頸上，她又是一聲痛叫，卻死活沒撒手。

潘又斌雙眸通紅，突然被打斷很是不爽，使勁拽著腰帶那頭，想把腰帶從趙大玲手裡抽出來。「快鬆手，妳以為這樣就能阻止我嗎？」

趙大玲舔舔因失血而乾燥的嘴唇，氣若游絲地道：「要不……你換根鞭子吧。這個不成，會打死我的，如果你把我打死了……就什麼都得不到了……太子也會怪罪你的。」

說完，她力竭地躺在地上，手臂無力地垂下。

潘又斌乘機抽走她手裡的腰帶，白色的羊脂玉上染著鮮紅的血跡，深深滿足了他變態的施虐心理。

他看著躺在血泊中的女子，聳了聳肩膀。「妳說得也對，我還不能打死妳，但咱們可以換個玩法。炮烙、針刺，妳喜歡哪一個？」

趙大玲眼前一陣陣發黑，她使勁咬了下自己的下唇，讓神智儘量保持清醒。「我不行了，你給我找點兒水來。」

潘又斌歪著腦袋看她，彷彿在衡量她是否在撒謊？

趙大玲手腳抽搐了一下。「你應該知道，失血過多會造成肌肉痙攣，如果不及時補充水分，我會死的。」

潘又斌冷笑。「我看妳說話這麼索利，離死還遠著呢！妳放心吧，被我鞭打致死的人多了，我自然知道分寸，妳還沒到失血過多的地步，死不了的。不過妳說說看，什麼是肌肉痙攣？這個詞爺可沒聽說過。」

「給我水……」趙大玲只虛弱地道。

潘又斌想了想。「反正爺有的是時間跟妳耗，我倒要看看妳能耍什麼花招？」

他果真出了石門去倒水，趙大玲趁這個機會四處尋找逃生的機會，須臾，她失望地收回目光。這裡就是一間密閉的石室，只有角落裡的一個破屏風，後面應該是個供方便用的馬桶。牆壁上的那扇鐵窗太高了，她不可能跳出去，所以石門是唯一的出口。可她現在連爬都爬不起來，根本無法從石門那裡跑出去。

跑不了就想其他法子吧！她伸手到懷中，握住一個冷硬的物件。那是蕭翊送給她的一把匕首，是按照現代的兵器樣式打造的，有點像瑞士軍刀那樣可以摺疊。

此刻她唯一慶幸的是，蕭衍和潘又斌剛才沒有搜她的身把這把匕首拿走，當然也是他們太過自信了，根本沒把她一個弱女子放在眼裡。她警惕地看著石門，不動聲色地拉出匕首的刀刃，將握著匕首的右手藏在袖子裡。

潘又斌一會兒就回來了，手裡端著一碗水，滿意地看到趙大玲閉目躺在地上，姿勢都沒有變。

他走過去，用腳尖踢了踢她的肩膀，這一踢，正好踢在趙大玲肩膀一處裂開的傷口上，她痛得叫都叫不出來，嘴裡「嘶嘶」吸著涼氣，不情願地睜開眼睛，費力地用一隻胳膊支撐著想抬起上半身，卻又吃痛地倒了回去，眼巴巴地看著潘又斌，目光中帶著祈求。

潘又斌不耐煩地蹲下來，將手裡的碗湊近她嘴邊，呵斥道：「快點喝！」

趙大玲聽話地就著他的手喝了一口，彷彿意猶未盡，虛弱地伸出一隻手接過碗。「我自己來。」

她受刑之後虛弱無力，手一軟，將一碗水都灑在了潘又斌的身上。

「蠢貨！」潘又斌咒罵了一句，低頭去看自己濕了的衣襟。

趁這個機會，趙大玲右手一翻，將手中的匕首向潘又斌頸間的動脈劃去。潘又斌正低著頭，眼睛的餘光看見一絲寒芒，彷彿冬日的雪光劃過眼前。他下意識地向後仰，匕首貼著他的脖頸劃過，留下一道淺淺的血痕。

趙大玲一擊不中已是力竭，再想抬手補一刀，卻被跳起來的潘又斌抬腳踩在手腕上，接著他彎腰拾起她手上的匕首，抬腳將她踹往石壁。

趙大玲撞上石壁，跌在地面上，眼前一黑，心中只有一個念頭——

謝天謝地，終於可以暈過去了。

潘又斌好奇地看著手裡的匕首，只見刀身窄薄，泛著雪白的寒芒，一邊是鋒利的刀刃，另一邊是尖銳的鋸齒，最神奇的是這把匕首沒有刀鞘，竟是可以摺疊的，用手指輕輕一撥，刀刃就會向下隱藏在刀柄的卡槽裡。如此新奇的武器他還是第一次見到，看來這個異世者果真不同凡響。

頸上刺痛，有溫熱的液體順著脖頸流到衣領裡，潘又斌伸手摸了一把，將手伸到眼前一看，指尖沾染著點點血跡。

他見過無數次鮮血，卻是第一次摸到自己的血。雖然殺人無數，可這是他第一次發現自己離死亡如此之近，不過分毫之差就會命喪黃泉，這種感覺讓他覺得十分刺激。

趙大玲是被身上尖銳的痛楚驚醒的，她慢慢地睜開眼睛，小口喘著氣，任何動作都讓她痛得難以忍受。

當她完全睜開眼的時候，發現潘又斌已經離開，自己一個人孤零零地趴在冰冷的地板上，好像一個殘破的布娃娃，身下的一灘鮮血都是從自己身上流出來的。

青石牆壁上的油燈依然跳動著藍色的火苗，將整間屋子映襯得陰森恐怖。原來這不是一場噩夢，而是活生生的現實，這個認知讓趙大玲鬱悶得差點兒又暈死過去。

她動作緩慢地動了動僵直的手腳，想換一個不那麼難受的姿勢，卻牽動了身上的傷口，讓她痛得像是被剝了皮一般。她慢慢地轉為側臥，屈起腿蜷曲著，手臂抱著自己的肩膀。她躺在月光照進的光束中低聲飲泣，眼淚順著眼角滑落，滴在石板地上。

眼淚是最軟弱無用的，她卻絕望得無法控制自己，她想念長生，想念友貴家的和大柱子。潘又斌說了，長生和蕭翊到瑞王府找蕭晚衣要人，如果讓他知道自己被潘又斌囚禁起來了，他會不會發瘋？她能感受到他心痛到窒息的感覺，就像那日他被潘又斌帶走，自己躺在他的鋪板上，抱著他的被子，那一刻時間好像停止了，只有痛苦和絕望是如此的清晰而又漫長。

隔天，潘又斌又來到山谷中的石室，他低頭欣賞著趙大玲身上遍布的傷痕，彷佛是在欣賞一幅美麗的畫，抑或是自己一件得意的作品。

在他的目光下，趙大玲蜷縮得更緊，閉著眼睛，卻忍不住瑟瑟發抖。

見她醒了，潘又斌在她身前蹲下來，聲音中帶著抑制不住的興奮。「今天我見到顧紹恆了。」

趙大玲心中一痛，呼吸都覺得困難，耳聽潘又斌沈醉道：「以前他看見我就發抖，這次居然主動來找我，要拿他換回妳。」潘又斌咯咯地笑著。「我是不是該答應他？反正用他來指證蕭翊謀反，一樣能達到我們預期的效果。」

「不！」趙大玲從胸腔中迸出聲音。

「哦？為什麼不？」潘又斌歪著頭，好像在玩著貓捉老鼠的遊戲。「妳知道我有多想得到他，只有在他身上，我才能感受到征服的慾望和快感，那種感覺真是妙不可言！」說著他陶醉地閉起了眼睛。

「但是你並沒有征服他不是嗎？」趙大玲犀利地道。「你折磨他、凌辱他，你可以摧毀他的身體，卻無法摧毀他的意志，你從頭到尾都沒有讓他屈服。」

潘又斌瞇起了眼睛，目光中滿是受挫的憤怒。「那是以前，可是現在他來求我了，好像一條卑微的狗跪在我的面前，求我折磨他、虐待他，他願意做我的禁奴，願意以身試遍所有的刑具。」

長生……趙大玲呢喃著他的名字，那種心痛猶如萬箭穿心，遠勝過肉體上的任何痛楚。她知道自己失蹤了一天，長生肯定是心急如焚，為了救她不惜一切。她明白長生的心意，他寧願用自己來換回她，可她又怎能讓心愛的人再次落入潘又斌的手裡？

她眼裡閃著淚花，卻依舊直視著潘又斌。「你看見他那麼卑微，是不是很開心、很滿足？」

潘又斌得意地點頭。「那是自然。」

「可如果你用我換了他，他只會變成一具沒有靈魂的軀殼任你折磨，那不是真正的征服，而是他為了我而做出的犧牲。」

潘又斌不耐地皺起眉頭。「那有什麼區別嗎？」

「當然有。」趙大玲篤定道。「折磨一具沒有反抗意識的軀殼能讓你產生滿足感嗎？還是你更希望看到他像現在這樣在恐懼和心痛中煎熬？利劍只有懸在頭頂才會讓人膽怯，真正落下來了，就失去了威脅和恐嚇的意義。」

「利劍只有懸在頭頂才會讓人膽怯……」潘又斌喃喃地重複這句話，有種醍醐灌頂的感覺。「所以我要征服他，就要讓他備受煎熬，看著他在我面前崩潰。」

他好像發現了某種新奇的理念，興奮地在屋子裡轉了一圈，最後回到趙大玲身邊，將匕首比向她的臉。「我要送他一樣禮物，我打賭可以從他的臉上看到什麼叫『生不如死』。」他露出猶豫的表情。「鼻子還是耳朵呢？」

趙大玲嚇得魂飛魄散，拚命搖著自己的腦袋。「這個不好、這個不好，我要是被毀容了，還怎麼像你們說的那樣現身人前去指認蕭翊？」

潘又斌的匕首向下滑到她的胸部，嚇得她趕緊用雙手捂住胸口。「這裡他沒見過，認不出是我！」

潘又斌無語地瞥了她一眼，退而求其次地揪住她的一隻手按在地上，將匕首比著她張開在地上的手指。

「循序漸進、循序漸進！」趙大玲大叫。「照你這麼送禮，我沒幾天就被大卸八塊了。」

說著，她慌忙地用另一隻手拔下頭上的蓮花木簪。「這個就行，這是長生親手雕的。你先拿這個，這個就足夠他『生無可戀』的了！」

潘又斌有些戀戀不捨地用刀背敲著趙大玲的手指。「那下次……」

趙大玲趕緊堵他的嘴。「下次我再剪一縷頭髮給你。」

眼見潘又斌放開了她的手，趙大玲這才鬆了一口氣。自己頭髮濃密，夠送個十次、八次的吧！

潘又斌志得意滿地拿著蓮花木簪走了，趙大玲無力地蜷縮在地上，無法想像長生看到木簪時的心情，是不是比殺了他更難受？

對於長生而言，他寧可受苦的是自己，也不願她受到一點傷害，她又何嘗不是如此？自身肉體上的疼痛和明知道愛人在受苦卻無能為力的那種煎熬，哪一個比較能夠忍受呢？對於她和長生而言，無疑都會選擇前者。

「對不起，長生，讓你受這種煎熬，可是你比我堅強，我相信你能夠挺住，直到我們重逢的那一刻。」

晚上，潘又斌回來了，眼中閃著興奮的光芒，一同前來的還有蕭衍派來做筆錄的文書官。

潘又斌獨自進入石室，繪聲繪影地向趙大玲描述長生見到那木簪時痛苦而絕望的神色。趙大玲默默地聽著，感覺自己的心都在滴血。

說完閒事，該進入正題了，潘又斌拍拍手，石門打開，文書官端來一個矮几，上面擺著筆墨紙硯。那人向潘又斌行禮後，盤腿坐在地上，將矮几擺在身前，鋪好白紙，又拿起了毛筆，提筆等待。

接下來無疑是一番訊問，讓她交代蕭翊的身分和謀逆的罪行，趙大玲只搖頭說自己什麼也不知道。

潘又斌從腰間緩緩抽出一條只有一指寬的皮鞭，舉到趙大玲面前，滿意地看到她眼底深深的懼意。

「如妳所願，我今天帶了一根皮鞭來，這是用二十幾歲老黑牛的皮做的，韌性十足，一鞭子下去便能蹭掉一條肉皮，即便打得皮開肉綻也不會傷筋動骨。」他笑著，彷彿不過是在推薦一款可口的甜品。「要不要試試這種鞭子的厲害？」

趙大玲倒吸了一口涼氣，那豈不是跟剝皮之刑一樣了？眼見潘又斌高高舉起了手中的皮鞭，她虛弱地伸手擋住臉。「等等、等等，君子動口不動手，咱們能不能先聊聊，萬一聊不下去了再開打。」

潘又斌的鞭子舉在空中，鞭梢在半空中晃動，他嗤笑道：「我可從來沒說過我是君子。」

趙大玲忙不迭地點頭表示贊同。她記得在前世的心理學文章中看過，要想跟對方進行交流，就要贊同他的觀點。「是的，沒有人要求你做君子，我只是覺得這樣毫無意義。你看，如果我給你一份口供，你是不是就可以放過我？」

潘又斌狹長的眸子帶著瘋狂的光芒。「口供妳是肯定會給我的，這點無庸置疑，不過這頓鞭子是我要額外賞給妳這個賤人的。」

切，招不招供都要打，潘又斌絕對是最不稱職的審訊者。對他來說審問是次要的，打人才是重點。

身後的那個文書官不滿地撇撇嘴，一副欲言又止的神色，但礙於潘又斌的身分，還是沒開口。

趙大玲敏銳地注意到那人的神色，意識到他肯定是蕭衍的人，心中也有了計較。她是個軟弱的人，此刻卻有一個堅定的信念——她要活下去，長生在等著她，她必須自救，即便真要死在這裡，也不能死得毫無價值。

她知道這個文書官肯定會將審訊的細節告訴蕭衍，於是故意向潘又斌道：「太子把我交給你，讓你審問我，但你也太不敬業了，但凡審訊逼供，不應該是威逼加利誘嗎？你也不給我一些好處，就讓我為你賣命，天下哪有這麼便宜的事？」

聞言，潘又斌哈哈大笑。「妳這個女人挺有趣，所有的人都怕我，連顧紹恆也不例外，只有妳還敢跟我討價還價，看來我把妳留下也是歪打正著。」

見文書官的眉頭鎖得更緊了，趙大玲進一步道：「你們不過是想讓我出面指證蕭翊，可即便我說出一份證詞拿到皇上面前，他就會相信嗎？若是皇上要召見我，見我遍體鱗傷，就會知道我是屈打成招，太子殿下豈不是白忙活一場，搞不好還會落了個陷害胞弟的罪名。」

潘又斌神色很是不耐煩。「妳太囉嗦了，那是太子哥哥的事，他要妳的口供，拿到蕭翊的短處和弱點，自會有法子扳倒蕭翊，這個輪不到我操心。」他凶殘的目光中帶著憎惡。「妳不過是個巧言令色的賤人，這種鞭子就是用來懲戒妳這種人的，好好享受吧！」

趙大玲在心中嘆了口氣，看來這頓鞭子是免不了了。她蜷縮在地上，小心地護住身上的要害。皮鞭帶著呼嘯的風聲在空中甩出一道筆直的線，落在了她的背上，即便早有準備，但劇烈的痛苦還是讓她慘叫出聲，聲音淒厲，在空曠的石室中迴蕩。

潘又斌自己也氣喘吁吁，眼前翻滾的軀體刺激著他的神經，彷彿一片血霧蒙住了他的眼睛，他罵道：「賤人、賤人……」

疼痛漸漸抽離，以昨日的經驗來看，這是又要昏過去的前兆，趙大玲迷迷糊糊地想，為什麼他一直叫她「賤人」？這個稱呼很不尋常，她逐漸麻痺的大腦有一閃而過的火花。

潘又斌見趙大玲支撐不住了，適時地收了手，頗為意興闌珊。女人就是不禁打，才幾鞭子就要暈了。

趙大玲虛弱地哀求。「不能再打了，再打真要沒命了。我招供，我什麼都招，你總得給我一個招供的機會吧！」

潘又斌仔細看了看她，將鞭子掛在胳膊上，朝趙大玲揚了揚下巴。「那妳就抓緊時間說吧，省得一會兒妳又暈過去了。」

趙大玲感覺自己的嗓子都冒煙了。鞭子也挨了，血也流了，總得給自己賺點兒好處吧。她舔了舔嘴唇。「要我招供可以，但是我需要水、一些食物、乾淨的衣服、被褥和療傷的藥。」

潘又斌跟看西洋鏡一樣看著趙大玲，又舉起手裡的鞭子。「妳找死！」

趙大玲知道火候差不多了，費力地看向矮几後的文書官。「這位大哥，麻煩你轉告太子殿下，不是民女不願配合，實在是刑傷過重，怕是活不過今日了，難以襄助殿下完成大業。」

趙大玲一身是傷地躺在血泊中，視覺效果十分震撼。那人看了潘又斌一眼，出言勸阻道：「太子殿下還需要她指認蕭翊，既然她願意合作，就不需要趕盡殺絕。以卑職之見，還是先錄口供吧，若是真讓世子打死了，世子爺也不好向太子殿下交代不是？」

潘又斌臉上陰晴不定，須臾冷哼一聲，一甩袖子出了門，那個文書官也出了石室。

不一會兒，果真有一個身材瘦高的僕婦帶著食盒、被褥和衣物進來，看上去約莫五十歲左右，頭髮花白，面色清冷。

趙大玲吃了一天多來的第一口粥，那個僕婦替她在傷口上塗了藥膏，包紮好，又在她身上套上一件寬大的黑色袍子。整個過程趙大玲痛昏過去兩次，又在傷藥的刺痛中醒來。

最後僕婦又餵了她一些水，她努力地朝僕婦笑了笑，低聲說了句。「謝謝妳。」

原本面無表情的僕婦目光一閃，露出一絲驚訝的神色，還算小心地將她抱起來放在旁邊鋪好的被褥上。

趙大玲躺在柔軟的被褥上，輕輕吁了一口氣，將手腕上的玉鐲褪下來遞給那個僕婦。

這個鐲子並不值錢，是友貴家的說女孩子身上沒有點飾品不好看，於是攢下賣帕子的錢，從走街串巷的貨郎攤上買了個鐲子非給趙大玲戴上。趙大玲不忍拂了她的心意，便沒有拿下來。

那僕婦目不斜視，跟沒看見一樣，趙大玲把玉鐲塞進她手裡。「我不是收買妳，而是真心謝妳，妳是這裡唯一一個對我好的人，餵我喝粥，還給我上藥。我想我是不可能活著出去了，不知哪天就會被那個禽獸打死，這個鐲子對我來說沒有任何用處，妳若覺得這鐲子還值幾個錢就留下，若是嫌棄成色不好不值錢，等有機會把它交給我娘，給我娘留個念想吧。」

那僕婦盯著她，眼中有一抹複雜的情緒，那是趙大玲看不懂的。

這時門外傳來腳步聲，趙大玲不禁哆嗦了下，咬緊了下唇。

那僕婦神色一黯，拍了拍趙大玲的手，似是無聲的安慰，將那個玉鐲藏進袖子裡，起身退了出去。

潘又斌帶著剛才那個文書官重新回到石室，文書官擺好筆墨，提筆等待。

趙大玲清了清嗓子，開口道：「我本名叫顏粼睿，生活在千年之後，我在我的那個時空遇到了意外，我以為我死了，結果睜開眼睛卻變成了御史府裡廚娘的女兒趙大玲……」

雖然潘又斌從丹邱子那裡知道趙大玲身分特殊，但是親耳聽到如此匪夷所思的事也很是驚訝，那個文書官更是吃驚地張大了嘴巴，筆尖的墨汁滴到了宣紙上，才想起自己聽了半天卻一個字未寫。

趙大玲斷斷續續地說著，累了就靠在棉被上閉目歇息，醒了再繼續說。

她曾經看過一本FBI的刑訊書，知道拖延時間最好的辦法就是講實話，不但講，還要講得透澈明瞭，將每一個細節都交代清楚，才能禁得起對方的提問，只有這樣，當你隱瞞了一部分真相的時候，才不會引起對方的懷疑。

此時，趙大玲已經沒有別的辦法，只能把自己的身世說出來吸引他們的注意力。要講的東西太多，隨便說兩樣現代的文明與科技，就能把那兩個人震懾住。趙大玲才剛講完自己那個時空歷史的走向，頓覺口乾舌燥，舉手示意無力繼續。

眼見趙大玲迷迷糊糊地又暈了過去，潘又斌皺眉問向文書官。「馬威，你看她說的是真的還是假的，不會是編的吧？」

馬威興奮地整理著厚厚一疊手稿。「哪有人能編出這樣滴水不漏的謊話？這可是千年的歷史啊！卑職即刻就拿去給太子殿下，世子先不要再刑訊這女子，暫且等候殿下的指示，依卑職之見，這個女子對殿下大有用處。」

潘又斌今日也打得過癮了，便沒有再繼續折磨趙大玲。

翌日，趙大玲講了現代的幾場戰爭和現代戰爭必備的武器——槍，還畫了一個手槍的草圖，詳細講解了各部位的用途。

反正蕭翊說過，以目前這個時空的冶煉技術，是不可能造出槍枝來的，她樂得用這樣的現代武器引起他們的興趣，轉移他們的注意力。

假如馬威問起蕭翊的事，她就裝傻充愣。「這麼玄妙的事，千百年來就出了我這麼一個，若是誰都能穿越，這個世道豈不是亂套了？」

一說完，潘又斌又給了她幾鞭子。

她知道有些事打死都不能說，所以只是在地上打滾喊冤。「我知道的都毫不保留地告訴你們了，沒影的事，你們讓我說什麼？與其如此，乾脆讓馬大人寫個供狀，我畫押就是。」

最後還是馬威阻止了潘又斌。「且容卑職再去請示一下太子殿下的意見。」

說完馬威就帶著趙大玲畫的草圖匆匆離去。

# 第三十五章　周旋

昨日那個僕婦端著一盆清水進來給趙大玲清洗新添的鞭傷，趙大玲忍不住嗚咽著，哭得滿臉的眼淚。

那僕婦輕手輕腳地處理完趙大玲身上的傷口，還餵了她一些水和粥飯，收拾完東西正準備退出去，趙大玲卻一把抓住了她的手臂，哭得像個孩子。

門外的潘又斌如困獸一般在走廊裡走來走去，好像隨時都會舉著鞭子衝進來。

僕婦一根一根地掰開她的手指，在她耳邊輕聲道：「妳不要在他面前表現出害怕，妳越怕他，他越會打妳。妳跟他多說說話，說話能讓他放鬆，便把打人的事忘了。」

趙大玲沒想到她會對她說這樣的話，再抬頭時，那僕婦已經退出了石室。

潘又斌又進來了，他看上去有點兒狂躁。趙大玲不無自嘲地想，也許是今天沒讓他打過癮吧！她看得出潘又斌也在忍耐，很想再抽她一頓，又怕太子蕭衍會有別的想法，所以只能用如狼一樣的目光盯著她，直盯得她毛骨悚然。

她從來沒有像恨潘又斌這樣恨過一個人，只要一想到長生，她就控制不了對面前這個人的恨意。可無論此刻再恨再怕，她都要控制住自己的情緒，不能在這個時候激怒他。

她想起了僕婦臨走時告訴她的話，輕咳了一聲，開始搜腸刮肚地想話題，投其所好地從他感興趣的事下手。「其實，刑訊不僅僅是利用各種刑具對人體造成傷害和摧殘，這樣做比較野蠻，雖然能夠達到震懾對方的目的，但是遇到意志堅定的人，也容易讓對方產生叛逆的心理。在我們的社會中，有一種較不血腥的刑訊方法，就是不讓犯人睡覺。用強光照著他的眼睛，不許他打瞌睡，不停地問他問題，只要他一迷糊就弄醒他。」

潘又斌的臉在陰影中露出一絲好奇。「這也管用？」

他果然不像剛才那麼狂躁不安，竟然把她的話聽進去了，趙大玲打鐵趁熱道：「你知道嗎，人不吃飯可以活兩個月，不喝水可以活一個星期，但是如果不睡覺，三天都堅持不了。精神在高度緊繃下，往往都會崩潰。」

見到潘又斌瞬間亮起來的眼睛，趙大玲趕緊補充。「當然，我告訴你不是讓你在我身上做試驗，你可以自己試試，不睡覺會有多難受。」

潘又斌臉上露出幾分苦惱。「是很難受，我總是整夜不得安眠。」

趙大玲倒吸了一口涼氣。這禽獸是在跟自己聊天嗎？

「可以聽些有助睡眠的曲子，或是吃一些安眠的藥物。」

潘又斌搖頭。「都不管用，我只有發洩過了，看到鮮血才能睡著。」

以趙大玲從現代電視劇和小說裡得到的那點可憐的心理學知識，她可以斷定潘又斌絕對是個鬱躁症的精神病患者，而這種病態的形成，很有可能跟他兒時的經歷有關。可她想不通，以他慶國公世子的身分，成長過程必定是錦衣玉食，會有什麼挫折呢？

趙大玲見他神色還算平靜，沒有隨時要暴跳起來揮鞭子的徵兆，才道：「睡不好的原因有很多，最常見的是神經衰弱，這是我們那裡的一個醫學名詞，這樣的人情緒總是很緊張，晚上難以入睡，好不容易睡著了，聽見一點響動又會驚醒，醒了以後就再難入睡，往往會睜眼到天亮。白天的時候，總是感覺疲倦困頓，有時候在馬車裡都能睡著一會兒，偏偏正經八百地躺在床上又睡不著了。」

潘又斌一副凝神細聽的神情，竟然還點了一下頭。

趙大玲小心地引導他。「你從什麼時候開始睡不好的？」

潘又斌的思緒被趙大玲牽引著，下意識道：「七歲那年，我娘去世以後。從那時起我就整夜睡不著，一閉眼就是我娘渾身是血的樣子……」

他突然頓住，也意識到自己說漏了嘴，惡狠狠地瞪了趙大玲一眼，突然在石室裡踱步，彷彿被關在籠子裡的困獸。

「賤人！」他惡狠狠道，面部因憤怒而扭曲，彷彿又墮入莫名的情緒中。

趙大玲畏縮地往角落裡挪了挪，意識到這是一個突破口，她大著膽子反駁。「不要再罵我『賤人』，你打我也就罷了，但不帶這麼侮辱人的。」

潘又斌停住腳步，喘著粗氣逼近趙大玲，臉孔距離她的臉不過一寸。

這個距離讓趙大玲本能地感到危險。對方是一個狂躁又暴虐的男人，自己只是個渾身是傷的弱女子，長得還不難看……一瞬間，趙大玲想了很多，要是他起了歹念，自己是不是只能一頭撞死？

好在他的眼中此刻沒有邪念，只有憤怒和鄙視。「天底下的女人都下賤！就像妳，妳明明是顧紹恆的未婚妻，卻跟蕭翊曖昧不清，妳貪圖蕭翊身為皇子的權勢，給顧紹恆戴綠帽子，這不是下賤是什麼？」

說著，他又去扯纏在手腕上的鞭子。

這是什麼跟什麼啊？趙大玲一口血差點兒沒噴出來。還有潘又斌這種自動自發的野生捉姦隊，也真是讓人跌破眼鏡。

隨即，憤怒和屈辱戰勝了恐懼，趙大玲抬手給了潘又斌一記耳光。「呸，你少血口噴人，我心裡只有長生一個人，容不下別人，別說什麼皇子，皇上在我眼裡也不及長生的一根手指。你可以打我，但不要侮辱我的人格和對長生的感情。」

潘又斌長這麼大沒人敢碰他一根指頭，如今脖子上的傷口還沒好，又挨了一巴掌，人生中的第一次都拜趙大玲所賜。

趙大玲看到潘又斌頂著一臉紅印，眼中烏雲密布，後知後覺地感到害怕，認命地抱緊腦袋，渾身的肌肉都繃緊了，只等著鞭子落在自己的身上。

時間一分一秒過去，預想的疼痛沒有降臨，趙大玲稍稍揚起臉，從臂彎的縫隙向外看去，就見潘又斌並沒有發怒的跡象，反而一臉的迷惑。「妳是說，皇上的權勢妳也看不上眼？」

趙大玲堅定地點頭。「喜歡一個人跟他的權勢和地位無關，心中被這個人占滿了，就再也容不下別人。」

潘又斌若有所思。「那一個女人如果被說背叛夫君與別人有染，卻至死不認，她是心虛不敢承認，還是真的被冤枉了呢？」

這個問題很難回答，不知前因後果的，誰知道是怎麼回事。趙大玲只能小心翼翼道：「就我的直覺，很可能是被冤枉了。你想，一個人死都不認，是不願玷污了自己的名節，既然把名節看得如此之重，又怎麼會與別的男人有染？」

潘又斌臉色有些發白，沒再理會趙大玲，走出石門時腳步竟然踉蹌了一下。

不久，照顧趙大玲的那個僕婦端著粥飯和一碗清水進來了，趙大玲心有餘悸地盯著石門，生怕潘又斌去而復返，來個回馬槍。

那僕婦看出她的不安，安慰道：「他不會回來了，這個時間回去，他不能待在宮中，肯定是要出宮的，最快也只能明日上午再過來。」

「這個地方在皇宮裡？」趙大玲驚問。

那僕婦搖搖頭。「這裡是京城外的一處山坳中，四面環山，地勢險要，從外面很難找進來。但是皇宮中太子舊時居住的東宮內有一條隱秘的通道與此地相連，從東宮中進入地道，再坐船通過地下的暗河，只需半個時辰就能抵達這裡。因為東宮現在空著，太子有時候在宮中錯過了出宮的時辰也會休息在那裡，所以他們來來去去非常方便，也不會引起旁人的懷疑。」

趙大玲心裡一陣發涼。密道的另一端在皇宮，還是太子舊時居住的東宮之中，即便長生和蕭翊在外面跟蹤蕭衍和潘又斌，也不可能發現東宮中的這條密道，進而找到關押在此地的自己。

忽然，她想起一件事。長生曾經說過他知道蕭衍一直在秘密培訓一批死士，卻一直沒有找到這批死士所在的地方，看來這個山坳很可能就是蕭衍培訓死士的大本營，這麼隱秘的地方，外人當然不會發現。

僕婦遞給趙大玲一碗粥，趙大玲這才回過神來，感激地接過。「得妳照顧兩日，還不知道怎麼稱呼妳？」

那僕婦目光帶著幾分柔和。「妳就叫我安嬤嬤吧。」

「安嬤嬤。」趙大玲乖巧地叫了一聲，開始安靜地小口喝粥。不是她斯文，事實上她很餓，但是身上的傷口很疼，她不敢有太大的動作，以免牽動到傷口。

她將滿滿的一碗粥都喝光了，謝過安嬤嬤，才將空碗放在她帶進來的托盤上。僅僅是喝了一碗粥，已經耗費了她全部的力氣，她動作極慢地趴伏在被褥上，背上的傷口又滲出血水，她只能咬著自己的手指，默默忍受。

安嬤嬤看著她慘白的臉和額上被冷汗浸濕的頭髮，無奈地搖搖頭。「可憐的孩子，那畜生真是作孽啊……」

第二天一早，潘又斌沒有來，倒是蕭衍和那個叫馬威的來了一趟。

蕭衍對手槍的草圖很感興趣，不斷向趙大玲詢問手槍的射程和殺傷力。

趙大玲其實對武器並不瞭解，只憑著一知半解再加上自己的杜撰，又隨手畫了一支步槍和一支機關槍，像不像三分樣，反正看著能唬人就行。

蕭衍看著這些聞所未聞的神奇武器，不禁心潮澎湃，覺得只要造出了槍枝，便可天下無敵。他原本不過是想利用趙大玲揭穿蕭翊，卻沒想到這個異世者竟然如此不同凡響。

他想起了當日見過的水車圖紙。「看來當日蕭翊在朝堂上提出用水車灌溉來解救旱災，就是妳在背後出謀劃策，那圖紙也是出自妳的手筆。」

趙大玲當仁不讓地認下了，還謙虛了一下。「這是我那個時空裡千年智慧的結晶，我只是個搬運工。」

蕭衍抖了抖手裡的槍枝草圖。「蕭翊常年征戰，對武器尤為看重，妳有這樣的利器，為何沒有提供給蕭翊？」

趙大玲心道蕭翊比我懂槍好嗎？嘴裡卻胡亂編道：「我師父曾告誡我不要用千年後的東西擾亂這個時空。槍械的威力太大，我怕這樣的東西會給這個世道帶來戰亂，所以沒敢輕易示人。今日我既然被太子你所擒，但求以此物換取自由。」

蕭衍微微放心，他最擔心的就是蕭翊會先他一步擁有秘密武器。昨日兵部發出了換防的調令，讓蕭翊的西北大營近十萬將士到東山縣駐防，那裡離京城不到三百里，騎兵一日就可到達，步兵不過三日便可抵達，這讓蕭衍覺得非常不安，好像是臥榻旁邊懸著一把利劍一樣。

蕭衍撫著下頜道。「蕭翊的西北兵換防了，一定要趕在他們到達京城附近前製造出一批實用的武器來。」

蕭翊的西北兵換防？趙大玲聽到這句話暗暗皺了皺眉頭。她記得長生說過，兵部尚書是前太子蕭弼的人，看來蕭翊是要有所行動了，但她不希望他們為了她提前發動戰役。長生向蕭翊分析過，蕭衍和皇后的母族潘氏一族在朝中的勢力根深柢固，以蕭翊如今的勢力和手頭十幾萬的兵馬，還沒有絕對把握能一舉扳倒蕭衍，所以長生才會假死出御史府，到晉王府裡潛心輔佐蕭翊。若是此時為了營救她而調動軍隊，便會提前暴露自己的實力和動向。

蕭衍見趙大玲凝眉不語，還以為她在等自己的答覆。他已認定趙大玲這個異世者是個不可多得的人才，反而客氣了幾句。「趙姑娘既有這樣的才華，不如輔佐本宮，本宮自然不會虧待妳。只是不知趙姑娘來的地方除了槍枝以外，還有什麼東西可為本宮所用？」

這大餅畫得還挺圓。趙大玲心思一動。如今的局勢對自己這方很不利，自己的地位很微妙，說白了就是一個人質，她最擔心的就是蕭衍會拿她來要脅長生和蕭翊。為今之計要讓蕭衍覺得她有用，離不開她，才能拚出一條生路。

為了力證自己的價值，趙大玲仔細地畫了一張飛機的側面透視圖。「槍不算什麼，我再向你推薦一樣代表了我們那裡高科技的東西——飛機。」

接下來，她講了飛機的構造和飛行原理。由於飛機各部分細緻入微，光那張圖紙，她就用一根一頭磨尖的炭條畫了整整一個時辰，尤其是前方的儀錶盤，畫得更是一絲不苟，中間累了還歇了一會兒。

她會對飛機這麼瞭解，還要感謝大學同宿舍的室友。那姑娘喜歡一名飛行員，為了在人家面前顯得自己懂飛機，拉著趙大玲跑了好幾次航空展。

蕭衍驚訝地看著面前的圖紙，聽著趙大玲有氣無力的介紹，徹底被現代的科技所折服。「本宮活了二十幾年，從未見過如此神奇的東西，竟然可以像鳥兒一樣在空中翱翔，而且還是腹內能裝幾百人的鐵鳥，這就可以將士兵從一個地方神不知鬼不覺地運到另一個地方，猶如天降神兵，若是運用到戰事上，可謂無往不利。」

趙大玲高深莫測地點頭。「飛機不光能飛在高空躲過敵人的追擊，且速度非常快，日行一萬八千里。」

蕭衍聽了，倒吸一口涼氣。「一萬……八千里？」

不過他也不是傻子，最初的憧憬和興奮過去，想到一個最關鍵的問題。「這個飛機要如何製造？」

趙大玲心裡冷笑。製造？再過一千年吧。

可她當然不能打擊蕭衍，便煞有介事道：「需派人去深山曠野中尋找鋁土礦，然後提煉出鋁，再建熔煉爐，在鋁中加入其他比例的金屬，製出鋁合金，如此便具備了建造飛機的基本材料。」

趙大玲憑著高中那點化學底子信口開河，此刻她已經開始胡說八道，不需要擬草稿了，好在聽眾對此一竅不通，只聽了個雲山霧罩。

蕭衍皺了皺眉頭。「聽上去與煉丹差不多。」

差遠了好嗎？趙大玲都懶得跟他進一步解釋。千年代溝，說也說不清楚，只能避重就輕道：「我們那裡有一句名言：『羅馬不是一日建成的』。意思是天上不會掉餡餅，要想取得成就，需經過艱苦卓絕的努力。」

蕭衍若有所思地點點頭。「說得好，有道是天道酬勤。建造飛機可徐徐圖之，當務之急是為本宮造出槍枝來。」

趙大玲笑得胸有成竹。「槍枝小巧，比飛機容易打造。殿下需派人大量搜集鐵器，以先進的煉製技術，在一千五百度高溫下冶煉成鋼，再找些兵器工匠來按照我的圖紙製造槍枝。」

「蒐集鐵器和找來工匠並非難事。」蕭翊隨即神色一凜。「妳要是敢騙我……」

「沒有，絕對沒有。」趙大玲指天誓日。「我要是剛才說了一句假話，就讓我五雷轟頂，不得好死！」

古人重誓，不是篤定的事不會詛咒自己，蕭衍見趙大玲這麼說，又見她神色自然、目光澄澈，也不由信了大半。至此，蕭衍已經被趙大玲成功的誤導了。

其實趙大玲真的一句謊話都沒說，都是真實得不能再真實的實話。但是知道有這個東西不等於能製造出來，這不單單是材質問題，還有技術、工藝、量產和現代科技作為支撐。蕭衍受到這個時空的侷限，想當然地認為飛機也好，槍枝也罷，就像是一本秘笈，誰得到了就可以號令天下。

他不會知道是因為全球幾十億人的共同智慧才有了現代的飛機和槍械，這些哪裡是畫幾張漂亮圖紙就能搞定的？先別說其他技術層面的問題，光是製造出一個一千五百度高溫的熔爐來煉鋼，就是這個時空難以做到的。

對現代科技的討論暫時告一段落，蕭衍更關心的是蕭翊的身分。

這回趙大玲有了很好的藉口為蕭翊開脫。「殿下，你是被我的師姊丹邱子騙了，蕭翊不可能是什麼異世者，他若是跟我來自同一個地方，早就擁有飛機和槍枝了，此刻你哪裡是他的對手？你若不信，可以看看我畫的這些圖紙，再與當日蕭翊手裡的水車圖紙對照，明顯出自一人之手。也就是說那都是我畫的，跟蕭翊沒有任何關係。」

蕭衍從懷中拿出一張紙。「妳若說蕭翊不是跟妳一樣的異世者，那這封信如何解釋？」

趙大玲接過來一看，紙上是蕭翊的筆跡，寫的是英文，她迅速掃了信的內容，腦子轉得快，立刻都推到了長生身上。「這是長生和蕭翊之間設的暗語，我也看不懂。」

蕭翊與長生本就是好友，兩個人之間有暗號聯絡倒也不足為奇。

蕭衍還是有些猶豫。「可是蕭翊從西北回到京城後就多了幾分古怪，聽說他與妳還頗為熟稔。」

「我與他不熟。」趙大玲趕緊澄清。「蕭翊是我未婚夫的好友，他知道我是千年後的異世者，便時常問我一些現代的科技。上回那個水車就是他問我有什麼好方法可以緩解旱災，我才告訴他的。丹邱子為博名利，向你謊稱蕭翊是異世者，希望藉此引起你的關注，讓你日後仰仗於她，她也好攀上你這棵大樹往上爬。其實她這麼做卻恰恰是害了你。試想一下，若是你一時沒忍住，向皇上揭發蕭翊，豈不是正給了蕭翊機會說你誹謗手足？」

蕭衍想起那日在宮中屢屢提及兒時舊事卻都被蕭翊化解，還差點引起父皇的懷疑，此刻也是出了一身冷汗。蕭衍生性多疑，他對蕭翊的身分仍持懷疑態度，但也覺得趙大玲的話在理，況且指認蕭翊是異世者的只有丹邱子一人，此刻蕭衍也不禁懷疑丹邱子的動機和目的。

蕭衍重新衡量了一下局勢。他本來是想利用趙大玲對付蕭翊，卻意外發現趙大玲懂得這麼多這個時代聞所未聞的東西，他以己度人，覺得蕭翊肯定也是想得到趙大玲的襄助，所以才會讓好友顧紹恆娶她為妻。想到這裡，他不禁有些不屑。連美男計都使出來了，既然對手如此無恥，自己不妨也屈尊俯就。

他向趙大玲拋出誘餌。「妳若能襄助本宮，日後本宮便許妳貴妃之位如何？」

趙大玲的嘴快撇到太平洋去了。多大的臉，能說出這種話來！

她心中不屑，腦子卻飛快地轉了起來。自己如今在他們手裡，若是蕭衍利用她制衡蕭翊和長生，那兩個人絕對會就範，尤其是長生，讓他自己捅自己幾刀，他都會毫不猶豫地去做，所以她在蕭衍面前要刻意減弱她對長生和蕭翊的重要性，假意投誠可以降低蕭衍對自己的防備，更能讓她有機會幫到蕭翊和長生。

於是她粲然一笑。「良禽擇木而棲，民女蒲柳之姿，不配侍奉殿下，更不敢奢求貴妃之位。只要晉王殿下許我的功名利祿，太子殿下一樣不少，民女願以殿下謀臣的身分追隨殿下。」

蕭衍沒有像趙大玲希望的那樣能將她帶出山谷，只點頭道：「如今朝局不穩，蕭翊也是上躥下跳，本宮不得不防。待局勢安穩之後，本宮再親自來接姑娘，這期間就請趙姑娘暫且在這裡小住，儘快幫助本宮製造出槍枝來。」

趙大玲小心翼翼地問了一句。「這個地方是否安全？在這裡製造槍枝會被人發現嗎？」

蕭衍警惕地看了她一眼，隨即嗤笑道：「告訴妳也無妨。這裡處於山谷之中，層巒疊嶂，從外面根本找不到出口，妳就安心在這裡待著吧。若能造出槍枝，本宮自有重賞，若是造不出來……」蕭衍冷哼一聲，答案不言而喻。

趙大玲伸出手，黑色袍子的袖子很寬鬆，擼起袖子，雪白肌膚上的傷痕猙獰刺目。她苦笑。「只怕我活不到造出槍枝的那一日呢。」

蕭衍皺了皺眉頭。他已經從馬威的嘴裡得知潘又斌只顧凌虐人犯、不顧大局的事，對潘又斌生出幾分不滿。平日裡有這見不得人的癖好就算了，關鍵時刻竟然如此不分輕重，當下便沈吟道：「潘又斌是下手重了，既然趙姑娘已經決定襄助本宮，本宮自會要潘又斌不再為難妳。」

蕭衍走後，趙大玲像一攤爛泥一樣倒在了被褥上。她身上的傷口火燒火燎的痛，還要提起精神說那麼多的話，此刻已然是筋疲力竭。

想到方才蕭衍提到潘又斌時，眼中的厭惡一閃而過，還有那個叫馬威的文書官對潘又斌也不是那麼恭敬，但凡心智正常的人，對潘又斌這種變態的行為多少都會感到厭惡。趙大玲犧牲自己挨鞭子，讓他們親眼看到潘又斌的暴戾和瘋狂，成功地讓他們對潘又斌的厭惡又多了幾分。

為了製造出槍枝，蕭衍迅速搜集了大量的鐵器，在趙大玲的授意下，山谷中的空地上很快建起了巨大的熔爐。

趙大玲支撐著殘破的身體，畫了好多張槍枝的圖紙，每一個零件的尺寸都標注詳細，然後交給了蕭衍委派來的兵器工匠。

趙大玲累得手都抬不起來，就連安嬤嬤送來水和飯菜，她都只能無力地搖搖頭，表示自己不想吃任何東西。

經過這幾天的相處，安嬤嬤對趙大玲已經頗為憐惜。「妳不吃東西，身上的傷如何能好？」

安嬤嬤不但照料她，還幾次三番地安慰她，提醒她如何應對潘又斌，趙大玲對她很是感激，聽了她的話，費力地撐起上半身，斜倚在牆壁上。

安嬤嬤把一個枕頭放在她腰後，還小心地避開了她後背的傷口。

趙大玲喝了半碗粥，又吃了半個饅頭，果真覺得恢復了些力氣。她對著越來越熟悉的安嬤嬤自然而然地問：「安嬤嬤，妳也是被蕭衍和潘又斌關在這個地方的嗎？」

安嬤嬤收拾碗筷的手一頓，緩緩道：「小姐死後，我就在這裡替小姐守墓，我留著這條命就是在這裡守護我家小姐的。」

趙大玲不明所以。「妳家小姐是誰？」

提到小姐，安嬤嬤低下頭，聲音中帶著哽咽。「我家小姐是天底下最溫柔、最善良的女子，是老爺和夫人從小捧在手心裡長大的，誰料卻嫁給了一個不是人的畜生。」

「文思瑤？」趙大玲一下子想起了這個名字。長生曾經跟她提過，潘又斌娶了定遠侯的女兒文思瑤，而能擔得起「畜生」之名的除了潘又斌還有誰？可惜成親不過三個月，文思瑤便染時疫死了。

「聽說文小姐在京城中是有名的賢淑秀雅，只可惜染了疫症，慶國公府說是怕屍身帶有疫毒，便送到城外疫所焚燒掩埋，如今墓地裡葬的是她的衣冠。」趙大玲不無遺憾道。

「慶國公府裡主子加上僕役好幾百人，誰都沒染上時疫，單單小姐一個人染了時疫嗎？」安嬤嬤悲憤難抑。

趙大玲自然明白嫁給潘又斌怎麼可能會有什麼好結局，她心裡也不好受，嘆息一聲。

「文小姐命真苦，潘又斌不知虐死了多少人，沒想到他連自己的夫人也不放過。」

安嬤嬤眼中是雪亮的恨意。兩年了，小姐的遭遇如同巨石壓在她心頭，此刻忍不住向趙大玲傾訴。

「兩年多前，小姐滿心歡喜地嫁到慶國公府，最初那畜生對小姐還不錯，小姐還很高興，可是府裡隔不久總會有屍首抬出去，我偷偷問人，說是得急症死的丫頭和小廝，要送到西郊的莊子裡埋了。我們小姐也沒太在意，以為是巧合，誰知不過一個月，那畜生就看上了小姐的陪嫁丫鬟秋兒，小姐雖然捨不得，但又怕新姑爺不高興，還是將秋兒給了他，怎知當晚秋兒就被他打死了，小姐這時才明白以前那些抬出去的下人是怎麼死的。

「小姐哭得眼睛都腫了，去找他理論，那畜生竟然打了小姐。從那以後，那畜生變本加厲，三天一頓拳腳，五天一頓鞭子，打得小姐渾身是傷，可憐我家小姐從小錦衣玉食、嬌生慣養，卻在慶國公府裡受這種罪。我勸小姐回娘家，小姐怕老爺和夫人知道了難受，便自己咬牙忍下。後來成親不到三個月，那畜生不知為了何事，發瘋一樣鞭打小姐，我家小姐就被那畜生活活打死了，死的時候渾身是血，眼睛都閉不了。」

安嬤嬤舉袖拭淚，淚水卻越流越多，壓抑許久的悲憤終於爆發出來。「那畜生怕老爺追究小姐的死因，便謊稱小姐是染了時疫死的，他當然不敢讓老爺看到小姐的屍首，就說已經抬到疫所燒了，其實小姐就葬在外面山谷中的一棵老槐樹下。潘又斌擔心他打死小姐的事洩漏出去，便將小姐陪嫁的丫鬟都打死了，剩下我一個老婆子。我說我要陪著我家小姐，替小姐守墓，他便將我關在這山坳裡，這個山坳裡還養著不少人，有時我也跟著打打雜。我一把年紀了不怕死，但是我不甘心啊，我家小姐死得太慘、太冤枉，我只想著有朝一日能將小姐的屍首交給我家老爺，讓他替我們小姐報仇。」

趙大玲心軟，聽不得這麼悲慘的故事，也跟著抹眼淚。「我聽說定遠侯夫人知道女兒的死訊，當時就暈了過去，後來臥病不起，沒多久就去了。定遠侯鬱鬱兩年，從未釋懷。」

「原來夫人已經去了……」安嬤嬤哭得更凶。「這下小姐可以和夫人團聚了。」

趙大玲想起了友貴家的，又想起了遠在現代的母親，陪著安嬤嬤哭了一通，最後還是安嬤嬤先勸慰她。

「妳也是個苦命的孩子，遭了這麼多的罪。嬤嬤答應妳，若是將來能走出這個山坳，一定把妳的那個鐲子交給妳娘。」

雖然安嬤嬤沒有明說，但趙大玲聽她的意思，自己是沒戲活著出去了，這下哭得更凶。待哭夠後，她想起一個一直困擾她的問題。「安嬤嬤，我問妳一件事，為何那姓潘的禽獸每次鞭打我時都叫我『賤人』？他也這麼罵過你們小姐嗎？」

安嬤嬤擦擦眼淚，皺眉道：「我記得他每次鞭打我們小姐時也會這麼罵她，可我家小姐冰清玉潔，絕對不會做出有違婦道的事。後來正逢已故慶國公夫人的忌日，姓潘的禽獸喝醉了，小姐問他國公夫人是怎麼死的，他才說出他七歲那年，慶國公當著他的面鞭打死了國公夫人，一邊打還一邊罵他娘是『賤人』，他看著他娘倒在血泊裡，再也沒起來。大概是那時受了刺激，所以他每次鞭打女人的時候就會大罵『賤人』。」

原來潘又斌的童年陰影是這麼來的，再聯想到他說的背叛夫君與別人有染、皇上的權勢什麼的，趙大玲也能想出一個大概。八成是天家的一個醜聞，皇上是慶國公的姊夫，而慶國公懷疑姊夫和自己老婆有染，於是當著兒子的面打死了她。

接著趙大玲又問了關於慶國公府的一些事，從安嬤嬤那裡得知，潘又斌與老爹潘玨平日裡也說不上幾句話，父子關係並不和睦。

正說著話，外面突然傳來一聲震天動地的轟響，好像滾滾的雷聲，整個大地都在震動。趙大玲在安嬤嬤的攙扶下掙扎著站起身，石室門打開，幾天沒露面的潘又斌帶著幾名神色呆滯、眼眸發綠的死士進來。

他走上前，將刀架在趙大玲脖子上。「有人要硬闖山谷，肯定是蕭翊和顧紹恆想來救妳，只是不知道他們是如何找到這個地方來的，還不知用了什麼妖法，把山谷弄出一個豁口。」

趙大玲想著鐵窗外那個冒煙的大熔爐。她前幾天鼓動蕭衍煉鋼，就是因為這個地方過於隱蔽，不易尋找，而建一個熔爐肯定會有煙霧，群山中冒煙自然會引起注意，只是她沒想到長生他們這麼快就找到這兒了。

還沒待她感受到希望的曙光，潘又斌便獰笑道：「看來妳這個誘餌還是挺好用的，沒想到他們竟然真能找到這裡來。山谷裡布下的是上古的陣法，至今無人能破，觸動陣法的人，即便僥倖能進到山谷裡，也是必死無疑，不費吹灰之力就能用陣法困死他們。」

趙大玲一下子咬住了下唇，緊張得雙手緊握，心中懊惱自己思慮不周。如果她早知道山谷裡有陣法，她說什麼也不會利用熔爐的煙霧報信，要是前來救她的人遇到危險怎麼辦？

而此時山谷外，蕭翊帶著晉王府的侍衛，神色焦慮地看著面前的山谷。明明用炸藥炸開一處豁口，看見了裡面的路，可一錯眼的工夫，面前的路卻不見了，只有幾塊巨石林立。

長生面色蒼白，率先衝進豁口，蕭翊趕緊帶人跟了進去。可一入山谷卻好像進了一個巨大的迷宮，面前的小路曲折，怎麼走都在原地打轉，只看見身邊的巨石不停移動，頭頂不見天空，只剩下一片混沌，四面陰氣森森，霧氣沈沈。

巨石形成的包圍圈越來越小，空氣中有尖銳的音波傳來，心智較弱的幾個侍衛嚎叫著捂住了耳朵。

蕭翊警惕地看著四周，向長生問道：「這個地方怎麼這麼邪門？」

「看上去這裡布下了陣法，但我對五行八卦瞭解不多，只懂得一些皮毛，不知道這布的是什麼陣，陣的生門又在哪裡？」長生眼睛中布滿血絲。自從趙大玲失蹤後，他就沒怎麼睡好覺。

為了找回趙大玲，蕭翊的侍衛跟蹤潘又斌和蕭衍，但都沒有結果。他立刻想到了皇宮，因為只有那個地方侍衛不能跟進去。

不過蕭翊雖能進宮，卻處處受限，於是長生到太清觀請玉陽真人進宮探查，玉陽真人也擔心趙大玲的安危，特意到鳳鸞宮和皇上的寢宮都探查了一番，卻也毫無結果。

他只要一想到趙大玲落到了潘又斌和蕭衍的手裡就心如刀絞，一顆心好似都碎成了粉齏，連呼吸都覺得痛不可當，這種痛遠比任何一種酷刑都更加難捱。

他像瘋了一樣找到潘又斌，祈求他用自己換回趙大玲，只要她安全，讓他做什麼他都願意。可是潘又斌卻大笑著揚長而去，隔日竟然帶來了趙大玲的蓮花髮簪。

那是他在御史府時親手雕刻的，本想著當作新年禮物，卻因為自卑沒有拿出來，直到後來在趙大玲的鼓勵下打開心扉，才將這支髮簪給了她。

從那一天起，她就再也沒用過別的髮簪。如今這支髮簪回到他手裡，觸手滑潤，每日穿過她的青絲秀髮，沾染著她身上的清香。

他顫抖著手，發現簪尾的蓮花瓣上有一滴暗紅的血漬，已經滲進了木質的紋理裡，好像蓮花花瓣尾端的一抹暈紅。

眼前一陣金星亂舞，長生死咬著嘴唇，直咬得嘴裡滿是血腥味，才沒讓自己暈過去。而潘又斌只是好整以暇地欣賞著他的憤怒和心碎，不放過他臉上的任何表情。

就在一籌莫展之際，蕭翊的侍衛發現蕭衍的親兵在搜集鐵器，京郊的群山中有黑煙冒起，他們這才來一探究竟，卻沒想到這裡竟然布下了如此詭異的陣法。

蕭翊指著四周的巨石道：「我們再用炸藥把這些大石頭都炸開。」

長生搖搖頭，喃喃道：「她在這裡，我感覺到了。眼前既然是幻想，說不定她就在離我們不遠的地方，炸藥威力太大，萬一傷到她……」他不敢再說下去。

尖銳的音波一聲高過一聲，彷彿無數的鬼魂在哀鳴，眼前似有拉長的黑色影子繞著巨石飛舞，不時厲聲咆哮著飛過人們的頭頂，又有幾個侍衛受不了那種尖利的聲音而倒地不起。

長生趕緊對眾人提醒道：「一切都是幻影，用布塞住耳朵，再閉上眼睛，謹記所有的鬼魅都是心中的魔障，並不是真實的！」

隨行侍衛趕緊塞住了耳朵，閉目不看周圍，心思澄淨了，自然不會再受幻象的干擾。

蕭翊神色越發凝重。「不能聽、不能看，如何殺進去救人？你破得了這個陣嗎？」

長生緊抿著嘴，抬頭看了看頭頂上方，一片灰色的混沌中央是風暴一樣的漩渦。「這是一個失傳已久的上古陣法，一時半會兒我破不了，艮對山，我們是從陣法的艮門進來的，最多只能原路退出去。」

蕭翊無奈地拍拍長生的肩膀。「此番我們人手不足，陷在陣法裡怕是只有等死，好在西北大營的兵力過不了幾天就能到達京城，到時候我們再來剷平這個山頭。」

長生感覺渾身的血液都在逆流。他不甘地目視前方，虛空的背後，她就在那裡，他能感受到她的存在，卻看不見也摸不到。

營救趙大玲失敗了，這對長生的打擊很大，明知心愛的人就在不遠處受苦，他卻毫無辦法，讓他有一種深深的無力感與自責感。

# 第三十六章　自絕

潘又斌等著闖進陣法的人深陷其中，自取滅亡，不料侍衛來報那些人竟然全身而退了。

趙大玲緊繃的心弦終於鬆弛下來，這才發現剛才太緊張，掌心都被指甲摳破而不自知。她最怕長生和蕭翊為了救她而不管不顧，做無謂的犧牲。

蕭衍得到消息，也趕到了山谷。他先去視察被蕭翊攻進來的豁口，接著才來到石室，向潘又斌皺眉道：「肯定是蕭翊帶人來了，入口處飛沙走石，有燒焦的痕跡，不知他用了什麼妖法？」

趙大玲聯想到那聲巨響，也猜到蕭翊用的肯定是已經研製出的炸藥，只是因為自己身陷山谷，讓他們投鼠忌器，無法大肆使用炸藥，將山頭夷為平地。

潘又斌自然也不明就裡，思忖道：「剛才一聲巨響，地動山搖，倒好像是被雷劈中了一樣。」

二人將狐疑的目光投向趙大玲，趙大玲感覺壓力如山大，信口胡謅道：「雷，就是天雷地火。」

「響晴薄日的會打雷？」蕭衍明顯不相信。

趙大玲攤攤手。「也許他們誰會唸『招雷咒』吧！」

蕭衍和潘又斌無法理解除了天雷以外，還有什麼東西會有如此巨大的威力，倒也將信將疑。潘又斌單手掐著趙大玲的脖子，將她從地上拎起來。「他們怎麼會找到這裡的？是不是妳用了什麼辦法把他們引過來的？」

趙大玲被掐得氣都喘不上來，臉憋得通紅，雙手抓住潘又斌掐著她脖子的手拚命掙扎，卻越來越無力……

「住手！」蕭衍不悅地喝道。

潘又斌見蕭衍出言相阻，不情不願地鬆了手，任由趙大玲跌在了地上。

她捂著脖子大口喘著氣，身上的傷口在咳嗽中裂了開來，又滲出血來，她趕緊捂住嘴，不敢再咳，直憋出了眼淚。

蕭衍不滿地向潘又斌道：「本宮告訴過你不要動她，這個異世者對本宮很有用處。」

潘又斌陰沈地看了地上的趙大玲一眼。「難道你沒發現這個賤人在騙你嗎？丹邱子已經說了蕭翊也是個異世者，她卻三言兩語地讓你相信了蕭翊不是，她壓根兒就是假意投誠。要我說，她與蕭翊肯定是一夥的，她讓人建的那個破熔爐天天冒煙，難保不是故意給蕭翊他們信號，引他們前來救她。」

蕭衍不以為然。「蕭翊帶著一隊侍衛就想進山谷，簡直是以卵擊石，即便是他的西北大軍來了，本宮也能讓他有去無回，憑藉幾個霹靂就想劈開山谷、毀掉陣法更是異想天開。至於蕭翊是異世者一事，只有丹邱子一人指認，你讓本宮如何信服？若蕭翊不是異世者，我們卻抓住這點不放，只怕會引起不必要的麻煩。父皇已經對我一直針對蕭翊有所不滿，這時即便懷疑蕭翊也不能再拿這個說事。如今蕭翊頻頻動作，西北大營也已開拔到東山換防，本宮事務纏身，天天焦頭爛額，你就不要再添亂了。」

潘又斌急急道：「既然蕭翊這麼想救她，那我們正好利用這個丫頭，她是顧紹恆的未婚妻，用她要脅顧紹恆——」

「夠了，」蕭衍不耐煩地打斷他。「你的心思本宮還不知道嗎？你一門心思地要用這個異世者換到顧紹恆，卻不曉得該顧全大局。如今對本宮來說，這個異世者比顧紹恆有用多了。顧紹恆不過是一個罪奴，即便假死遁世隱匿在晉王府也掀不起什麼風浪，但是這個異世者卻可以毀天滅地，為本宮開創一個全新的天下。遠的不說，只要能製造出槍枝來，本宮就勝券在握。」

潘又斌忍氣吞聲地道：「可是蕭翊已經發現了這個山谷，我們該如何防範？」

蕭衍哈哈大笑。「本宮還不信他敢帶兵攻打這裡。此處離京城那麼近，只要他的西北兵敢出現在山谷附近，本宮就可以直指他逼宮謀逆，調集周邊的軍隊勤王護駕，正好名正言順地滅了他。他最好帶著西北大軍來攻打山谷，本宮還怕他不來呢！」

這時侍衛進來稟報潘皇后召見，蕭衍只得先行回宮。

蕭衍離開後，潘又斌冷眼看著趙大玲。「賤人，還說妳不貪慕權貴，妳是顧紹恆的未婚妻，卻又為何投靠太子、背叛顧紹恆？女人都是如此下賤，妳口口聲聲說什麼心裡只有顧紹恆，結果太子勾勾手指，妳還不是把顧紹恆拋在了腦後？昨日聽說太子還要封妳為貴妃，哼！妳的胃口還真不小！」

趙大玲的喉嚨受傷，說話吃力，只能嘶啞著道：「因為我要活命，我不想死在這裡，長生還在等我，我要活著去見他。再說太子是拋出了貴妃的誘餌，可我也沒答應做什麼破貴妃，我不稀罕！」

潘又斌一怔。「妳果真是在騙太子，妳好大的膽子，竟然假意投誠！」

趙大玲無力地倒在地上。「真心或者假意又有什麼要緊？我不過是想求一條生路。其實誰做皇上我都不關心，反正這個江山是姓蕭的，他們兄弟二人爭去吧，誰有本事誰就當這個儲君。倒是你，處處替蕭衍打算，人家卻不領你的情。說你不顧大局？哈！真是好笑！」

趙大玲尖銳地笑出聲，聲音中充滿諷刺，潘又斌的臉色不禁沈了下來，可她像是沒有看見一樣，自顧自地道：「在他眼裡，你不過是被呼來喝去的一個小跟班，而且還是個不懂事、沒眼色、性情暴虐的小跟班。」

潘又斌氣得額頭上的青筋都爆了出來，過來飛起腳就要踹她，卻被趙大玲抬起的手制止了。「若踢傷了我，你如何跟蕭衍交代呢？他只會覺得你不聽話。人家可是太子，是未來的皇上，你不過是他的表弟，將來最多世襲一個慶國公的爵位，還不是要仰仗他的鼻息？」

潘又斌聞言，更是暴怒到難以自制，一腳踢翻旁邊的矮桌，眼神中透出瘋狂。他一邊踱步，一邊怒道：「我與他本是一脈同胞，自幼我便視他為天，他讓我做什麼我就做什麼，如今他竟然看不起我！」

一脈同胞這個詞讓趙大玲有點兒懵。這不是指親兄弟嗎？可還沒等她仔細琢磨，潘又斌已經停在了她的身前。「我知道了，是妳在挑撥我跟太子，難道妳就不怕我去告訴蕭衍妳在騙他？妳不但假意投靠他，更竭力掩飾妳對蕭翊和顧紹恆的重要性，妳讓蕭衍以為蕭翊不過是利用妳的異世者身分，可事實是，顧紹恆和蕭翊拚了命也要救妳。」

越是偏執的人往往越敏感，趙大玲累了，靠在牆壁上，有氣無力道：「隨便你吧，反正我不是被太子殺死，就是死在你手裡，要不，你現在就殺了我。鞭子帶了嗎？來吧，給我個痛快，也讓長生不再為我整日提心吊膽、肝腸寸斷。」

經過這幾天的相處，趙大玲也摸出了對付蕭衍和潘又斌的方法。對蕭衍就是兩個字——糊弄，既然蕭衍這麼看重她異世者的身分，她就好好利用一下現代文明。蕭衍醉心皇權，好大喜功，自然希望得到助力，相比之下，潘又斌卻沒那麼好糊弄。他的敏銳力超乎常人，很容易分辨出對方是不是在說謊，所以應對他最好的辦法就是講真話，這樣才能獲得他的認同和信任。

而且趙大玲發現，蕭衍和潘又斌之間並非那麼單純。蕭衍看不起潘又斌，也覺得他是個暴虐的怪胎，他不過拿這個表弟當槍使，讓他替自己辦事；而潘又斌相比輔佐蕭衍上位，更感興趣的是如何滿足自己的變態慾望。他一方面聽命於蕭衍，另一方面又執著於折磨她和長生。

趙大玲覺得自己像在走鋼絲，她要轉移蕭衍的注意力，又要從潘又斌身上尋求缺口，她在蕭衍和潘又斌之間的夾縫中求生存，都覺得自己快人格分裂了。

潘又斌聽見趙大玲說沒有背叛顧紹恆，反倒不那麼狂躁了，冷哼了一聲。「妳倒跟我說了實話。膽小怕死，首鼠兩端，顧紹恆怎麼會看上妳這樣的女人？」

你管得著嗎？趙大玲在心裡翻了個白眼。

見趙大玲沈默不語，潘又斌又覺得無趣。「也罷，我就不信了，妳一個女子還能翻上天不成？我暫且留妳這條命，等到蕭翊落敗，妳對太子而言也就沒了用處，到時候我讓妳和顧紹恆在我的囚室中見面，那該是多有趣的場面！」

趙大玲看著潘又斌。雖然知道他是個瘋子，可還是不能理解他那樣的人生，忍不住問他。「潘又斌，你究竟有沒有愛過一個人？不是為了征服，不是為了得到，只是單純的喜歡，為她的喜悅而歡笑，為她的愁苦而煩惱？」

這個問題貌似把潘又斌難倒了。他歪著頭想了好久，才遲疑道：「成親的那天，我揭開她的紅蓋頭，她抬起頭來朝我笑了一下……在我的記憶裡，除了我娘，從來沒有人對我笑過，我遇過的女人一見我就怕得渾身發抖，即便是笑都跟哭一樣。」

有那麼一瞬間，趙大玲似乎從潘又斌的臉上看到了類似於「溫柔」的表情，她難以置信地驚呼。「你說的是文思瑤？那你為什麼還殺了她？」

潘又斌略顯寡淡的眉毛蹙在了一起，眉心擰成了一個疙瘩，神色陰狠。「那個賤人……

有一次在花園裡，我看見府裡的一個侍衛拾起了她掉落的絲帕，她接過來，還對那個人笑。後來我當著她的面把那個侍衛身上的骨頭一寸一寸地敲碎，她大罵我是魔鬼，說後悔嫁給了我，我一氣之下就鞭打她，她受不住就死了。」

趙大玲倒吸了一口涼氣。「笑一下都不行？她只是對撿起她手帕的人表示感謝，與那人是男人還是女人無關，而你就為了這點小事，要她和那個侍衛的命？」

潘又斌的面孔扭曲著。「人都是下賤的，禁不住一點兒的誘惑，無論是美色的誘惑、金錢的誘惑，還是權勢的誘惑。」

趙大玲無法理解。「那你眼裡有乾淨的人嗎？」

「有，顧紹恆。」潘又斌不假思索地道。「就因為他乾淨，好像這個世上沒有什麼能誘惑他、讓他屈服，所以才激起了我的興趣和征服的慾望。」

趙大玲氣不打一處來。「他你就不用惦記了，那是我的未婚夫。」

潘又斌斜了趙大玲一眼，慢悠悠地從懷中拿出匕首。「倒是提醒我了，差點兒忘了正事。」

趙大玲驚懼地縮到牆角。「你幹麼？太子不是說讓你放過我嗎？」

潘又斌冷笑。「又到了給顧紹恆送禮的時候了，他對妳可是一日不見，如隔三秋。以前是害怕見我，現在恨不得十二個時辰跟在我身後，打都打不走。幸虧通到山坳的入口在皇宮裡，要不然以他那個死纏爛打的勁頭，我還真不容易來這裡。」

趙大玲抬手按住自己心口的位置，可還是抵不住的心痛難忍，她忍不住顫聲問：「他……還好嗎？」

「不好，看上去還不如妳精神呢。」潘又斌臉上露出欣喜滿足的神情。「我發現摧殘他的精神比摧殘他的身體更有意思。以前我一直以為他是我見過的唯一一個沒有弱點的人，如今我終於找到了他的弱點，那就是妳。妳便如他的死穴一般，只要掌握了妳，便掌握了他的命脈。」說著他彎腰割去她的一縷長髮。「妳說，他見到這個，會哭還是會笑呢？」

趙大玲抿緊了嘴，不敢放任自己去想長生。越思念他越會讓自己軟弱，恨不得大哭一場。

從這天開始，潘又斌每天都要來一趟，因為蕭衍告誡他不能刑訊趙大玲，讓他覺得頗為無趣，只能沒事來剪趙大玲的頭髮回去嚇唬長生。

趙大玲的頭髮被他剪得如狼牙狗啃，非常醜陋。潘又斌也熱衷於跟她講長生，每次都眉飛色舞地告訴她長生的近況，像是瘦得不成人樣、冒出黑眼圈，或是意志消沈，氣得趙大玲恨不得給他幾巴掌，再縫上他的嘴。

潘又斌肆無忌憚地將蕭翊和長生的消息告訴她，似乎就是想看到她有所反應。雖然趙大玲閉上眼睛靠在牆上不理他，好像是睡著了一樣，其實心中已經是翻江倒海。

她知道長生和蕭翊現在一定很兩難，一方面想救她，一方面又投鼠忌器。如今自己就是一個人質，讓他們在外頭無法施展拳腳，連炸藥都不敢多用。

蕭衍只要進宮來給潘皇后請安，就會順道來山坳一趟，跟她聊聊現代科技的事，每次都受到啟發。可隨著蕭衍的熱情越來越高漲，趙大玲卻越來越心虛，牛皮吹得太大，總是要吹破的。

蕭衍提出的問題越來越多，讓趙大玲解釋得越來越費力。講得淺了，像是胡說八道；講得深了，又怕蕭衍聽出其中的關鍵，發現他現在做的都是無用功。

對此，趙大玲很是發愁。要是被他發現自己說的那些都是水月鏡花，是這個時空不可能做到的，他會不會一怒之下殺了自己呢？

這天，蕭衍又來了，他神色焦躁地將一塊黑乎乎的鐵塊扔在趙大玲的腳下。「這就是妳說的能做槍枝的鋼材？」

山坳裡的大熔爐雖然一天十二個時辰都在冒著煙，但扔進去的鐵器煉出來的卻是鐵塊，除了形狀以外沒有太大的變化。

趙大玲彎腰拾起那塊鐵，無奈道：「成色不純，恐怕是煉製的過程中混了雜質。實驗的過程是很枯燥艱辛的，只有一遍遍不停地嘗試才能獲得最後的成功，要知道在我們的那個時空裡，居禮夫人為了找到一種稀有元素，實驗了上萬次呢。」

蕭衍上前一步，緊盯著她道：「本宮可沒有耐心等那麼久。蕭翊已經按捺不住了，他的西北大營已經集結完畢，行軍在離京城不過三百里的地方，本宮已經調遣禁衛軍嚴陣以待，只要他們一有動靜，就以晉王謀逆的名頭號召天下，讓各路兵馬過來勤王除奸，所以本宮需要第一批槍枝馬上生產出來。」

趙大玲硬著頭皮道：「可能是冶煉的方法還有待改進，我可以再重新設計一個熔爐……」

「三天，本宮只給妳三天的時間。」蕭衍冷冷地打斷她。「三天後若是做不出一支槍來，本宮就把妳交給潘又斌，由他隨便處置，然後告訴蕭翊和顧紹恆來替妳收屍。」

石門「砰」地一聲關上，趙大玲抱著腦袋，無力地坐在地上。

別說三天，再給她三年她也造不出一把槍來，看來蕭衍已經對她失去了耐心，她的路也將走到了盡頭。

事到如今，她不再懼怕死亡，只是不想死得無聲無息，毫無價值。

她認真地分析了蕭衍的話。蕭翊已經準備開始動用他的西北大軍，只是這一步非常冒險，以如今京城的局勢，強攻只會讓他們處於劣勢，就她所知，掌管京城防衛的恰好是國舅潘玨，也就是潘又斌的老爹。

再見到潘又斌時已經是兩天後，只見他的臉色更加陰沈，不停地在石室裡踱步。

趙大玲嫌他轉得自己頭暈，索性閉上了眼睛。

「妳還睡得著？太子讓妳造槍，妳倒好，弄出幾把來糊弄人，還不如燒火棍好使。」潘又斌轉到趙大玲跟前道。

山坳裡的工匠依照趙大玲畫的圖紙，用那些破銅爛鐵造了幾把槍，其實最多只能算是槍的模型，看著跟玩具似的。

趙大玲已經是蝨子多了不咬，債多了不愁，聽潘又斌還在鼓譟，不耐煩地睜開眼睛。「你很閒是不是？太子要對付蕭翊，怎麼沒給你找個正經的差事做做，只讓你整天跟著跑腿。」

潘又斌暴躁道：「妳有那個閒工夫，還是多管管妳自己吧！那堆破銅爛鐵已經送到了太子府，妳覺得太子見到那堆破東西會作何感想？最遲明晚，他就會將妳交給我。話說顧紹恆不是想救妳嗎？我就當著他的面殺了妳，讓他看著妳變成一堆肉糜。」

趙大玲掏了掏耳朵，不耐煩道：「好了，你除了折磨人、虐待人，還有別的愛好嗎？怪不得人說有其父必有其子，原來這個毛病也會遺傳。」

「妳說什麼?!」潘又斌面孔扭曲起來，看上去很嚇人。

趙大玲已經豁出去了。「我說你爹鞭打死了你娘，你便跟他一樣暴虐，這叫龍生龍，鳳生鳳，老鼠生兒打地洞。」

潘又斌呼哧呼哧地喘著粗氣，好像破舊的風箱，胸膛劇烈起伏著。

趙大玲語速很快，口齒清晰道：「你娘死得真冤枉，竟然被一個多疑又暴力的相公給活活打死了，她肯定很後悔嫁給了你爹，更後悔生了你這麼個兒子。」

「別說了！」潘又斌大聲呵斥，臉色鐵青，手又伸向了趙大玲的脖子。「是那個女人下賤，是她貪慕皇權，背叛了她的夫君，與皇上有染，還生下了孩子，這樣的賤人不該死嗎?!」

趙大玲冷眼看著他。「你是說你娘和皇上私通生下了你？真是好笑，不知你從哪兒來的自信，覺得自己是皇上的兒子。你看看蕭翊和蕭衍，一樣的高大身材，一樣的劍眉闊嘴，那才是親兄弟。你與蕭衍尚有幾分肖似，那是表親的緣故，卻與蕭翊沒有半分相像之處吧。我雖然沒有見過你爹娘，卻能透過你推斷出他們的長相。」

她忽略潘又斌伸在半空中的手，直視著他的眼睛。「既然你說你爹懷疑你不是他的兒子，那我斷定你的長相隨了你娘。你娘肯定是雙眼皮、大眼睛，鼻梁挺直，這些都顯現在你的身上，而你爹肯定恰恰相反。知道這是為什麼嗎？在我生活的時空裡，人們做了研究，雙眼皮和高鼻梁遺傳給子女的機率很大，我們把這些叫做顯性遺傳。還有一個特徵是耳垂，父母雙方只要有一個是大耳垂，那麼就會顯現在子女身上。蕭衍和蕭翊都是大耳垂，所以皇上很有可能是大耳垂，但是你的耳朵薄而小，幾乎沒有耳垂，說明你的爹娘都是沒有耳垂的。我說對了嗎？」

潘又斌聽了有些發怔。

她又進一步道：「其實還有一個非常簡單的辦法，就是滴血認親。在一碗清水裡滴入你和你爹兩個人各一滴血，若是兩滴血相融合，便說明是父子，若是不融，便說明沒有血緣關係。這種滴血認親的方法可不是我杜撰出來的，早在很久以前就有了。」

聽完，潘又斌似是發怔，最後什麼也沒說就離開了。

趙大玲疲憊地將頭靠在石壁上。以潘又斌的執拗脾氣，她斷定他肯定會去嘗試，畢竟這麼多年的陰影，他對他娘的死一定一直耿耿於懷，若是這個時候能夠攪得慶國公府不寧，便能給長生和蕭翊多一分助力。

隔天，潘又斌來到石室，面色慘白，眼圈都是黑的，像鬼一樣。

「我故意說要跟我父親喝酒，打破杯子割破了他的手指，偷偷留了他的一滴血，然後試了妳說的滴血認親法，他果真是我的親生父親。」

趙大玲沒說話。其實滴血認親是千百年來一個錯誤的認知，直到現代還有人對此深信不疑，以為有血緣關係的人血液會在清水中相融，沒有血緣關係便不會融合在一起，這也成了很多宮鬥小說中的認親法寶。

其實滴血認親是沒有科學依據的，隨便兩個人的血液都會在清水裡融合，跟血緣沒有任何關係。

而趙大玲正是利用人們對此的誤會，將憤恨的種子種到了潘又斌的心裡，讓他覺得潘玨誤殺了他的娘親。至於真相如何，她不想知道，無論那個女人是否背叛了丈夫，都是屬於感情和道德上的事，不該被虐打至死。

當晚，趙大玲看著石室壁上自己畫下的痕跡，每過一日她就畫一道，如今石壁上已經有十二條記號，說明她在這裡被關了整整十二天，與長生也分開了整整十二個晝夜。

對兩個人來說，每一日都是度日如年，都是一種煎熬。

這十二天裡，她忍受了以前不敢想像的疼痛，拚命想為自己博得一線生機，她做了自己能做的事，守住了蕭翊是異世者這個秘密，挑撥潘又斌和蕭衍的關係，探聽到定遠侯的女兒文思瑤的真正死因，又激發出潘又斌對父親的仇恨。

如今蕭衍已經識破她口中所謂的高科技，她對於蕭衍來說也就沒有了利用價值，最後肯定是要用她來要脅蕭翊。

該是時候去見長生了，這些日子他一定過得比自己還艱險，如同在地獄一般。

她向安嬤嬤道了別。「謝謝您這些日子對我的照顧，我對您只有萬分感激。如今我熬不下去了，我不想被蕭衍交給潘又斌，然後死在他手上，與其那樣還不如自我了斷。」

安嬤嬤老淚縱橫。「好人不長命，禍害遺千年。趙姑娘，妳也是個苦命的女子……」

「我命不苦。」趙大玲想到長生，臉上浮現出笑意。「在這個世上，有一個我愛的人，而他也愛我。他是個堅定又勇敢的人，再多的磨難都沒有改變他的溫柔和善良。如果可能的話，您就將我埋在山坳裡的大樹下吧，他會來找我的。」

安嬤嬤抬起袖子擦了擦眼淚。「我老婆子沒本事救妳，只能在逢年過節的時候多給妳燒些紙錢。」

趙大玲微笑著握住安嬤嬤粗糙的手。「您要好好活著，相信善有善報，惡有惡報。潘又斌那樣的人肯定會得到報應的，文小姐的冤屈也終將得以申訴。」

是夜，趙大玲拿出安嬤嬤偷偷交給她的黃紙，手邊沒有朱砂，她便用手指沾著自己的鮮血在黃紙上畫出彎彎曲曲的符號，接著把道符貼在四面石壁上，自己則站在石屋中間，面向牆壁上的那扇鐵窗。

窗外暗沈沈的，不見一絲光亮，正是黎明前最黑暗的時候。但是她知道，天際第一道曙光很快就會衝破這漆黑的夜色。

她深吸了一口氣，低下頭虔誠地輕誦著咒語。「天道清明，地道安寧，人道虛靜，三才一所，混合乾坤，百神歸命……」

牆壁上的道符漸漸捲曲，彷彿被火炙烤似的冒出青煙，接著「呼」地一下子燃燒起來，一邊燃燒一邊自石壁上飄落，在空中飛舞。

趙大玲只覺得渾身的皮膚都要燃燒起來，而體內的血液卻被冰凍住，極致的寒冷和火熱讓她無力地跪坐在地上。

她渾身顫抖著，繼續唸著咒語。「太陰幽冥，速現光明，雲光日精，永照我庭……」

火御寒冰陣果真是冰與火並存的考驗。自她拜玉陽真人為師後，玉陽真人不僅傳授給她道教的教義，還問她想學什麼？她第一個想到的就是火御寒冰陣。

當時她只是為了防備丹邱子恨她的心不死，會找機會用火御寒冰陣驅逐她的魂魄，誰知今日她竟然自擺這個陣法。

皮膚被炙烤的感覺更加強烈，帶著難以忍受的灼痛，好像龜裂了一般，而血液都已結冰，無法在血管中流動，慢慢地，五臟六腑都被冰封住了，靈魂受不住這種冰與火的煎熬，叫囂著自頭頂衝出，不願再受這具皮囊的束縛。

趙大玲眼前一陣模糊，彷彿回到了五小姐的枕月閣。當時丹邱子說她是妖孽，要用陣法讓她現形，在她魂魄將要衝出身體之際，一道黛黑色的身影衝進陣法將她抱在懷裡。

長生，咱們很快就可以相見了。她微笑，最後模糊的意識裡，她彷彿看到了長生的身影，向她張開了雙臂……

隨著道符燃盡的黑色灰燼飄落在地，趙大玲的魂魄終於往上一躍，衝破了身體的束縛。她飄在半空中，看著地上委頓的身體，穿著寬大的黑色袍子，露出的脖頸和手臂上滿是尚未結痂的傷痕，紅彤彤的，有幾處已經破潰發炎，看上去很是醜陋可怖。

十二天的折磨終於結束了，此刻她感受不到絲毫的疼痛，只覺得輕飄飄又暖洋洋的，好似泡在溫泉水裡，周身寧靜。

半空中突現一道金色的光束，打在趙大玲的靈魂上。她低頭看向自己，只見身上是一件素白的紗衣，纖腰上束著銀色的腰帶，手臂上的傷痕不見了，皮膚光潔雪白。

她整個身影都是半透明的，在光束中閃著淡金色的微光。天空中響起低迴的歌聲，悠遠頌揚，帶著無盡的喜悅，好似在催促她快點離開這個陰暗的塵世，回到屬於她的地方。

電光石火間，在光束的那一頭，她看到了現代的高樓林立，飛機呼嘯著自空中飛過，馬路上奔馳著各式各樣的汽車，一如記憶中那樣匆忙。

那是她原本的時空，先進、舒適、便捷，沒有皇權，沒有主人與奴婢的區分，女子可以讀書，可以像男人一樣去外面遊歷……她甚至看到了她的父母和兩個弟弟，她曾經以為自己可以一個人生活，不需要他們，如今卻發現他們始終是她的親人，她竟然非常想念他們……

她想邁動腳步走向他們，卻又生生頓住。那裡沒有長生，如果她就這樣離開，長生會有多痛苦、多絕望？她想起長生曾經為了她選擇活下來，這一次，她也會為了長生選擇留下，哪怕是變成孤魂野鬼，她的魂魄也能夠陪伴著他。

窗外天光方亮，第一道晨曦從鐵窗照進陰暗的石室，投在了地上的軀體上。那個身體跪臥在地上，額頭觸地，好似在虔誠地祈禱。

石室的門被打開，蕭衍怒氣沖沖，手裡拿著一支歪七扭八的槍走了進來，身後跟著臉色陰沈、目光游移的潘又斌，他看上去有些心不在焉，困頓在自己的世界中難以自拔。

他們一進來就發現了地上的屍體，震驚得說不出話來。過了一會兒，蕭衍才大喊道：

「郎中！傳郎中過來！」

潘又斌蹲下身，將手指放在趙大玲的頸間，又翻看了她的眼睛，過了一會兒搖搖頭，神色淡漠，彷彿只是在述說一個事實。「不用叫郎中了，她已經死了。」

蕭衍暴怒。「這個女人耍得本宮團團轉，到頭來一場空，還白費了大量的人力和物力，竟然就這麼死了，太便宜她了！鞭屍！凌遲！」

潘又斌低頭看著趙大玲的臉，覺得她的唇角似乎掛著一絲安詳的微笑。「她沒有背叛任何人，始終忠於自己的內心。死都死了，鞭屍或凌遲的都沒有用，埋了吧！」

事已至此，趙大玲的魂魄總算是鬆了一口氣。她最擔心的就是蕭衍和潘又斌在盛怒之下會摧毀她的軀體，她總是抱著一絲希望，畢竟這個身體挺不錯的，有機會的話她還想接著用呢！

# 第三十七章　遊魂

趙大玲的靈魂飄在半空中，這是她幾天來頭一回沐浴在陽光下，只是魂魄再也感受不到陽光的溫暖。她看著安嬤嬤用一張草蓆捲起地上的屍體，兩名有著綠眼珠的死士進來，把屍體抬到外頭的槐樹下，此時是冬季，老槐樹上只剩下光禿禿的樹枝，他們在樹下挖了個坑，把她埋了進去，旁邊不遠處就是文思瑤的墓碑。

細碎的土塊很快蓋住了草蓆，不一會兒地面恢復平坦，彷彿這裡什麼都沒有發生。

頭髮花白的安嬤嬤紅著眼眶，將一截枯枝插在了埋葬她的地方，嘴裡唸叨著。「好姑娘，妳安心去吧，嬤嬤回頭給妳燒紙錢。妳要是見到我家小姐，就告訴她一聲，夫人已經去找她了。」

旁邊一聲幽幽的嘆息，把趙大玲嚇了一跳。她循聲看去，就見老槐樹上坐著一個紅衣女子，長長的黑髮從樹梢垂到地面，隨著風在空中輕輕晃動，好似黑色的波浪。

那女子也看向趙大玲，慘白的一張臉，瞳仁烏黑，菱角一樣的小嘴鮮紅，是個絕頂美麗的女子，卻神色哀怨，周身都是淡黑色的怨氣。

趙大玲念頭一起，已經飄到她跟前。

那紅衣女子幽幽地看著她。「我看到了妳屍身上的傷痕，妳也是被他鞭打死的……」她張開雙臂，身上的紅衣如鮮血湧動，美麗的眼睛裡流出兩滴血淚，慘笑道：「跟我一樣！」

趙大玲了然。「妳是文思瑤！為什麼妳還在這裡？妳看到一道金色的光束了嗎？進去了靈魂就能離開這塵世，安嬤嬤讓我告訴妳，妳的母親也在那裡。」

文思瑤搖搖頭，血淚滑下蒼白的面頰，落到紅衣上，倏地一下子不見了。「我不走，我要看著那個畜生得到應有的懲罰。每次我看見他從樹前經過，都恨不得撲到他面前吃他的肉、喝他的血，有時候他還會站在我的墓碑前。」她苦惱地扯著自己的長髮。「可是我被困在這棵樹上了，不能跳下去。」

趙大玲知道這個可憐的女子因為戾氣太重而滯留在這個陰陽兩地之間的空間裡，與自己被火御寒冰陣逼出的魂魄不同，文思瑤的魂魄無法離開那棵槐樹。

她伸手握住文思瑤冰冷的手。「我會把妳的屍首交給妳父親，讓他知道妳的冤屈。妳放心吧，傷害妳的人會受到應有的懲罰。」

最後，趙大玲看了一眼埋葬自己的地方，身形一晃，飛到山坳上空，向下俯瞰，只見這裡層巒疊嶂，山體掩映，整個山谷都籠罩著濃濃的霧氣，猶如幻境。山石和樹木都是虛影，眨眼的工夫就會變換位置，原本看著是路，卻被巨大的石塊堵住，看著是空地的地方卻變成一片樹林。

這裡的陣法確實厲害，而且根本看不見出口，無奈下她只有尾隨著蕭衍和潘又斌離開山坳，跟著暗河裡的船隻，又穿過一段地道，終於來到皇宮裡的太子舊居。

她努力記下路徑和開關密道的方式，這才飄出皇宮來到大街上。

趙大玲本是個路癡，又沒上過幾次街，所以在京城裡迷了路，好在現在她是個幽靈，不用兩條腿走路，飄來飄去的，還可以隨意穿牆而過，甚至飛到半空中俯瞰京城。

終於，她見到一條小巷子很是眼熟，飄過去一看，真的是貓耳巷，那旁邊的高牆就是晉王府的外牆了。

她越過高牆直奔長生的院子，不禁慶幸侍衛們根本看不到她，才能讓她順利進到屋裡。

只見屋內一片雪白，瓷瓶裡的蘆花枯萎，落了一地。一個身影站在桌前，俯頭看著桌上山脈的沙盤模型，修長的手指指的位置正是蕭衍屯兵的山坳，旁邊放著一本《周易》，一本《奇門遁甲》。

十二天的分離彷彿有一生那麼長，趙大玲目不轉睛地看著長生。他看上去那麼瘦，弱不勝衣，一身素白色的布衣穿在他身上晃晃蕩蕩的。本來長生也清瘦，卻不是如今這副形銷骨立的模樣，不過十幾天的工夫，他就把她辛苦餵出來的成果給抹殺了。

趙大玲心疼地撲過去，一把抱住他，然而半透明的手臂卻穿過他的身體，讓她撲了一個空。她不甘心地依偎過去，卻穿到了他的另一邊，她這才意識到，自己現在是一抹魂魄，連擁抱自己的愛人都做不到。

「長生！」趙大玲悲哀地喚道。

長生猛地抬頭，惶然四顧，乾燥的嘴唇顫抖著。他的臉色慘白如紙，眼底滿是血絲，眼下更是一片青黑，不知有多久沒有睡覺了。

然而屋裡空蕩蕩的，只有被風吹起的帷帳在舞動，如同鼓起的一片風帆。

他已經處於崩潰邊緣，卻還憑著一分執念支撐著自己不要倒下，復又低頭看向沙盤，手指劃過一道道山巒，嘴裡唸唸有詞。「乾三連，坤六斷，震仰盂，艮覆碗，離中虛，坎中滿，兌上缺，巽下斷……」

接下來一整天，趙大玲的魂魄都圍著長生團團轉。

「喂，長生，你吃點東西吧。」

「長生，喝點兒水！」

「長生，你能聽見我說話嗎？你停下來，不要再研究陣法了，你用心感受一下我。」

「長生，你歇會兒，你看看你眼下都青黑了，睡會兒吧，我們可以在夢裡相見……」

長生彷彿被禁錮在陣法裡，瘋魔了一般，不吃不喝不睡。無奈之下，趙大玲只能托著腮坐在沙盤上，看著長生的手指穿過她的身體在沙盤上指指畫畫。

蕭翊來了兩次，每次都勸他歇一歇，可長生只是搖頭。

「我查了幾本陣法書，山谷中的陣法應該是上古的六合天絕陣，以兩儀、五行、八卦、十天干、十二地支組成，又根據乾、坎、艮、震、巽、離、坤、兌這八個方位布陣，具有『天、地、風、雨、日、月、雲、雪、霜』九種變化，互為輔助，生生不息。陣法中間藏混沌之機，中有三首幡，按天、地、人三才，共合為一氣。再給我一點時間，我今天肯定能解開這個陣法。」

蕭翊張張嘴，也只能無奈地搖頭退了出去。

傍晚時分，玉陽真人匆匆趕來，手中麈尾拂塵在空中飄動。趙大玲還沒見過玉陽真人如此焦急地趕路，眼圈一紅，叫了聲「師尊」，飛身過去繞著玉陽真人轉了一圈，扁扁嘴道：「徒兒如今真成幽靈了，都是您老人家給我取的這個道名不吉利。」

然而玉陽真人也看不到她，拂塵一擺，從趙大玲的身上橫掃過去，向長生道：「顧公子，你暫且停下。貧道在觀中算了一卦，貧道徒兒靈幽的靈魂已經與肉身分離了。」

長生怔怔地抬起頭，整個人如同被掏空了一般，胸膛劇烈地起伏著，突然「砰」地一聲栽倒在書案上。

趙大玲驚呼，心疼地繞著長生轉來轉去，伸手想扶起他，手臂卻穿過了他的身體，根本無法著力。

跟著進來的蕭翊也紅了眼圈，忍不住埋怨玉陽真人。「您老就不知道緩和一點，這不是要小顧的命嗎？」

玉陽真人冷眼看向蕭翊。「你換了魂魄怎麼連蕭家人的聰明勁也沒了？還不快把顧公子抬到床榻上去。」

「是，姑奶奶！」蕭翊本是氣話，聽在玉陽真人耳朵裡卻也沒什麼不妥，輩分在那兒呢，就是姑奶奶輩的。

待蕭翊把長生放到床上，玉陽真人才看向空中。「靈幽，為師知道妳肯定在這裡，快入顧公子的夢境吧，告訴他妳的身體在哪裡，盡快拿回來。」

蕭翊吃驚地張大嘴巴，說話都結巴了。「她、她、她在……這兒？」

玉陽真人點點頭。「凌晨時分，貧道感應到京城東邊啟動了火御寒冰陣，是靈幽自己啟動的陣法，魂魄掙脫了身體，但是我知道她肯定捨不得離開。」

「師尊萬歲！」趙大玲在空中轉了一圈，歡呼一聲，繼而飛向床榻上的長生。

面前一片漆黑，伸手不見五指，一股股的血腥味傳入鼻端，帶著陰腐的氣息，讓人覺得毛骨悚然。

此時的趙大玲重新擁有了身體的重量，一步步地踩在地上，而不是飄在半空，那種感覺就跟以前一樣，所以她能實實在在地感覺到自己的髮根都立了起來。

她哆哆嗦嗦地往前走了兩步，旁邊牆壁上的蠟燭「呼」地爆出一個藍色的火苗，藉著那點微弱的光，她這才看見這裡是一間巨大的囚室，四壁黑石，連窗戶都沒有，暗不見天日。

其中一面牆壁上掛滿了刑具，光是粗細不一的鞭子就掛了整整一排，還有許多趙大玲叫不出名字的東西，一件件都泛著幽冷的光芒，讓人看了便覺膽寒。

不知從哪裡吹來一股陰風，燭火跳動著，映得整個房間影影幢幢，更是增添了陰森恐怖的氣氛。

趙大玲心中嘀咕。難不成自己的魂魄是到了地獄了？沒道理啊，想她兩世為人都沒做過傷天害理的事，雖算不上十世大善人，但也絕對不夠格下地獄。

她適應了一下這裡昏暗的光線，才看見角落裡隱約有一個淡黑色的人影，正抱膝坐在冰冷的地上。那人垂著頭，亂蓬蓬的頭髮遮住了臉龐，身上只有一件單薄的布衣，已經被鞭子抽破成一條一條的，染著斑斑血跡。

雖然只是一個依稀的人影，但是趙大玲知道她沒有認錯，她連忙上前叫了一聲。「長生！」

長生一動不動，好似壓根兒沒有聽到她的呼喚。

「長生……」趙大玲來到他身前蹲下來，雙手捧起他的臉，不禁喜極而泣。終於能夠用自己的手再次觸摸到他、感受到他。

然而長生的眼神麻木空洞，目光穿過趙大玲的身體落在遠處。他的身體那麼冷，像冰塊一樣不帶一絲溫度，趙大玲將他摟在自己的懷裡，想用自己的體溫來溫暖他，可他卻輕輕推開她，縮到角落裡，將自己蜷得更緊，彷彿縮在一個禁錮的殼裡。

趙大玲呆立在那裡，一時間不知所措。

突然，一個看不清面貌的黑影拿著皮鞭過來，手腕一抖，鞭稍在空中崩成一道筆直的線，無聲地落在長生的身上，他的身上立即又多了一道血痕。

一鞭又一鞭，鞭子落得又快又急，卻聽不到任何聲響，長生一動不動地承受著，身體被打得東倒西歪，隨著鞭打的衝擊而晃動。血珠飛濺在空中，他卻連保護自己的動作都沒有，任憑鞭子帶著勁風，在他身上留下數不清的傷痕。

趙大玲看著那個被鞭打的身影，眼淚蒙住了雙眼。她忽然明白了，這是長生的夢境，失去了她，長生的世界便如同暗無天日的地獄，沒有光亮，沒有溫暖，有的只是無盡的黑暗。他無法原諒自己沒有救出趙大玲，即便在夢中也重複著對自己的懲罰。

趙大玲咬牙衝上前奮力推開那個持鞭的黑影，黑影在她手下化作一股黑煙消散在空中。

「長生！」她流著淚叫著他的名字。「你的夢境不應該是這樣的！」

她從刑架上拿起一個大鐵鎚，用力砸向森冷的黑色石壁。「轟隆」一聲巨響，石壁破了一個大洞，金色的陽光自洞口照進囚室，驅散了囚室裡的陰寒和血腥。

長生不適應地瞇起眼睛，伸出手擋著照在他臉上的陽光。

趙大玲不斷地掄砸，四面的牆壁倒下，彷彿一個方形的盒子被打開。她扔下手裡的鐵鎚，來到長生身前，俯下身朝他伸出一隻手，臉上帶著疼惜與鼓勵的微笑。「來，長生，隨我來。」

長生仰頭看著她，陽光照在她的頭頂，讓她整個身子都籠罩在金色的光芒中。清風徐來，她雪白的衣裳和烏黑的髮絲在風中飛舞，柔緩而優美。

細碎的光芒折射著，彷彿灑落了滿地的碎金，空氣中傳來清雅的幽香，一如記憶中她身上的味道。她就這樣面帶微笑地看著他，伸出的手如盛開的蘭花，舉在他的面前。

如同受到蠱惑一般，長生緩緩伸出手抓住了面前的那隻手，指尖的溫暖好似電流一樣迅速傳到他的全身。

趙大玲輕輕一拽，就將長生從地上拉起來。長生茫然地看著四周，囚室消失不見了，取而代之的是陽光明媚，鳥語花香。

「長生，還記得太清觀後山的小溪嗎？」趙大玲微笑著問他。

長生下意識地點點頭。他怎麼會不記得？那是他和她為數不多的幾次出行，在自由的天空下暢所欲言。

趙大玲揮手一劃，面前出現一條波光粼粼的小溪，在林間蜿蜒流淌。

她拉著長生的手，與他並肩坐在青石上，接著她脫去鞋襪，將赤足浸到溪水裡。

溪水清澈見底，映得她的玉足如白蓮般皎潔可愛。她扭頭微笑，一如當日在溪邊的情景。「這裡沒有別人，只有我們兩個。要不要試試？」

長生點頭，略帶羞澀地脫下鞋襪，這才發現自己身上是一件雪白的衣裳，剛才的傷痕和血漬都不見了。

見他微微發怔，趙大玲伸手指著他的衣襟。「看看你這件，再看看我身上的，這叫情侶裝。」

長生釋然一笑，將腳伸到清涼的溪水之中，流動的溪水拂過他的腳面，他舒服地嘆息了聲，緩緩閉上眼睛，將頭靠在她的肩膀上，彷彿長途跋涉、疲憊不堪的人終於找到休憩的港灣。「大玲，剛才我作了一個很可怕的夢，夢見妳被……」

他哆嗦了下，不敢說下去，隔了一會兒才嘆息道：「如果真是那樣，我活著還有什麼意義？」

趙大玲心中一酸，不忍說破。他混淆了現實和夢境，以為此刻才是真實的，而她被俘只是他的一個噩夢。她攬著他瘦削的肩膀，只覺得現在即便是虛幻的，也足夠讓她感到幸福和滿足。

「長生，」她親吻著他的面頰。「無論是哪裡，我都會和你在一起，我要你知道，我一直在你身邊。」

他嗯了一聲，扭頭去尋找她的唇，吻得心滿意足，卻莫名地覺得傷心。臉頰上一陣溫熱，他伸手抹了下，看到指尖晶瑩的淚珠，不解地問：「為什麼我會流淚？」

趙大玲撫著他的面頰。「因為你愛我愛得心痛，就像我愛你一樣。」

長生握住她的手放到唇邊親吻，喃喃道：「我覺得我已經有好久沒有看見妳了，那種感覺很可怕，彷彿是到了世界末日，滿心的荒蕪和絕望。大玲，不要離開我……」他忽然頓住，莫名地看著自己的手，將手舉到眼前對著陽光仔細端詳。

他的手腕上明明有一道傷疤，那是之前被捆綁時留下的痕跡，可此時他的手腕卻完好無損，毫無瑕疵。

一陣恐慌襲來，他撕扯著身上的衣服去看自己的胸膛，竟也是一點傷痕也沒有。

記憶在大腦深處衝撞，無數的念頭充斥在腦海中讓他應接不暇。他扭頭看向旁邊的趙大玲，只見她雙眼含淚，靜靜地看著他。

彷彿一道滾雷在眼前炸響，電光石火間，他終於意識到現在的他才是身處夢境之中。周圍的藍天、溪水和樹林如浮光掠影般迅速褪去，趙大玲的面龐也變得模糊不清，天光暗了下來，陰暗和恐懼將他緊緊包圍……

床榻上的長生忽然蹙緊了眉頭，左右搖晃著腦袋，眼珠在眼皮下不安地滾動。

一直密切注意他的蕭翊驚訝道：「咦，剛才我看他眉目舒展，好像還在笑著，這會兒怎麼又緊鎖眉頭了呢？」

一旁的玉陽真人用拂塵打了下蕭翊的腦袋。「笨蛋，他那是要醒了，還不快想辦法讓他回到夢中。」

蕭翊趕緊對著長生的脖頸又給了他一個手刀。長生只感覺自己身子下墜，似落下懸崖，再睜眼時又回到了鳥語花香的溪邊。

這一次他清楚知道這只不過是夢境，已是心如死灰，自責和愧疚將他淹沒。「大玲，那日在山谷，我能感覺得到妳就在那裡，卻沒能救出妳。我寧可當日被抓去的是我，可為什麼偏偏是妳，偏偏讓妳去受這種苦……」

趙大玲吻著他流淚的眼睛，嚐到了苦澀的味道。「長生，這不是你的錯，不要這樣折磨自己，你這樣會讓我心疼的。」

長生急切地抓住她的手，生怕一放手，她就會灰飛煙滅，徹底消失。「帶我走吧！不要把我一個人留下來，無論是陰曹地府還是碧落黃泉，妳去哪裡，我就去哪裡。」

「長生，聽我說，我們現在不能走，蕭翊需要我們的幫助，還有我娘和大柱子、柳惜妍他們，這些人我們不能坐視不管，我們還有機會。皇宮中太子的舊居有一條密道通往山谷，你去找我，我被埋在一棵老槐樹下。我在用火御寒冰陣掙脫魂魄的時候，將三魂七魄的其中一魄留在身體裡，所以那具身體應該不會損壞。」

接下來她仔細地告訴長生這十二天來發生的事情，省略了自己挨鞭子的事，只說了潘又斌的秘密、他和蕭衍的矛盾、文思瑤的死因和埋葬她的地方。她還用樹枝在地上畫出了東宮通往山谷的路徑圖以及槐樹的位置。

最後她親吻了下他的唇，戀戀不捨道：「長生，你該醒了。」

長生想挽留她，她卻伸出一根手指點在他的唇上。「我會一直陪著你，記得按時吃飯、按時睡覺，只要你乖乖的，我就會進到你的夢裡。」

瞬間，眼前的一切幻化成無數碎片，長生從床榻上猛地睜開眼睛，外面晨曦微露，已是第二日的清晨。

蕭翊坐在椅子上，手肘支著頭，一點一點地打著盹。

長生翻身下床，驚醒了蕭翊，他迷迷糊糊地睜開眼睛，打著呵欠問：「你見到趙大玲了？」

長生默然地點點頭。

蕭翊揉著臉，嘟囔了一句。「臭丫頭，重色輕友，也不知道進到我夢裡跟我打個招呼。」

玉陽真人得知長生清醒後也趕了過來，長生將夢裡趙大玲告訴他的事轉述給蕭翊和玉陽真人，又在紙上畫出山坳和密道。

「貧道進宮兩趟都沒找到這條暗道，沒想到入口竟然在東宮的浴池裡。」玉陽真人也覺得不可思議。

長生向蕭翊道：「今日正好是潘皇后的壽辰，京城中的皇親權貴、文武百官和命婦家眷都會入宮給潘皇后賀壽，我們正好可以藉機混進皇宮，再進入地道。」

「這個可行。」蕭翊贊同道：「今日既是潘皇后壽辰，蕭衍和潘又斌自是要守在潘皇后身旁無暇脫身，倒是個好機會讓我們行動。時辰尚早，先吃點早飯，再商議混入宮中的事吧。」

蕭翊吩咐下人將早飯送進來，又特意為玉陽真人準備了素齋。

長生站在沙盤前道：「你們先吃吧，我再看看六合八卦的陣法，破陣的關鍵我已經想明白了。」

飄在空中的趙大玲生氣地繞著長生轉了一圈。長生猛然想起夢中趙大玲說的要按時吃飯、按時睡覺，只有乖乖聽話，她才肯入他的夢境與他相會。雖然知道這只是她的一句威脅，但為了不讓她擔心，他還是乖乖地坐到八仙桌前，舉起面前的一碗粥。

宮中一片張燈結綵，因是潘皇后五十歲壽辰，所以操辦得格外隆重，不僅京城中的達官顯貴悉數來賀壽，連京外的高官也攜命婦前來拜奉。賀壽的人群在宮門前排了長長一隊，連宮中甬道上都站滿了衣著光鮮的人。

長生換上蕭翊身邊侍衛的藏藍色長袍，隱身在其中，順利混進了皇宮。

金鑾殿上，帝后端坐在寶座，一波波前來賀壽的人有磕不完的頭、說不完的頌揚話，偏殿裡擺滿了獻給潘皇后的壽禮。

蕭翊向潘皇后祝壽後，奉上一尊半米高的白玉壽星，潘皇后讚賞一番，含笑收下。

蕭翊退到一旁，眼見蕭衍這個太子和潘又斌這個姪子都奉承在潘皇后左右，便悄悄退出了金鑾殿，找到殿外的長生，又帶了幾名幹練的侍衛，潛到東宮。

東宮因是太子舊居，蕭衍很少在此留宿，所以守衛並不多，尤其今日金鑾殿有盛宴，又調了幾名宮人去那邊侍候，這裡尤其冷清。

放倒了幾名值守的禁衛後，他們幾人順利進入後殿，趙大玲的魂魄也跟著飄了進來，緊隨著長生。

太子舊居極為敞闊奢華，大殿的中央有一個墨玉砌的浴池，浴池四角有四個獸頭，從獸嘴裡噴出引入的地下溫泉，伴隨著水池上方蒸騰的溫熱水氣，在殿內嘩嘩作響。

雖然蕭衍很少留宿在這裡，但為了隨時可以使用溫泉，浴池裡的水便迴圈流動著。

看上去一目了然的浴池，沒有太多的設計，若不是事先透過趙大玲知道密道所在，尋常人絕對想不到此處暗藏機關。

長生走上前，依序轉動四個獸頭，有的向左，有的向右，機關啟動，就見浴池底部一陣水花飛濺，池水中分，池底中間竟然浮出一條走道。

幾個人順著走道進入一道池底暗門，暗門後是長長的臺階。蕭翊掏出夜明珠，藉著夜明珠的光芒率先走入暗道。

金鑾殿中，蕭衍和潘又斌發現蕭翊離開一陣子卻沒有回來，兩人相視一眼，正想去一探究竟，太監卻在這時進來傳報。

「大長公主，沖虛元師玉陽教主到！」

皇上沒想到玉陽真人會親自前來，連忙到大殿門口相迎。

玉陽真人依舊是那副仙風道骨的模樣，身穿道袍，手持拂塵。「貧道已是道門中人，久離紅塵，不敢勞聖上親迎。」

皇上對這位小姑姑一向敬重，聞言笑道：「皇姑姑這話說得就見外了，姑姑雖然入教，卻依然是朕的姑母，這一點是永遠都不會改變的。」

玉陽真人唸了句道號。「無量天尊。陛下是重情重義之人，貧道也是近日有感年事已高，願意與晚輩多親近親近。」她清冷的目光掃過蕭衍和潘又斌。「貧道看那兩個孩子資質不錯，頗有眼緣。」

聖上龍心大悅，這一高興，便吩咐殿內的太子和潘世子與玉陽真人多親近。

二人不敢違抗聖命，只得愁眉苦臉地站到玉陽真人跟前。

而因為有玉陽真人的幫忙，蕭翊一行人才能順利前行。

他們順著暗道的階梯，往下走了一炷香的時間，眼前瞬間豁然開朗，是一道黑漆漆的暗河，河水墨黑，無聲地湧動著，河邊停靠著一艘小船，纜繩拴在木樁上。

他們上船又在水路上行了半個時辰，才漸漸看到光亮。他們先將船隻停靠在一個溶洞裡，看見洞內有幾名士兵把守，正舉高火把，想看清來人是太子還是潘世子。

蕭翊早有準備，迅速從船上跳下來，和侍衛一起解決了幾個士兵，接著帶著長生和侍衛出了溶洞到達山坳。

山坳上空是一團灰色的迷霧，中間是一個巨大的漩渦，和幾天前他們用炸藥炸開豁口後進入山谷時看到的一樣。但此時長生已經瞭解六合八卦陣，自然能看出陣眼在何處。

他按照陣卦指揮侍衛砍倒陣門上的幾棵樹，又搬動幾處物件，眼前的景致便在眾人面前現出了本來的面目。

長生眸色一黯。這裡儼然是軍營的格局，蕭衍圈養的死士就在這裡秘密受訓，而左前方一排高大的青石屋大概就是曾經關押趙大玲的地方。

遠處一隊士兵正在拆一個高大的熔爐，叮叮噹噹的頗為熱鬧，正是前幾天不斷冒煙的地方。如今趙大玲不在了，蕭衍意識到自己上了她的當，盛怒下讓士兵趕緊把這礙眼的熔爐拆毀。

趙大玲的魂魄先一步飛到老槐樹那裡，蕭翊和長生也看到了這棵樹，一行人迅速來到樹下。槐樹的枝椏延伸在空中，彷彿一隻乾枯的手臂，樹下一個墓碑，上面鐫刻著文思瑤的名字，不遠處的地面上插著一根乾枯的樹枝。

此處在山坳的最裡面，較為僻靜，旁邊一座山丘正好將士兵營房擋住，巡察的士兵也很少過來，於是幾個人加緊行動。

文思瑤的魂魄坐在枯枝上，紅衣如血，正托腮看著他們。

長生來到枯枝前，雙膝跪地，用十指挖土。蕭翊想勸他用鏟子，但也知道他心裡的苦遠勝過十指的痛，便只能由他，自己則跟侍衛一起用隨身帶的一尺長的小鏟子小心挖掘。

墳墓很淺，不過下挖一尺，便露出了一角草蓆，眾人放輕手中挖掘的力道，拂去草蓆上的土塊，便看見一頭露出一雙女人的腳，一隻腳上套著鹿皮底的緞面鞋，正是趙大玲失蹤那天穿的，不過另一隻腳卻是光著的，可憐兮兮地半埋在土裡，鞋子則掉在了旁邊。

蕭翊默默拾起那隻鞋套在她的腳上，他記得趙大玲不願意讓除了長生以外的男人看到她的腳。

長生挖得指甲都鬆了，指尖滲出鮮血，趙大玲的魂魄心疼地跪在地上，一邊鼓起嘴朝他受傷的手指吹氣，一邊埋怨。「傻瓜，你不會用鏟子嗎？」

長生當然聽不見她說的話，只執著地用手挖著草蓆這一頭的土，終於露出了趙大玲的一綹黑髮。他窒了一下，心中痛得好似車輪輾過，他用手拂去草蓆上的土，顫抖著小心翼翼地揭開這一頭的草蓆。

趙大玲的魂魄趕緊伸手捣住自己的眼睛。雖說留了一魄在身體裡，但她也不確定這一魄能起什麼作用，畢竟離她被埋葬已經過去整整一天，若是草蓆下露出一張嚇人的臉該怎麼辦？

她都後悔讓長生來找她了，早知道就該入蕭翊的夢，讓蕭翊先行一步將她的屍身收拾索利，能見人了再交給長生。

還好，土坑裡趙大玲的臉雖然慘白，但神色安詳，既沒有發紫發青，也沒有生出不該有的小生物，若不看她滿頭滿臉的泥土，猛一看上去跟睡著了也沒有太大的不同。

他們將她身上的土漸漸清理乾淨，蕭翊和另外一名侍衛才抓著草蓆兩頭，將趙大玲從土坑裡抬了出來，放在旁邊的地上。

草蓆揭開，露出她整個身軀。她身上是一件黑色的寬鬆袍子，鬆鬆地罩著她，一看就不是她自己的衣服，露在衣服外面的脖頸和手臂上滿是觸目驚心的鞭痕，一道道紫紅縱橫交錯，傷口處皮開肉綻，沾著泥土。已經看不出皮膚本來的顏色。

長生眼前一黑，差點暈過去，雖然早就知道趙大玲落在潘又斌的手裡有多凶險，但是親眼看到她身上的傷痕還是讓他心痛欲絕，恨不得用自己的血肉以十倍的痛楚替她受這些苦。

他輕手輕腳地抱起地上的她，將她摟在懷裡，面頰緊貼著她冰冷的臉，溫熱的淚水落在她的臉上，一恍惚，彷彿是她在流淚。

趙大玲的魂魄依偎過去，明知道長生聽不見，還是輕聲細語地安慰道：「長生，別難過，我現在不是沒事了嗎？」

這時山坳裡的巡察兵似乎發現了溶洞裡的幾具屍體，吹響了防禦的哨音，蕭翊嚴峻的臉上浮現一抹冷笑。「來得正好！正好試試現代的新式武器。」

他側頭看向長生，長生跪地抱著趙大玲屍身的場面也讓他鼻尖一酸。「小顧，你行嗎？」

長生微微點頭，解下自己身上的披風將趙大玲裹住。他動作溫柔，呵護備至，但眼中滿是雪亮的恨意，沈聲道：「蕭衍和潘又斌會為他們的行為付出應有的代價。」

有幾個士兵發現槐樹這邊的情況，迅速朝他們衝來，立刻被蕭翊和侍衛用弓弩射死，剩下的士兵見狀，躲在山丘後面，不敢再貿然上前。

他們手上的弓弩便是之前趙大玲畫在圖紙上的，在百米外就可準確地射中目標，弩架上有一個存放小箭的機關盒，可以連環發射，且這個盒子就像子彈匣似的可以替換，簡單方便，還能節省時間。

蕭衍訓練的死士突然衝了過來，他們被藥物控制，眼珠碧綠，沒有痛覺和意識，只知道服從命令，因此前仆後繼，即便中箭也繼續往前衝。

衝在最前頭的死士與蕭翊他們短兵相接，被砍掉胳膊，仍然用頭去撞。蕭翊一劍砍掉一名死士的腦袋，那人往前又跑了幾步，無頭的身軀才跪地倒下。

「怎麼跟一群喪屍似的？」蕭翊不免抱怨了一句，接著讓侍衛護著抱著趙大玲的長生往後退，所有人都躲到旁邊的一塊巨石後面，他這才從懷中拿出一個茄子樣的圓球，朝死士們扔去。

幾秒鐘後，隨著「轟隆」的一聲巨響，死士被炸得斷胳膊又斷腿。

趙大玲的魂魄不禁朝蕭翊豎起大拇指。「厲害，手榴彈都研發出來了！」

彷彿知道趙大玲在誇他，蕭翊得意地朝空中晃晃腦袋，又故作謙遜道：「其實這個的威力還差一點，一會兒再讓妳看看炸彈的厲害。」

蕭翊和他的侍衛接二連三地扔出手榴彈。在這種現代武器面前，蕭衍的死士和士兵們不堪一擊，毫無還手之力，根本就是一場毫無懸念又力量懸殊的對抗。

上一次他們不敢動用這些威力強大的炸藥，生怕誤傷到被關押在這裡的趙大玲，如今沒有了這層顧忌，蕭翊和他的手下將手榴彈不要錢似的扔向敵方。

山谷的死士不過幾百人，加上一千駐守的士兵，不到一盞茶的工夫就被炸得七零八落。

蕭翊拍拍長生的肩膀。「兵分兩路，我從原路回去，你破了這裡的陣法，去找趙大玲說過的那個安嬤嬤，將她帶到山谷外，谷外我已經安排了接應的侍衛。」

「好，」長生沈聲道。「這裡就交給你了。」

「放心吧，用不了多久，這裡就會夷為平地。」蕭翊目光堅毅。「一個時辰夠嗎？咱們都離開山谷後，我會用引線引爆炸藥。」

長生抱緊趙大玲。「這裡離陣法的生門不遠，半個時辰就能出山谷。」

蕭翊讓幾名侍衛跟著長生，自己則帶著剩下的侍衛斬殺殘餘的士兵和死士，開始布置炸藥。

長生和侍衛們在石屋旁邊的雜物房裡找到了一個五十多歲的嬤嬤，身材瘦高，頭髮花白，神色清冷，彷彿沒有波瀾的一潭死水。根據趙大玲的描述，這位一定就是他要找的安嬤嬤了。

安嬤嬤聽到剛才山谷裡的轟鳴聲，不知發生了什麼事，驟然見到幾個陌生人，目光中充滿警惕和戒備。

長生上前兩步。「您是安嬤嬤吧？我是來找我娘子的，我娘子託夢於我，告訴我她在此地，也講了您對她的關照。多謝您這十幾日照顧她。」說罷對安嬤嬤深深一拜。

娘子？這是長生第一次用這個詞稱呼她。趙大玲的魂魄欣喜地在空中轉了一圈，差點忘了自己的屍首還被長生橫抱在懷裡呢。

古人對死人託夢一事深信不疑，安嬤嬤上下打量著長生，又看了看他懷裡滿身塵土與血污的趙大玲。能將一具埋了一天又挖出來的屍體以如此呵護的姿勢抱在懷裡的，只會是真心愛她的人。

安嬤嬤終於放下防備，緩緩點頭。「我知道了，你就是趙姑娘口中那個讓她無怨無悔的人。她臨終時囑託我將她葬在槐樹下，還說會有人來找她，如今你果真來了，也不枉她至死對你念念不忘。」

長生心中痛苦，眼淚又落了下來，將懷中的趙大玲抱得更緊。他告訴安嬤嬤他是來帶她出山谷的，會將她送回定遠侯府，讓她將文小姐的死因和墳墓所在告訴定遠侯。

安嬤嬤激動地淚流滿面。「太好了，我老婆子苟延殘喘這兩年，就是等著有一天能將小姐的冤屈告訴侯爺。」

事不宜遲，他們要抓緊時間離開。長生根據時辰算出六合八卦陣的各處陣門，破解了整個山谷的陣法。山谷上方的灰色漩渦消失了，久違的陽光照射進來。

他們一行人順利出了山谷，接應的晉王府侍衛早已在谷外備好了馬車。

趙大玲的魂魄飄回槐樹那裡，找到了坐在樹上的文思瑤。「等等這裡會地動天搖，不過妳不要害怕，這種人間的東西傷不到妳的。安嬤嬤已經逃出去了，我們會送她到定遠侯府，妳只需要在這裡安心地等上一、兩日，妳父親就會來找妳了。」

文思瑤悽然一笑。「我等了整整兩年三個月又十一天，不在乎再多等這一、兩日。」

趙大玲點點頭，心中還是有不解的疑惑，忍不住問：「被潘又斌害死的人很多，可為何妳的執念這麼重，一直留在這裡？」

文思瑤黝黑的眼珠看著遠方，白慘慘的臉上浮現出朦朧的笑意。「當日我穿著大紅色的嫁衣嫁到慶國公府，蓋頭掀開，我看到一個俊秀的年輕男子，他就是我的夫君，我一眼就喜歡上他了，只想著與他和和美美的過一輩子。」

周圍陰風乍起，她滿頭黑髮在空中飛舞，聲音也變得淒厲。「可是，他又是怎麼對我的？他虐死了我的陪嫁丫鬟，一不高興就對我拳打腳踢，府裡隔三差五地死人，我沒想到我全心全意愛著的人竟然禽獸不如！」大滴血淚順著她的眼角流下，她字字泣血道：「他把鞭子抽在我身上，還口口聲聲罵我是『賤人』。我不甘心，我要親眼看見他受到報應！」

趙大玲嘆了口氣，飄然而退。

文思瑤坐在樹枝上，一邊梳著幾欲垂到地上的長髮，一邊唱起了哀傷的歌謠，她的歌聲掩映在此起彼伏的爆炸聲中，卻始終清晰地縈繞在山谷上空。

蕭翊趕回金鑾殿時，壽宴剛剛開始，穿著粉色宮裝的宮娥手舉托盤，奉上珍饈，每一道菜餚都有一個寓意福壽延綿的吉慶名字。

玉陽真人見蕭翊順利回來，才放過蕭衍和潘又斌。

蕭衍來到蕭翊身邊，面上掛著虛偽的笑容，咬牙切齒道：「三弟怎麼去了這麼久？為兄正想去找你呢。」

蕭翊目不斜視地道：「吐蕃和波斯等國的使團來向母后賀壽，我去安排使團覲見。」

蕭衍自然不信。「那是禮官的事，怎勞三弟你這個親王大駕？」

正說著，外面隱隱傳來一聲又一聲的轟鳴，眾人最初還以為是鼓聲，可鼓聲的聲音不會這麼沈悶，那就是煙花？可哪有大白天放煙花的，那不應該是夜晚的節目嗎？

漸漸地，大家意識到不對勁，那聲音更像是暴雨前的雷鳴，雖然因為離得遠，聲音不是那麼大，但是那種連大地都在震顫的力量讓人不由倍感驚懼，彷彿正有千軍萬馬自遠方奔騰而來。

殿內較膽小的人嚇得手中的金樽都滾落到地上，皇上和皇后也離開了寶座，眾人跟在他們身後到殿外觀看，就見東方的天空升起一朵巨大的圓形雲霧，綿延數里。

皇上沈聲問道：「這是怎麼回事？」

欽天監監正盧鸞趕緊上前。「啟稟陛下，京城東邊的山巒發生了地裂山崩。」

所謂的地裂山崩其實就是地震，古人迷信，覺得這是不祥之兆，甚至反映王朝的國運興衰，尤其又發生在潘皇后的壽辰之日，讓向來端莊、喜怒不形於色的潘皇后也一下子變了臉色。

蕭衍鐵青著臉，看著東方天空上灰黑色的巨雲，那個方向有自己秘密訓練死士的營地，還駐紮著自己的親兵，此刻還不知是否受到了波及？想到幾日前蕭翊硬闖他布置在山坳裡的營地，曾引天雷將山谷轟出一個豁口，他不禁狐疑地看向蕭翊，蕭翊卻一臉氣定神閒，標準置身事外看熱鬧的神色。

皇上皺眉問：「既是天意，之前天象上可有預兆？」

盧鸞恭敬道：「三日前，微臣夜觀天象，見熒惑光芒大盛，紫微星黯淡無光，斗星月移，乾坤倒置，乃分崩離析之象，且禍晦在東方，請陛下慎而對之。」

皇上盛怒。「大膽！既然三日前已觀得天象，為何不報？」

盧鸞小心翼翼地看向蕭衍，戰戰兢兢道：「微臣……微臣寫了奏摺，翌日一早便送到宮中，可是太子殿下見了，痛罵了微臣一番，說如今太平盛世，微臣卻妖言惑眾，還說要治微臣的罪……」

蕭衍瞠目結舌，說不出話來。皇上年事已高，力不從心之時會命太子代為批閱奏摺，那日蕭衍確實看到欽天監呈上來的奏摺，見奏摺裡說什麼東方煞氣日重，關乎國本國運。蕭衍看到「東方」二字，更是氣不打一處來。太子也被稱為東宮儲君，東方煞氣重，不就是說自己有不臣之心嗎？當時他就把盧鸞叫過來大罵一頓，將奏摺扔到他臉上讓他滾。

這兩日他正琢磨著找個罪狀將盧鸞打發了，在欽天監安插上自己的人，誰料這個替補人選還沒挑好，就攤上了這麼一個地裂山崩的事，恰巧發生在東方，印證了盧鸞的預測，更糟糕的是，這個小小的六品監正還在眾目睽睽之下將自己扯出來。

皇上不滿的目光掃到蕭衍身上，聲音威嚴冷硬。「太子，可有此事？」

蕭衍額上冷汗直冒，也不敢舉袖去擦，吶吶著不知如何回話。

潘皇后眼見不好收場，忙在一旁打圓場。「陛下息怒，太子尚年輕，出了疏漏也是有的，許是漏看了盧監正的奏摺。」

那盧鸞也是個妙人，上前一步從袖籠中掏出一本奏摺。「微臣還留著這本奏摺，當時太子殿下將它扔在微臣臉上時，撕扯了一處，還請陛下御覽。」

一旁的太監自盧鸞手中接過奏摺呈給皇上，皇上草草掃了幾眼，果真如盧鸞所說，上面將那夜的星象寫得清清楚楚。

就在此時，忽然又是「轟隆」一聲，與剛才那陣巨響相比，這一聲近在咫尺，彷彿一聲炸雷在耳邊響起，四周禁衛湧過來護駕，不少女眷已經嚇得面如土色。

皇上看向四周，又驚又怒。「又出了何事？」

小太監連滾帶爬地飛奔來報。「稟報陛下，東宮的殿宇崩塌了！」

蕭衍大驚，脫口而道。「宮中也受到山崩地裂的波及？」

小太監戰戰兢兢地道：「回太子殿下，坍塌的只有東宮的正殿和後殿，當真邪門得很，轟隆一聲，那大殿突然就塌了，跟紙糊的似的。而宮中其他幾處的殿宇都安然無損，沒有受到任何波及，最近的錦繡宮離東宮不過百米，連一塊琉璃瓦都沒掉。」

皇上神色冷峻，命禁衛趕快過去察看，同時將手裡那本奏摺擲到太子懷中。

蕭翊不著痕跡地朝盧鸞點了點頭。盧鸞本是一介寒生，家境貧寒，連進京趕考的銀子都沒有，後來在一個偶然的機會下，得到當時的顧太傅資助，才能進京考取功名，最終做了欽天監監正。

顧太傅常資助有才學的寒門弟子，沒把這件事放在心上，但盧鸞深念顧太傅的恩情，且敬重顧太傅的為人。當日顧氏落難，盧鸞苦於位微言輕，沒能力救出顧太傅一家人，他一直深深自責，直到三天前顧太傅的兒子顧紹恆找到他，他才終於有機會報答顧太傅的知遇之恩。

一場好好的壽宴因為地陷山崩和東宮的倒塌而走了樣，眾人窺著帝后二人的臉色，實在不知道此刻該把什麼樣的表情擺在臉上，只能一個個低著頭，拚命降低自己的存在感。

這個當口，誰也不敢多言，地陷山崩的天譴竟然發生在潘皇后的壽辰之日，實在是不吉利。太子因忽略欽天監的奏摺，沒能在天譴發生前祭拜以避禍，更是失職，加上整個東宮竟然莫名其妙地坍塌，也難怪皇上對太子不滿。

潘皇后見蕭衍表情尷尬，惶惶不語，又見皇上神色不豫，便有心為太子說情，緩和一下氣氛。她帶著謙恭的微笑向皇上道：「太平盛世之下，一點小災小禍，聖上也不必放在心上。太子一片孝心，知道臣妾喜歡江南的絲竹歌舞，特意找了江南歌舞坊的一位舞娘替宮中舞姬編了一支採蓮舞。臣妾記得聖上年輕時曾到江南遊歷，今日正好看看這宮中的採蓮舞是否有江南那邊的神韻？」

皇上凜冽的目光掃過潘皇后，潘皇后面上的笑容頓時僵住，耳聽皇上緩緩道：「皇后五十大壽，朕本不想掃興，但京城東方群山崩塌，東宮也夷為平地，此為上天的警示，朕反躬自省，恐上不稱天意，也就沒了歌舞昇平的興致。」

眾人趕緊跪拜，紛紛告罪。「臣等無能，未能替聖上解憂。」潘皇后和太子更是跪地不起。

皇上長嘆一聲，沒有回到金鑾殿，而是越過眾人向外走去，經過蕭翊時向他伸出一隻手。

蕭翊連忙起身攙扶皇上，在蕭翊的攙扶下，皇上緩緩步下金鑾殿前的漢白玉臺階。大殿中人面面相覷。皇上都走了，這壽宴還如何繼續？

壽宴匆匆結束，連賀壽煙花都沒來得及燃放。潘皇后努力維持著國母的儀態，可還是忍不住渾身發抖，太子也是一副魂不守舍的模樣，幾個敏感的官吏已經嗅到了不一樣的風向。

長生抱著趙大玲的屍身坐在馬車裡，臉頰抵著她的頭頂，面色蒼白，不說話也不動。侍衛們見他將一具沾滿了泥土的屍體緊緊摟在懷裡，誰都不讓動，都覺得瘆得慌。

馬車向京城方向疾馳，趙大玲的魂魄也飄到馬車裡，繞到長生的身後，伸出雙手虛抱著他的腰，將臉貼到他瘦削的脊背上。

到達京城的東城門時，身後方向傳來一陣地動天搖的巨響，城門口的衛兵和進出城的老百姓都駐足觀望，看到一朵巨大雲霧自層層群山上方翻騰而起。

「不好了，地陷山崩啦！」人群中有人驚呼一聲，引起四下恐慌，馬車在一片混亂中悄然進了城。

晉王府中，長生居住的院子裡雖然早就有郎中守候，但長生還是屏退了所有的人，親自抱著趙大玲走進臥室，將她輕輕放在了床上。

他一個人忙碌著，準備了清水、傷藥和乾淨的白布，然後來到床邊，修長的手指顫抖著伸向她的衣襟。

趙大玲的魂魄來到長生身旁，嘟囔道：「還是找郎中來吧，你別看了。」

無奈長生根本聽不到，她只能眼睜睜看著長生解開她的衣帶，將那件黑色的寬大袍子從她身上褪下來，露出她原本穿在身上的衣服。

那日她穿了一件雅青色的清道袍，如今衣裳已經看不出本來的顏色，暈染著斑駁的血跡；身體正面的衣服還算完整，但後背和腰臀處已經是衣不蔽體，被鞭子抽得跟碎布條一樣，露出猙獰的紫紅色鞭痕。

長生能夠想像疾風驟雨一樣的鞭子落下，她無處躲閃，唯一能做的只能將身體蜷縮起來。

她那麼怕痛，當時的她有多痛苦、多無助？長生的眼淚一下子湧了出來，一滴一滴落在趙大玲的身上。他不敢再想，可念頭卻像植入他腦海一樣，不停地折磨著他，讓他痛不欲生。

趙大玲的魂魄不知如何安慰他，只能坐在床邊悲哀地看著他流淚，她能夠感受到他的心痛。還記得在御史府的時候，有一次她的手劃破一個小口子，不過滲出一點血絲，他都捧著吹半天，連著兩天不讓她幹活或沾水，洗碗刷鍋這樣的活都是他做的，連友貴家的都感嘆，廚房真是個鍛鍊人的好地方，一個公子哥兒都會刷鍋洗碗了。

後來她因二小姐柳惜慈的婚事被汪氏打了一巴掌，長生更是心疼得要命，扭頭就用地下錢莊的事讓汪氏也挨了巴掌。如今自己滿身傷痕、氣息全無地躺在床上，長生的心該有多痛。

長生慢慢揭開她身上的碎布片，有些碎布混著凝結的血黏在了傷口上，他便用溫水蘸著傷口，直到把乾涸的血痂化開。可是即便他再小心，有的地方在揭開碎布時還是會撕扯下一小塊皮膚，鮮血一下子湧了出來。

長生怔了下，隨即伏在她的身上喜極而泣。

趙大玲也吃驚地伸頭去看。本以為留了一魄在身體裡，最多只能讓這個身體一時半會兒腐壞不了，可現在竟有鮮血湧出，也就是說還有生命特徵。

她也覺得不可思議。明明她已經死了一天多了，怎麼還會流血呢？

「靈幽在施展火御寒冰陣的時候，因心中不捨離去的執念太重，以至於三魂七魄中留了一魄在這具身體裡。身體雖然脈息全無，但因有這一魄鎮著，不是正常意義上的死亡，所以屍身不腐，受傷還會有鮮血流出。」身後突然傳來玉陽真人的聲音。

原來宮中壽宴草草結束，玉陽真人一早就離開了皇宮，她惦記著趙大玲這個關門弟子，便來到了晉王府。

長生聞言起身，向玉陽真人深深一揖。「多謝真人今日出手相助。」

玉陽真人來到床前，看著趙大玲的慘狀，也是長嘆一聲，自懷中拿出一個白玉瓷瓶。「這是貧道煉製的玉息膏，有去腐生肌的療效。」

長生謝過玉陽真人，伸手接過，憐惜的目光掃過床上一動不動的趙大玲。「請問真人，既然您說她有一魄留在體內，不是正常意義的死亡，那她什麼時候能夠靈魂和身體合一，甦醒過來？」

玉陽真人沈吟了下。「她如今意識全失，僅存的一魄無法讓她清醒過來；而她的魂魄留在了這裡，如何才能衝破屏障回到身體裡，貧道也不得而知。」

趙大玲聽了心裡拔涼拔涼的。身體成了植物人，比植物人還少了一口氣，靈魂飄蕩在外，難道自己要與長生上演一齣人鬼情未了？

玉陽真人看著空中道：「靈幽，為師知道是妳師姊丹邱子助紂為虐害了妳，她入門最早，在一眾弟子中資質最高，卻心胸狹窄，沒有慈悲之心。為師慚愧，雖然早知她如此性情，卻一再縱容姑息，我即刻回去清理門戶，將她逐出師門。」

以玉陽真人在道教中的至高地位，丹邱子一旦被逐出師門，將再無翻身之地。

玉陽真人又向趙大玲的魂魄道：「妳雖是遊魂，但每日也要按照為師教給妳的心法修鍊，不可荒廢。每五日妳入為師夢境，為師再教給妳新的道法，助妳修行。道法有助於妳集中精神，等妳的魂魄能夠受意識的控制，說不定就可以重回身體之中。」

雖然知道玉陽真人聽不見也看不見，趙大玲還是誠心誠意地躬身行禮。「謝謝師尊，弟子一定謹記師尊教誨，勤修道法，不敢偷懶。」

玉陽真人彷彿能聽見她的話，淡笑著點了點頭，與長生告辭後，拂塵一擺，飄然而去。

屋裡只剩下一個活人和一縷魂魄，陰陽兩界，近在眼前卻無法交流。

長生神情專注地接著替床上的趙大玲療傷，動作越發輕手輕腳，一邊替她脫衣服，一邊清潔著她身上的傷口。

床上的人衣衫敞開，赤裸裸的樣子讓趙大玲的魂魄很不好意思，有種不忍直視的感覺。兩個人雖然已經訂婚，但一直沒有正式成親，現實中僅有的親密也就是摟抱和親吻，忽然這麼坦誠相見，還真是不適應。

趙大玲身形一飄，躲到了床帳後面。如果她現在是有形的身體，肯定已經紅透了臉，可長生卻不見絲毫的羞澀，動作輕柔，透著理所當然的篤定。

他在她遍身紅腫破潰的傷口上仔細地塗上淡綠色的玉息膏，一股清涼的草藥香味瀰漫在空中。

身前傷痕不多，只是被鞭稍掃到了幾處，背後才是重災區。長生替趙大玲翻身時，露出了血肉模糊的後背。本來她背上就有陳舊的鞭痕，如今新傷壓著舊痕，看上去很是淒慘，長生的手都是顫抖的，手指頓在空中不敢觸碰那猙獰的傷口，深吸了幾口氣，才接著清理她背上的鞭傷。

趙大玲很是鬱悶。以後要是留下一身傷疤可怎麼辦？姑娘家的，多醜啊。尤其是後背，人家都是光潔的玉背，自己的身體跟破地圖似的，怎麼見人？就算在古代沒有機會穿露背裝，但是長生看得見啊！兩個人連洞房都沒進呢，就讓他看見一具殘破醜陋的身體。

彷佛是知道趙大玲所想，長生一邊清洗著傷口，一邊對著趴伏在床上的人柔聲道：「大玲，即便妳滿身的傷疤，在我眼中也是最完美的。再說，我也是一身的傷痕，妳從來都不曾嫌棄我……」他哽咽難言。「我不會覺得妳的傷痕難看，我只是恨不得這些傷痕是在我的身上……」

趙大玲默默地飄到他的身旁，將頭虛靠在他的肩膀上。她明白長生的心思，她和他都是歷經過磨難的人，身體上的傷痕也許永遠不能消去，但是這不影響他們深愛著對方，甚至會因為憐惜對方受過的苦，越發愛惜對方飽受摧殘的身體。

長生替她身上的傷口上完藥後，又打了盆清水擦去她面頰上的泥土，將她的頭髮洗淨，再用柔軟的布巾擦乾，這才替她套上一件素白色的絲質長袍。

接著他又替她換上乾淨的床單，拉過錦被蓋在她身上，俯身親吻了她的額頭，自己才開始梳洗。

他知道她就在屋中，卻毫不避諱地褪去自己身上的衣服，先是藏藍色的侍衛外袍，接著是白色的中衣。

平日裡長生一直是羞澀的，衣領總是嚴嚴實實地掩著，連換件衣服都躲著她。以前趙大玲在他受傷的時候為他擦洗過，但那時不敢也不好意思看，總是揪著薄被擦洗完一處趕緊蓋上後再擦另一處，誰知今天他忽然大方地將自己展現在她面前。這還是她第一次如此直接地看到他的身子，窗扇透進來的日光照在他的身上，白皙的皮膚泛著誘人的微光，雖然有一身縱橫交錯的傷痕，卻好似是染瑕的美玉，因不完美而更讓人心疼。

他的身材清瘦修長，比例完美，她的目光從他的鎖骨滑至他平坦的腹部和優美的腰線，再往下……她捂住了眼睛，卻還是忍不住張開了指縫。

明明是沒有心臟的幽靈，卻還是覺得心跳如鼓、口乾舌燥，覺得自己要長針眼了。

長生梳洗過後，換上白色的中衣，將屋子裡收拾索利後來到床前，放下了天青色的床帳，輕輕地揭開趙大玲身上的被子，躺到了她的身邊。他將那具冰冷的身體摟在懷中，因為她背後傷勢嚴重，他便讓她側躺著，一條手臂穿過她的脖頸，另外一隻手則攬著她的腰肢，兩個人以完全契合的姿勢緊貼在一起。

帳中光線昏暗，朦朧中，她的神色安詳，彷彿只是一個貪睡的孩子不願醒來。

他輕撫著她的頭髮，將吻落在她冰涼的唇上，滾燙的淚沾濕了她如冰塊般冰冷的面頰。

趙大玲的魂魄來到床邊，她想試著躺進那具沒有知覺的身體中，卻始終不得要領，魂魄穿過身體無處著力，無奈下只能放棄。

「不要難過，長生，快睡吧。」她虛吻了下長生的唇，在他耳邊呢喃。

長生彷彿聽見了她的話語，長長的睫毛扇了扇，合上了雙眼。

有溫熱的唇吻著他的面頰、他的睫毛，又搜尋到他的唇，在上面輾轉摩挲。

他緩緩睜開眼睛，眼前是她放大的臉，鼻尖對著鼻尖，眼中好似藏著閃亮的小星星，含笑看著他。

兩個人依舊是在床上，穿著剛才的衣服，保持著側躺相擁的姿勢，只是他清楚地知道自己在夢境之中。

胸中傳來一陣痛楚，那種痛如此鮮明，即便在夢中也能感受到心臟的抽搐，連著五臟六腑都痛得扭曲。

趙大玲感覺到他的心痛，越發溫柔地吻他，柔軟的舌抵開他的牙關，趁他張嘴之際滑了進去，舌尖掃遍他敏感的口腔，又挑逗著他的舌。

他微微合上嘴，吸吮著她的舌尖，一手繞到她的頸後按住她的頭，溫柔地將她固定住，加深了這個吻。

床帳裡溫度不斷攀升，床帳幻化成了大紅色，映出一帳旖旎的霞光。

趙大玲仰倒在床上，將長生拉到自己上方，誰知他卻頓住了。

她睜開眼睛，臉上仍帶著誘人的潮紅，不解地看著他。

長生神色憂傷地道：「大玲，這只是個夢，我們都在夢境裡。」

「是的，長生，這是個夢，卻也是我們的心願。不必糾結夢境與現實，只要我們在一起，哪裡都是天堂。」她一邊說著，雙手一邊扣住他精窄的腰，將他拉向自己。

長生因為潘又斌的虐待而有著難以磨滅的陰影，對情事一向有種迴避的心態，雖然他從來不說，但是趙大玲能夠感覺得到。兩人幾次親密接觸都是在長生昏迷不醒的夢境裡，現實中趙大玲可不敢這樣肆無忌憚，生怕引起他的不喜，讓他憶起不堪的過往。

而此刻再次身處夢境中，長生一身的皮膚光潔如玉，沒有一絲瑕疵，這代表著他心靈上的傷痕也沒有帶到夢境中來。

趙大玲大膽地將手掌放在他胸口的位置，順著他肌肉的紋理一路下撫，滿意地看到他面上的緋紅越來越深。接近敏感地帶時，他輕顫了一下，卻沒有躲閃，眼睛亮晶晶地看著她，將自己放心地交到她的手中。

趙大玲手指輕動，一聲銷魂蝕骨的低吟自他喉間逸出，聽得她口乾舌燥，連心尖都在打顫。

她拉過他的手，引領他撫上自己的身軀，他讚嘆著，彷彿突然得到寶藏的孩子，可以盡情地開採，卻又迷惘著不知從哪裡先下手。

周身的火苗被他一點一點地點燃，她吻住他的唇，雙腿纏上他的腰肢……

長生再次睜開眼睛時有些怔忪，一時不知身在何處，是夢境還是現實？

冬日天短，外面已近黃昏，晚霞的餘暉照進帳中，身邊女子蒼白的臉頰上也彷彿帶著一絲紅暈。

長生回味著夢中那種圓滿到極致的感覺，彷彿仍有餘韻在身體中蔓延，他吻了吻她的面頰，握住她的手，十指交扣，在她耳邊輕道：「我很喜歡。快點醒來吧，我要和妳做真正的夫妻，我們還沒有成親圓房呢。」

趙大玲的魂魄聽到了，在他的唇上落下蜻蜓點水的一吻。「我也盼著呢。」

長生感到羽毛拂過一樣的觸感，抬頭看向前方，臉色也紅了幾分，抿嘴而笑，眼中卻有淚光閃動……

# 第三十八章　勝券

蕭衍接到密報，山坳中的營地已成為一片廢墟，一側的山體崩塌，巨石落下，掩埋了全部的營房，能找到的屍首都是殘缺不全的，樹上還掛著斷胳膊和斷腿，看上去異常恐怖，好似人間煉獄，一個活人都沒有。

蕭衍百思不得其解。那斷胳膊和斷腿是怎麼上樹的呢？更讓他費解的是，發生山崩地裂的只有這一個山坳，旁邊的山和十里外的村落只是感受到大地的震動，卻沒有任何人傷亡。

還有崩塌的東宮，那情形跟山坳一模一樣，近在咫尺的錦繡宮與長春宮絲毫無損，只有東宮成了一堆瓦礫，守衛全都埋在了廢墟中，一個活口都沒有，那條通往山坳的密道也被掩埋了。

蕭衍鬱悶得恨不得吐血。難道這真的是天譴？

唯一讓蕭衍起疑的是，在潘皇后壽宴那日，蕭翊有很長的時間不在金鑾殿，自己和潘又斌想去察看，卻被玉陽真人攔住，但是山坳崩裂和東宮崩塌之時，蕭翊就站在自己旁邊，他又聯想到幾日前山坳中的天雷。難不成蕭翊果真找來了高人可以隨便召喚天雷，想劈哪兒就劈哪兒？

蕭衍想起了異世者之說，要讓潘又斌去找丹邱子來問問，卻發現丹邱子不知所蹤，後來才聽說玉陽真人將丹邱子逐出了師門，遣她到深山中面壁思過去了。

蕭衍對蕭翊滿腹懷疑，卻苦於沒有證據，與此同時，朝堂上和市井中又流傳出太子失德，天降警示的言論。

先是酒肆茶館中的閒談，議論著京城東方崩塌的山坳和東宮大殿，後來開始有言官上奏，直指潘皇后和太子德行有虧，以至於上天降下懲戒，甚至隱隱有罷黜太子、更換儲君的暗流湧動。就連潘皇后也失去聖心，皇上自壽宴那日後就再也沒有踏入鳳鸞宮的宮門。

山崩翌日，死寂的山坳迎來了一隊身穿素服的人，為首一人五十上下，滿頭白髮，神色悲戚，正是定遠侯文楚名。

他來到山坳，只見滿是碎石和燒焦的枯樹，只有山丘後那棵老槐樹依舊佇立著，滿樹枯枝更顯淒涼。

在安嬤嬤的指引下，一行人開始在槐樹下挖掘，很快就挖到一具雕花棺材。文遠侯顫抖著花白鬍子，讓下人將棺木抬出來，當棺材蓋被撬開，定遠侯立刻撲上前，看到棺中靜臥著一具腐化的屍體。

一旁的安嬤嬤立刻痛哭失聲。「小姐，侯爺來接您回家了！」

文遠侯老淚縱橫。「瑤兒，為父要是早知道妳會被折磨致死，當初斷不會將妳嫁給潘又斌那個畜生！」

文思瑤的魂魄終於能夠從老槐樹上下來，她雙目含淚，跪在文遠侯面前。「父親……」

一陣風吹來，定遠侯的衣襬微微擺動，恍惚間，他彷彿看到了如花似玉的女兒站在自己面前，不由淚濕長襟。「瑤兒，為父饒不了潘又斌，妳受的苦，為父一定會加諸在那個禽獸身上！」

幾日後，京城衙門接到舉報，說慶國公府位於京郊的一處莊子裡有一個埋屍坑。由於事關慶國公，本來沒有官吏敢出頭調查這件事，京兆府尹也秘密將此事壓了下去，誰知還未來得及向慶國公去買好，手下一名新上任的通判就帶人到慶國公的莊子裡刨坑！

這位六品通判正是原玉山縣知縣尹正奇。尹正奇為一方父母官，在玉山縣任知縣十五年，因為性子耿直、不願同流合污，而一直被江南知府萬禎打壓。先前他揭發萬禎侵吞朝廷的賑災糧食，致使朝廷終於除去了萬禎這個大蛀蟲，之後在賑災中尹正奇也是屢立奇功，消息傳到京城引起了皇上的注意，將他調到京城任通判一職。

雖然官職不高，但這是皇上御口親封的，因此就算他脾氣執拗，不肯通融，京兆府尹也睜一隻眼、閉一隻眼。不承想這個尹正奇還真是奇人辦奇事，招呼都沒打一聲，就直接帶著幾名衙役以調查案子為由到莊子裡挖坑掘屍。

他們從埋屍坑裡挖出上百具屍首，有年代久遠、已經腐爛成一堆白骨的；有的才剛埋不久，還能清晰地看到身上斑駁可怖的傷痕。

一石激起千層浪，潘又斌惡名在外，他那喜歡凌虐人的癖好在京城已經不是秘密，只是大家不敢說罷了，如今竟然挖出這麼多的屍體，一時間街頭巷尾都在議論著這個惡魔，整件事在京城中鬧得沸沸揚揚，慶國公和潘又斌想把此事壓下去也為時已晚。

為平民憤，京兆府只能接下這件案子開始調查。

京兆府尹受潘又斌授意，當然不敢將這案子交給尹正奇，而是親自審理。他有心包庇潘又斌，不過隨便找了莊子上一個替死鬼草草結案，不料當晚就有女鬼在衙門外哭泣喊冤，慶國公府也屢屢鬧鬼，有人聲稱夜半在慶國公府外聽到女子的哭泣聲，還有人說看到紅衣女鬼坐在慶國公府的大門口。

傳聞越演越烈，都說死去的冤魂不願放過真正的凶手，在討一個公道。

晉王府裡，蕭翊大步走進長生的屋子，先轉了一圈向四周的空氣揮揮手，跟不知飄在何處的趙大玲打招呼。

長生正在書案前低頭寫字，見狀出聲道：「大玲肯定在我身旁，你不用向四周揮手。」

「哦，是嗎？」蕭翊小心翼翼地坐在長生旁邊的椅子上，一邊忐忑地看著左右。「我不會坐她身上了吧？」

長生停下手裡的筆，抬頭瞟了他一眼，清清冷冷的目光飄過來，讓蕭翊瞬間有種小學生見到學校主任的錯覺。

他跟長生接觸越多，越對這個人敬重佩服。一個俊秀的書生，論武力，不敵自己的一根手指頭，但是身上卻有種讓人折服的力量，好像天底下沒有他辦不成的事，所有的難題在他面前都會迎刃而解。

而且不知為什麼，只要長生一用這種清冷的目光看他，他就覺得緊張，好像做錯事一樣忐忑。

蕭翊趕緊賠笑，岔開話題。「小顧，你讓我找幾個人扮女鬼還真是管用，現在京城中都在說慶國公府鬧鬼，京兆府尹想把此事大事化小都不可能了。今天在宮中皇上還問起了這件事，把京兆府尹罵了一頓，說他辦案不力，讓他重審此案，潘玨和蕭衍臉都綠了。」

長生將手裡的狼毫筆放到筆架上。「京兆府尹是蕭衍的人，又跟潘玨交情頗深，他為人謹慎，滑不溜手，一直找不到他的漏洞。如今可謂一石二鳥，既能將潘又斌的惡行昭告天下，又能坐實京兆府尹的包庇之罪。另外你告訴尹正奇要小心行事，別急於求成，還要派你的侍衛暗中保護他。」

「這個你放心，我早就派人一天十二個時辰保護尹正奇，潘又斌要是敢動他，立刻就能被我逮個正著；再給他加個謀害朝廷命官、報復滅口的罪名，他就更翻不了身了。」

長生點點頭。「定遠侯那邊怎麼樣了？」

說起定遠侯，蕭翊也是唏噓。「文楚名告御狀，在宮門口長跪不起，要嚴懲潘又斌。但潘又斌是潘皇后的姪子，皇上礙於潘皇后的顏面，自然不能立刻將潘又斌定罪，只能安撫文楚名說衙門正在調查此案，讓他稍安勿躁。要我看多半也是敷衍他，案子拖來拖去，最多不過再找個替死鬼出來。」

蕭翊忍不住抱怨。「你們這裡的法制就是有問題，憑他潘又斌是皇后的姪子，就能逍遙法外？」

長生嘆了一口氣。「任何社會都有法制解決不了的問題。大玲告訴過我，在你們的時空裡也有特權一說，只不過千年後的法律和國家機制要比現在健全，即便徇私枉法也不敢做到這麼明目張膽。」

說著，長生修長的手指敲著桌案。「你安排一下，我去拜會定遠侯。」

蕭翊吃驚道：「你如今的身分不能曝光，這樣去見文楚名太危險了。」

「無妨。」長生篤定道：「定遠侯現在恨潘又斌入骨，恨不得將他碎屍萬段。你們不是有句名言嗎？敵人的敵人就是我們的朋友。定遠侯在朝中頗有勢力，你若能爭取到他的幫助，便能事半功倍。」

聞言，蕭翊舒了一口氣。「小顧，幸虧有你，我這就去安排。」

「等等。」長生叫住他，從書案的抽屜裡拿出一枚壽山石印章。只見印章清透瑩潤，一看就是被反覆把玩過的。

他將印章遞給蕭翊，神色看似從容隨意，卻帶有一絲羞澀。「我留著也沒有用，你拿去用吧！」

蕭翊接過來。這枚印章他太熟悉了，正是一年多前他在這個世上睜開眼睛時，身上唯一一個能證明他身分的東西。那是長生雕刻的，是送給好友蕭翊的禮物。

蕭翊心花怒放，這是長生拿他當做朋友的意思了。他合攏手指，將那枚溫潤的印章握在掌心，激動得不知說什麼好，最後脫口而出道：「怎麼搞得跟定情物似的……小顧，你放心吧，我一定好好珍藏，絕不辜負你一番心意！」

長生無語地看著他。

突然，蕭翊腦門一痛，好似被人彈了一下，他「哎喲」一聲，揉著自己的額頭，難以置信地看向空中。「顏顏，妳這是要顯形了啊！」

蕭翊一直很排斥趙大玲這個名字，說是太俗氣，可他又不敢跟著長生叫「大玲」，於是便用趙大玲現代的小名來稱呼她，既顯得親熱，透出一份與眾不同，又讓長生無話可說。

「顏顏，這麼多天了，妳也不入我夢裡，咱們敘敘舊也好，我想妳想得睡不著覺啊！」蕭翊故意抱怨道。

長生涼颼颼的聲音飄來。「好啊，今晚讓大玲去三小姐的臥房找你，你看什麼時辰適合，提前打個招呼。要是去早了，看到不該看的……」

「不用、不用，我就隨便說說，還是讓顏顏到你夢裡跟你相會吧！我就不湊這個熱鬧了。」蕭翊忙不迭地擺手。開玩笑，誰願意正跟媳婦親熱，旁邊還多個看熱鬧的？

見到蕭翊落荒而逃，趙大玲的魂魄這才飄過來坐在長生的腿上。

長生感到好似一片羽毛落在了自己腿上，輕飄飄的，卻已然是讓人欣喜的進步。

趙大玲一直按照玉陽真人交給她的心法修煉，還入到真人的夢裡跟隨真人修行，比活著的時候還認真，而且也更加方便。以前還得坐馬車折騰一個時辰才能到太清觀，如今念頭一起，魂魄就飛到了。

長生一手包辦了照顧趙大玲的活兒，每日為她清潔擦身、換藥療傷，還要為她按摩四肢，防止肌肉萎縮。他不讓別人碰趙大玲，所有的事都是親力親為。

在他的悉心照料下，趙大玲身上的鞭傷漸漸癒合。玉陽真人的玉息膏果然有效，傷口好得很快，傷痂脫落後，痕跡都是淺淺的，看上去不是那麼駭人。

有時候趙大玲也感到慶幸。她是個超級怕痛的人，如今魂魄脫離了身體，也免除了肉體上疼痛的折磨。

她也常跟著長生到友貴家的和大柱子住的院子去看望他們。為了確保他們的安全，蕭翊早已將他們接到王府中居住，長生每日都會去看望友貴家的，順便指點大柱子功課。即便如今長生很忙，一天恨不得多出十二個時辰來，還是會抽空親自教大柱子，大柱子也跟姊夫最親近。

趙大玲躺在長生屋裡這件事，只有長生、蕭翊和少數幾個守門的侍衛知道，為怕友貴家的擔心，長生沒有將這件事告訴她；再說趙大玲現在連心跳呼吸都沒有，根本無法向旁人解釋，所以每次友貴家的或是柳惜妍問起趙大玲，長生都說趙大玲受傷了，在太清觀養傷，等傷好了就會回來。

友貴家的依然憂心忡忡。「這些日子我老夢到我家大玲子，每次都笑嘻嘻地對我說她很好，但我這心裡總是不踏實。我呸呸呸說一句，人家都說死人才會託夢，她總是託夢給我，是不是已經……」

長生趕緊安慰友貴家的。「岳母不必擔心，您那是日有所思、夜有所夢，也不見得就是大玲託夢。」

在一旁認真寫字的大柱子也抬頭道：「我也夢見我姊了，她讓我聽姊夫的話好好讀書，她還教我算術咧，可惜我一睡醒就忘了大半。」

一旁的趙大玲魂魄吐吐舌頭，再也不敢去友貴家的和大柱子夢中了。

沒有了身體的限制，時空對她來說也不再是屏障，她的魂魄能自由地回到現代，見到了爸爸媽媽和他們各自的家庭。

她飄到媽媽家裡，見到媽媽做了一桌子的菜，其中一盤清炒蘆蒿看著就讓人流口水，可十三歲的弟弟小辰卻不滿地將這盤清炒蘆蒿推到離自己最遠的地方。

「一股青草味！我又不是馬，才不要吃這個。」

媽媽臉上有片刻的恍惚，默默地挾了一筷子蘆蒿放進嘴裡，眼淚卻突然湧了出來。

小辰見狀，連忙放下筷子，上前摟住媽媽的肩膀。「媽，妳又想姊姊了是吧？」

媽媽嗚咽著點頭。「你姊姊最愛吃蘆蒿，我總是下意識地就炒這個菜。你姊姊不在了，再也沒人愛吃這個，把它倒了吧！」

「別別別，」小辰搶過那盤菜，往自己碗裡撥了一半。「誰說沒人吃，我要吃呢。」說著就大口吃起飯來。

趙大玲摸摸小辰的頭。對於這個同母異父的弟弟，她以前總是淡淡的，並沒有盡到做姊姊的責任。她飄過去拂去媽媽臉上的淚痕，將自己的臉依偎在媽媽的臉上。

媽媽茫然地摸摸自己的面頰。「起風了吧……」

小辰從飯碗上抬起頭。「我也感覺到了。」

接著趙大玲又飄到爸爸家裡，驚訝地發現爸爸的書桌上擺著一張她的相片，那是她大學畢業時，代表畢業生發言時的照片，照片裡的她青春洋溢、笑容燦爛。

她一直以為爸爸沒有去參加她的畢業典禮，原來他偷偷去了，見證了她人生中極為重要的一刻。

趙大玲終於明白，她的父母沒有拋棄她，他們愛她，並未因離異而減少分毫，是自己的心結讓她覺得他們不再像以前那樣在意她。她默默地離開了現代，沒有再去打擾他們的生活。能夠再見他們一面，知道自己在他們心目中的位置，已然讓她感到圓滿。

絕大多數的時候，趙大玲白天都會待在長生的身邊，看著他怎麼一步步地謀劃，幫助蕭翊鞏固自己的地位，同時將蕭衍和潘又斌逼入死胡同；晚上，就進到長生夢中與他相會。

因為這件事，長生的作息時間異常規律，一到亥時便準時就寢，有時候蕭翊還想跟他聊點什麼，都被請出門。當時蕭翊給長生的評論是「不是一家人，不進一家門，跟他媳婦一樣的重色輕友」。

這其間，太子蕭衍也迎娶了柳府的四小姐柳惜桐做側妃，簡簡單單地一抬轎子便將人接到太子府了事，趙大玲還抽空去看了看熱鬧。太子對柳惜桐還算不錯，不過太子妃很是難纏，當天柳惜桐敬茶的時候，就給了她一個下馬威，讓她跪足了一炷香的時間，跪得柳惜桐手臂都在打顫，太子妃這才悠悠地接過她手中的茶盞。

晉王府也粉飾一新，忙碌地籌備著蕭翊大婚。蕭翊將同時迎娶文學大儒秦舒的嫡女秦慕雪和鎮國大將軍曹彥的女兒曹一朵。

趁著蕭翊在馬車裡打盹的空檔，趙大玲來到他的夢中，畢竟她一直不好意思晚上去打擾人家夫妻兩個。

蕭翊雖有幾個侍妾，但都是原主留下來的，蕭翊一直錦衣玉食地供養著那幾位，卻從不染指，自己則夜夜都睡在柳惜妍屋裡，府裡的人都知道王爺獨寵柳氏。

因此趙大玲才不敢晚上去。要是看見不該看的，以後還怎麼做朋友？

蕭翊見到趙大玲時，忍不住埋怨。「妳也太不夠意思了，這麼多天才來找我。」說著就過來拍她的肩膀。「這可是在我的夢裡，小顧看不到，要不然還不得用眼神戳我幾個透明窟窿！我跟妳說，妳有空可得說說妳男人，實在太小心眼了，妳躺在炕上，他都不許旁人碰，那天我不過是探頭看了妳幾眼，他就好幾天沒理我，臉拉得比驢還長。」

趙大玲沒好氣道：「你只有看嗎？你還拍我臉呢！」

蕭翊撓撓腦袋。「我也是好心，我那不是恨不得拍醒妳嘛！」

「行了，說正經的吧，再過幾日你就要娶兩個老婆了，一個正妃，一個側妃，你是怎麼想的？」趙大玲坐在他旁邊問道。

說起婚事，蕭翊也很苦惱。「我也不想娶這麼多，媳婦一個就夠了，我有惜妍很知足，可是皇上和皇后一股腦兒地塞了兩個給我，我不接受也不成。這些天我都懶得想這件事，也不知道怎麼跟惜妍說？」

趙大玲知道蕭翊有他的無奈。依他的身分和地位，容不得他和柳惜妍一生一世一雙人。這還是現在，將來他做了皇上，三宮六院的少不了，即便他不要，也會有人往他身邊塞人。

對帝王來說，婚姻絕不僅僅是兩情相悅，很多時候更是出於政治的考慮。蕭翊雖來自千年之後，但是在這點上，恐怕也不好那麼標新立異。縱觀歷史，一夫一妻的帝王鳳毛麟角，趙大玲不是柳惜妍，沒有理由也沒有立場去要求他守身如玉、從一而終，只能站在朋友的角度規勸。

「身在這個時空，我知道你有你的不得已，我也無權干涉你的感情生活，但是你和惜妍都是我的好朋友，我希望你不要辜負她。」

「這個妳放心，惜妍在我心目中的地位無人可以取代。」蕭翊認真道：「有空妳替我去勸勸她，我不希望她心裡有疙瘩，但是我又不好意思跟她說這件事。」

接著趙大玲離開蕭翊的夢境，趁著柳惜妍午睡時進到她的夢中。

柳惜妍的夢境很安寧，她依舊是那麼美麗奪目，穿著家常的衣服，坐在窗前繡花，陽光從窗扇中透進來，讓她整個人都沐浴在光芒之中。

她見到趙大玲很是驚喜，忙放下繡活，上前握住她的手。「王爺說妳受傷了，在太清觀養傷，我去了幾次都沒見到妳，如今妳可算是大好了。」

趙大玲笑笑沒有說破，拉著她的手坐在窗前的軟榻上。「我也一直惦記著妳呢！只是不好常來看妳。這幾日府裡忙碌，我擔心妳，所以趕來看看。」

柳惜妍臉上的笑容有些不自然。「府裡正在籌備王爺大婚呢，可是王爺說了不讓我操勞，只是讓管家籌劃。」

趙大玲知道在這部分，蕭翊和柳惜妍的觀念還是有千年的落差。「他是因為看重妳、愛護妳，才不要妳去籌備婚禮。晉王有他的無奈，他這個身分，無法對妳從一而終，他因為這個而自責不已，又怎麼會讓妳去為他和別的女人的婚事而忙碌？那樣才是對妳的不尊重。」

柳惜妍溫婉地笑了。「這個人真是的，他怎麼會這麼想？我跟著他不過是個小小的侍妾，如今他娶正妃和側妃，我幫幫忙也是應該的。」

趙大玲握住她的手。「妳名分上雖然只是侍妾，但在他心目中卻是他最愛的女人，他是拿妳當作正妻來看待的。」

柳惜妍眼中有淚光閃動。「王爺對我的心思我知道，我不在意什麼名分，也說過能跟著他就是我的造化，如今他能這麼看重我，更是我幾輩子修來的福分。他心裡念著我，我就知足了，難不成還要霸著他不讓他娶正妃嗎？身為女子，我當然希望他專寵我，希望這府裡就我們兩個人好好過日子；但我也知道他肩上的責任和重擔，皇上和皇后給他指的婚，他推卻不了。再說了，秦家小姐和曹家小姐都是高門貴女，一個是大儒的千金，一個是將軍的愛女，她們這樣的家世門楣才配得上王爺，不會被人恥笑了去。」

這覺悟、這境界，別說蕭翊跟她認知上有差異，就是同為女人的趙大玲也有些跟不上她的思維。既然她這麼看得開，趙大玲反而不知該說什麼好，這個時空的女人對婚姻與夫君的認知當然與千年後的女性有所不同，趙大玲也不能去向她鼓吹女權主義，她能這麼想，於現實來說反而更能生活得快樂滿足。

最後趙大玲只能拍拍她的手勸道：「該霸道還是要霸道一些的，妳也不要太賢慧，讓自己受委屈。」

柳惜妍笑道：「不是所有女人都像妳那麼有福氣。長生一心一意地對妳，也沒人逼著他納妾，你們兩個可以關起門來過自己的日子，說起來我倒是羨慕妳呢！有機會我要向妳討教馭夫之術，怎麼就讓一個男人對妳那麼死心塌地？」

這段話說得趙大玲倒有些不好意思起來，遮遮掩掩地拿起她正在繡的繡活來看。

那是一個小小的肚兜，上面繡著吉慶有餘的圖樣，顏色鮮亮，針腳細密。趙大玲驚喜地叫了一聲，隨即看向柳惜妍依舊平坦的腹部。「妳有了？」

柳惜妍嬌羞地點點頭。「才一個多月，還沒告訴王爺呢。」

趙大玲由衷地替她感到高興。「蕭翊要是知道了，肯定高興得發瘋。說好了，我可是要做乾媽的。」

柳惜妍笑意盈盈。「那是自然，我和王爺的這段姻緣都是妳替我爭取來的，妳不做我孩兒的乾媽，我都不依呢！」

兩日後，蕭翊大婚，雖然一個是正妃，一個是側妃，蕭翊卻沒有厚此薄彼，兩邊都是挑吉時親自去迎娶。

趙大玲也跑去看熱鬧。秦慕雪的陪嫁是滿滿一百二十八擔書籍，書香門第出來的女子就是不一樣，且秦慕雪人如其名，賽雪欺霜，人淡如菊，長得不算絕美，要趙大玲看，遠不如柳惜妍嬌豔，但勝在濃濃的書卷氣息，人也嫻雅端莊，唯一缺點就是太瘦了，感覺風一吹就能被吹倒。

趙大玲私心裡還是很滿意的，正妃看上去脾氣好，不刺兒頭，這樣柳惜妍的日子也好過。

下午進門的是鎮國將軍的女兒曹一朵，陪嫁是滿滿一屋子的兵器，刀槍劍戟、斧鉞鈎叉樣樣齊全，其中還有一把上古的太阿寶劍，是老丈人鎮國將軍特意送給女婿的。

趙大玲從抬著的轎子就能看出與上午進門的秦慕雪有所不同，八個轎夫哼哧哼哧地，轎杆都是彎的，等到曹一朵下轎，所有人都倒吸了一口涼氣——

真、真、真富態！那身形足足能抵上四個秦慕雪！

曹家原是同州人氏，當地習俗是要新郎親自揹新娘下轎。蕭翊暗暗運了一口氣，氣沈丹田，帶著豁出去的神情上前。

而曹一朵也豪氣，胖手一揮，聲如洪鐘道：「不用，別累壞了王爺，妾身自己走。」說罷便大步進了正廳，腳步鏗鏘有力。

大婚當晚，在布置成大紅色的新房中，蕭翊挑開秦慕雪的蓋頭，秦慕雪微微抬眼，侷促地看了蕭翊一眼，抿嘴帶著淡淡的笑意低下了頭。

喜娘說了些吉利話，蕭翊如木偶般端起了交杯酒，眼見秦慕雪含羞帶笑的面龐，也只能與她手臂交叉，喝下了交杯酒，心中卻感覺怪怪的。他已認定了柳惜妍是自己的妻子，如今卻又有了名義上的正妻。

喜娘鋪了床鋪，喜笑顏開地退出新房，屋裡靜悄悄地，桌案上一對龍鳳紅燭正滴著燭淚。

蕭翊看著一身大紅嫁衣、垂頭坐在雕花大床上的秦慕雪，想著要與這個完全陌生的女人同床共枕，還是覺得荒謬，只得匆匆丟下一句。「妳先歇息，我去書房。」

心事重重的蕭翊習慣性地去推柳惜妍的房門，卻發現屋門被鎖住了，他在屋外垂頭站了一炷香的時間，長嘆一聲後又轉身回到秦慕雪的房間。

屋內，柳惜妍咬著帕子暗暗啜泣，趙大玲的魂魄在一旁默默地陪著她。

其實無論柳惜妍再大度，還是會傷心，這也是這個時空的女子的悲哀和無奈。

新房內，枯坐的秦慕雪已是淚流滿面，見蕭翊去而復返，忙止住了眼淚起身跪拜，哽咽道：「妾身失德，為王爺不喜，懇請王爺休了妾身。」

蕭翊看著秦慕雪低垂的頭，沈重的鳳冠壓著她，她細弱雪白的脖頸彷彿不堪重負一般。他忽然意識到，她沒有任何的過錯，對這個女人，他可以不愛，卻不能拋棄，她的身家性命、興衰榮辱從今以後是繫在他身上的，她是他的責任，尤其秦慕雪頂著正妻的名分，更是與他榮辱與共。

他輕嘆了口氣，長臂一伸，將秦慕雪拉起。「說什麼呢？剛才本王不過是想著還有政務未處理完才去了書房，如今忙完了，自然是回來陪妳的。」

秦慕雪抬起臉，眼中帶淚，欣喜地微笑，羞澀道：「夜深了，妾身服侍王爺更衣吧。」說著纖細的手指伸向他的衣帶。

蕭翊拉下大紅色的床帳，帳內一片昏暗，模糊了面容，他小心地將她攬在懷中……

第二晚，蕭翊則睡在曹一朵的房裡。

昨日迎親時，他只驚嘆於她偉岸的身軀，今日在燈下細看，不由得鬆了一口氣。其實胖姑娘挺喜慶的，雖然胖，但也是個胖美人，膚如凝脂，一對大酒窩，一雙月牙眼，笑的時候眼睛彎彎，不笑的時候都像是含著笑意。

曹一朵看著英武不凡的蕭翊，更是笑得見牙不見眼，又有些忐忑不安，胖姑娘扭捏起來也頗為嬌憨。「王爺，妾身感激您不嫌棄我胖，娶我進門。我爹說了，您是我家的大恩人，讓我一定好好跟您過日子。」

武將家的女兒說話直爽，不像秦慕雪那樣文謅謅的，倒也對蕭翊的脾氣，只是被冠上大恩人的名號，讓他有些哭笑不得。

蕭翊拍拍胖姑娘厚實的肩膀，斟詞酌句道：「本王覺得妳……挺可愛的。」

曹一朵受寵若驚，揪著手裡的帕子。「妾身就是喜歡吃，我爹囑咐我了，讓我到了王府以後一定要管住嘴，少吃點兒。」

蕭翊端來一盤喜糕。「沒關係，吃吧，我養得起妳。」

曹一朵心花怒放，一頭栽進蕭翊的懷裡。「王爺，你真好！」

蕭翊被撞得一趔趄，伸手接住胖姑娘，這也是自己沈甸甸的責任啊！他感到壓力如山大，尤其是在床上的時候，真的是……

大婚過後，蕭翊如虎添翼，在名聲上，得到了頭號老丈人文學大儒秦舒的全力支持；在兵力上，得到二號老丈人曹彥的鼎力相助。

他自己的西北大軍已在東山駐紮，離京城不過三百里，其中一萬騎兵一日便可抵達京城。大軍在東山營地厲兵秣馬，暗中操練，且全軍皆配備了最新式的弓弩和現代的匕首。

蕭翊在朝中的勢力越來越大，皇上也更加倚重他，朝堂上更換儲君的呼聲也越來越高。

蕭衍惶惶不可終日，擁護他的人早已七零八落，加上定遠侯文楚名狀告京兆府尹包庇殺人凶手潘又斌，又聯合朝中幾位重臣給皇上施壓，皇上迫於壓力，將京兆府尹革職，把潘又斌的案子交給刑部調查。恰好刑部尚書與江皇后母族有頗深的淵源，當即帶人將潘又斌緝拿歸案。

蕭衍正焦頭爛額之際，潘又斌又在刑部大牢裡做了一件震驚朝野的事。潘珏去探望他時不知說了什麼，潘又斌雙手突然伸出鐵欄，用手腕上的鐐銬勒住了潘珏的脖子，直到潘珏圓睜著驚恐的眼睛，氣絕身亡。

眾人都說潘又斌瘋了，竟然大逆不道地弒父，潘又斌聽了，只哈哈大笑。

「反正我命不久矣，也算是為我娘報了仇！」

潘珏的死打亂了蕭衍的計畫，在極度的惶恐下，他決定鋌而走險。

他本想著除夕之夜起兵，讓禁軍封鎖皇宮，對外宣稱晉王謀逆，劫持了皇上，同時讓自己掌管的京畿大營也封鎖住整個京城。然而除夕的前一天，掌管禁軍的潘珏被兒子殺死，禁軍群龍無首，倉促之下，蕭衍只能強行從牢中救出潘又斌，讓他接管禁軍。

除夕當晚，宮中舉辦天家家宴，蕭衍、蕭翊都帶著家眷入宮，誰知正酒酣耳熱、共敘天倫之際，禁軍突然湧入，封鎖了金鑾殿。

皇上看著對蕭衍俯首帖耳的禁軍首領，終於明白了蕭衍的險惡用心，不禁大怒。「逆子！竟敢謀逆逼宮！」

蕭衍已然是撕破了臉，陰惻惻道：「父皇，這個位置本就是兒臣的，兒臣本想著等你百年後再登帝位，但如今有蕭翊這個逆賊在，兒臣覺得心裡不踏實。兒臣懇請父皇手刃蕭翊，並禪讓帝位，兒臣登基後自會奉您為太上皇，以天下孝養。」

皇上震驚。「畜生！朕真是瞎了眼，沒有看出你的狼子野心，被你蒙蔽了這許多年！」

蕭衍嘴角露出惡毒且嘲諷的笑意。「兒臣也想對您恭順，奈何您眼裡只有蕭翊這個兒子，您捨不得殺他，那兒臣只有不孝了。」

「你待如何？還敢弒父不成?!」皇上怒極反笑。

蕭衍笑道：「哪裡，兒臣怎會如此不堪？弒父的是蕭翊，等您歸天後，兒臣即會昭告天下，晉王蕭翊謀逆，弒父殺君，兒臣救駕來遲，唯有殺了他替父報仇。」

皇上後退一步，跌坐在寶座上。

從始至終，蕭翊一直冷眼看著蕭衍，如同看一個跳梁小丑，目光中的輕視和不屑讓蕭衍非常不爽。

蕭衍揮手，示意禁軍上前將二人拿下。誰料為首的禁軍將手上的鋼刀架在了蕭衍的脖子上，蕭衍大驚失色，不明白禁軍為何會臨陣倒戈？

禁軍首領摘下頭盔，眾人這才發現此人竟然是鎮國大將軍曹彥。

曹彥指揮士兵綑綁了蕭衍，走到皇上面前，躬身跪地。「臣護駕來遲，還請皇上降罪。」

皇宮中謀反的禁軍早就被曹彥的親兵拿下，定遠侯則親自帶人活捉了正要逃跑的潘又斌，而蕭翊的西北大軍也以迅雷之勢趕到京城，對抗蕭衍京畿大營的士兵。

兩軍對陣，京畿大營的士兵在西北大軍鋪天蓋地的弓弩掃蕩下，很快就敗下陣來，短兵相接，更加不是西北大軍的對手。尤其西北士兵在蕭翊的訓練下，尤善近身格鬥，一點花架子也沒有，上來一招就能消滅對方的戰鬥力，更遑論每人手中都是一把帶著鋸齒的鋒利匕首，近身時抬手一劃就能幹掉一個對手。

不過一個時辰，西北大軍就控制住了京城的局勢。

蕭衍謀逆失敗，在審訊中說出曾經夥同杜如海謀害前太子蕭弼，也曾派死士伏擊蕭翊。蕭衍的罪行終於大白於天下，皇上罷黜了他的太子之位，將其貶為庶民，幽禁在以前的太子府中，一同幽禁的還有他的家眷。

昔日的太子府大門緩緩關閉，蕭衍終其一生都將生活在這個禁閉的牢籠之中，除非死，否則永遠也出不來。

長生站在晉王府的院子裡，看著樹上初綻放的嫩芽，恍惚間彷彿看到兒時的蕭翊和自己一起在郊外策馬，蕭翊爽朗的笑聲依稀就在耳邊。

趙大玲的魂魄飄到他的身旁，摸了摸他的肩膀。如今她已經能夠透過意念讓清醒的長生感覺到她。

長生扭頭朝著她所在的方向笑笑。「我沒事，只是想起了以前的阿翊。我本想殺了蕭衍為阿翊報仇，但是我想，以阿翊的為人，即便蕭衍那樣對他，他也不會去殺他的手足。就讓蕭衍永遠活在惶恐和頹敗之中吧，這是對他最好的報復。」

蕭衍的太子之位被廢後，皇上改封蕭翊為太子，也打算對此番平定謀反的最大功臣——鎮國大將軍曹彥和定遠侯文楚名論功行賞。可曹彥什麼也不要，如今他的女兒是太子側妃，他對皇上之前的賜婚已經很是感恩。

最終，皇上下旨賜他良田千畝、紋銀萬兩。

文楚名也不要任何賞賜，只提出一個請求，便是將潘又斌交給自己處置，最後皇上也恩准了。

文楚名暗暗握緊了拳頭。定遠侯府中已經建起了一間偌大的地牢，那個畜生當初是怎麼對待他的女兒，就要以百倍、千倍來償還。

文思瑤的魂魄在親眼看到潘又斌受到懲罰後，終於解開了心結。一道閃亮的光束自天空射下，照在她的身上。

刑架上神智模糊的潘又斌終於在這一刻看到了一身紅衣的文思瑤，一如他記憶中那麼美麗。

「思瑤，」他用沙啞的聲音喃喃叫著她的名字。「妳是來向我索命的嗎？」

文思瑤在光束中微笑。「不，我心願已了，該離開了。而你，潘又斌，你死不了的，我的父親請了最好的郎中確保你能長命百歲，日日清醒地體會什麼是鞭刑。你想想被你折磨死的那些人，用你的餘生去償還你犯下的罪孽吧！」

「思瑤別走！」潘又斌急急地叫道。「妳愛過我對不對？這世上除了我娘，還有妳真心愛過我對不對？」

文思瑤居高臨下地看著他。「是的，我愛過你，真心實意。但你根本不懂得什麼是愛，也不配得到我的愛情。」

文思瑤的身影隨著耀眼的光束漸漸消失，最終牢房又恢復了黑暗。

潘又斌顫抖著，不光是身體上的痛楚，更是因為心中的悔恨。他竟然辜負了唯一一個對他表示過愛意的女子。

而就在蕭衍被幽禁後不久，潘皇后以三尺白綾在鳳鸞宮中自縊身亡。皇上在那場謀逆中受到了驚嚇，本就衰老的身體一下子難以支撐，很快便臥床不起，兩個月後駕崩歸天。

太子蕭翊登基，年號泰景，封秦慕雪為皇后，曹一朵為皇貴妃，柳惜妍為貴妃。

蕭翊一上來就只設高位，後宮中除了這前三位妃子以外，只有原主蕭翊留下的幾名侍妾封了貴人養在宮中，其他低位嬪妃一概沒有，也算是開了後宮封賞的先河。

新帝蕭翊當政的第一件事，就是要為以前的顧太傅顧彥之平反。眾人都知道顧太傅當年的案子本就是冤案，不過是逆賊蕭衍剛被封為太子時，為了鞏固自己的勢力排除異己罷了；而且顧彥之曾是蕭弼和蕭翊的老師，所以蕭翊為顧氏平反也在情理之中。

緊接著，蕭翊宣新任宰相上殿，大家都伸長了脖子，想看看是誰這麼厲害？新帝才剛登基就拜其為相，如此天恩殊寵，著實令人豔羨。

一道修長的身影出現在洞開的大殿門口，陽光自他背後照入，在萬丈金光中，他一步步走進金鑾殿中，衣袂翻飛，如行走在雲端。此人身著朱紅色的宰相官服，如勁松修竹，姿態從容不迫，絕世的風華讓人屏息直望。

待到近前，那人跪地山呼萬歲，蕭翊含笑讓其平身。那人起身抬頭，眾人這才看清此人竟是曾被貶為官奴、盛傳已經葬身火海的顧紹恆。

大殿上一片鴉雀無聲，顧紹恆一派神態自若，垂眼而立。

眾人一個激靈，瞬間明白他之前是詐死的，可是誰又敢當堂提起此事，找不自在？

蕭翊笑道：「顧相此番在平定蕭衍謀逆一案中厥功至偉，此前為了搜集蕭衍的罪狀，他不惜隱姓埋名，暗中調查，為了朝廷忍辱負重，堪為本朝楷模。朕感念他一心為國為民，實乃朝中砥柱，故拜其為宰相，眾位愛卿可有異議？」

開玩笑，皇上都說他是本朝楷模、中流砥柱了，誰還敢有異議？眾人齊聲道：「聖上英明神武，且有識人之明。顧相年少有為，天縱英才，我等能與顧相同朝為官，實乃榮幸之至。」

蕭翊笑得越發暢快。「以後眾位愛卿有什麼政務便可與顧相商允處置。」

長生不著痕跡地瞥了蕭翊一眼。這是要撂挑子全都推給自己嗎？他趕緊出列，朗聲道：「臣定不負聖上信賴，必將悉心輔佐聖上，助聖上締造一個太平盛世。」聽清楚了，是輔佐啊輔佐！

蕭翊打著哈哈。讓他天天看奏摺，應對朝中複雜的人事，還不得煩死他？反正有了顧紹恆，天大的事都有他罩著，自己可以專心建設邊防、整頓軍隊。

雖然蕭翊沒有攻打鄰國的野心，但是建立一支強大的軍隊，以保國泰民安還是十分重要的。

所以小顧啊，咱們兩個人還是一管文、一管武地分工合作吧！

由於蕭衍敗落，柳御史身為蕭衍一派也受到了牽連，吏部羅列了柳成渝的罪狀，將他打入刑部大獄。

蕭翊知道御史府一直對柳惜妍不大好，當初還差點將她嫁給潘又斌這個禽獸，因此有心讓御史府受受罪，給愛妻出氣，順便讓柳惜妍來做這個好人，讓她在娘家揚眉吐氣一番。

於是柳成渝被關押一日後，柳惜妍挺著四個月的身孕，以貴妃的儀仗回到御史府，真可謂衣錦還鄉。

老夫人親自率領府中人到門口迎接，跪地恭誦。「罪婦率全家恭迎貴妃娘娘！」

柳惜妍趕緊扶起老夫人。「祖母請起，折煞妍兒了。」

老夫人恭謹道：「娘娘是天家貴人，當受此拜。」

柳惜妍又趕緊上前扶起了梅姨娘，叫了聲「娘」，已是淚流滿面。

梅姨娘強忍著眼淚，欣慰地看著通身富貴、遍頭金釵的女兒。

自始至終，柳惜妍一眼也沒看跪在地上的汪氏，一左一右攙著老夫人和梅姨娘的手走進府裡。汪氏也不敢自己起來，只能直挺挺地跪在地上，想著柳惜妍不過是個小小庶女，如今卻飛上枝頭成了鳳凰。

汪氏越想越氣，忽然渾身一陣抽搐，口吐白沫昏了過去。

眾人將她抬到府中，又請了郎中，郎中診斷後搖頭道：「夫人痰湧迷心，怕是以後只能躺在床上了。」

所謂的痰湧迷心便是中風，汪氏癱瘓在床上，連話都嗚嚕嗚嚕地講不清了。

最終蕭翊授意刑部，只判了柳成渝受人驅使的協從之罪，雖罷免了官職，但也沒有沒收御史府的宅子和柳成渝名下的莊子和店鋪。和其他蕭衍的黨羽相比，柳成渝絕對是福大命大，眾人都議論他生了個好閨女，替他免去了災禍。

至於二小姐柳惜慈和四小姐柳惜桐也被放回了柳府，算是皇上看在貴妃面子上的額外恩典。無論如何，一家人總算團聚在一起，在一場本該是滅頂的災禍中保全了身家性命。

至此，老夫人萬分慶幸當初聽信趙大玲的話留了條後路，如今這條後路成了救命之路。

一些人事都已處理完畢，可還有一個人對自己過往做的事深感懊悔。

某天，長生上朝的途中，有人衝出來攔住了他的官轎，來人竟是蕭晚衣。

她用淒婉的嗓音道：「顧公子，當日晚衣受心魔驅使，劫持了你的未婚妻，自那以後，晚衣無一日不受良心的譴責，寢食難安、坐臥不寧。如今晚衣看破紅塵，要離開俗世去山林中潛心修行，特來向顧公子告別……晚衣還欠你一句『對不起』，望顧公子能夠原諒晚衣。」

一隻白皙修長的手自轎內掀開轎簾，露出俊美無儔的面容。長生對蕭晚衣微微點頭，又放下了簾子。

蕭晚衣喜極而泣，看著那頂藍色官轎越走越遠，消失在長街的盡頭，一如顧紹恆這個人從自己的生命中徹底消失。

趙大玲是在一個初夏的清晨忽然睜開眼睛的，之前沒有一絲的預兆。

長生正在熟睡著，忽然感到唇上有輕柔的摩挲，還當是趙大玲的魂魄用意念在親吻他。漸漸地，唇上的吻越來越濕熱，帶著灼人的溫度，火熱的唇一下一下輕啄著他的唇角，又去親吻他的臉頰和眉毛。

他一下子睜開了眼睛，看到懷裡的人兒正笑意盈盈地看著他，一雙清亮的眼睛中閃著流光，彷彿落入點點碎金。

長生怔住，一時分不清是現實還是夢境。他下意識地去看自己的手腕，腕上傷疤還在，他又扯開自己的衣襟，胸膛上疤痕密布。

巨大的狂喜將他淹沒，再抬頭時他眼中已有淚光閃動，他捧起她的臉，笑中帶淚。「大玲，妳終於回來了。」

趙大玲隔著朦朧的淚眼，看著面前深愛的男人，只覺得活著是如此的美好，每一次心臟的脈動都訴說著對他的無盡愛意。能夠重新擁抱實實在在的長生，讓她感到無比滿足。

只是長生太瘦了，抱在懷裡真是硌得慌啊……趙大玲清醒過來為自己立的第一個目標，就是一定要養胖他！

她微微一笑，抬手勾住長生修長的脖頸，吻上他的嘴唇……

——全書完

# 番外一　成親

蕭翊登基後，帶著幾位女眷住進了皇宮，長生也帶著趙大玲一家人搬離了晉王府。

本來蕭翊的意思是將晉王府收拾一下給長生當作相府，但是長生拒絕了，他知道趙大玲一直想要一個完全屬於自己的家。

顧氏昭雪後，剩餘的家產都交還到長生手裡，於是他變賣了部分家產，在城東一條幽靜的巷子裡買了一處宅院，園子不大，但也足夠一家人居住。

這時趙大玲的魂魄還沒有歸竅，卻也對新家充滿了無限的期待和憧憬，每日都進到長生夢中跟他討論新家的布置和裝潢。

長生花了兩個月的時間將一草一木都布置妥當，園子裡有一個不大不小的湖，此時正值春季，他按照趙大玲的意思種上蓮花，養了些百尾錦鯉，並在湖中央建了一個水榭。夏日裡，將四面窗扇打開，便可享受帶著蓮香的清風，冬日也可點上火爐，在裡面觀賞外頭的漫天飛雪、素裹銀妝。

兩人的住處就選在離湖不遠的一座精緻的小院落，門前翠竹掩映，院內還種著一株紫藤，如今紫藤爬上屋外的牆壁，開滿了一串串深紫淺紫的花朵，彷彿仙境中的小屋，異常美麗。

一間正房作起居室，東面一間作兩人的臥房。趙大玲在現代席夢思大床和古代雕花大床間猶豫了很久，最終還是選了古代的雕花大床。這種被包圍、保護在其中的感覺好極了，尤其當床帳放下，一張床便自成一個小小的天地，唯一的不便就是睡在裡面的人需要從睡在靠外面的人身上爬進爬出，不過她覺得這都不是問題。目前她躺在大床裡頭，長生睡外面，等到她醒過來了，還是願意睡裡面，在長生身上爬來爬去，光是想想就覺得興奮。

西面一間是書房，除了一張碩大的梨花木書案和整面牆壁的書架以外，趙大玲還在窗根下放置了一張軟榻。

長生覺得這個軟榻很有趣，上面鋪著厚厚的棉墊，連靠背都是軟的。趙大玲說這叫沙發，畢竟長生肯定會花很多時間消磨在書房裡，這樣她就可以在這間屋裡陪著他，有時坐在沙發上看書，有時對著窗外的翠竹、紫藤發呆，睏了還可以躺在上面睡一覺。當然，軟榻旁還放置了一個帶門的櫃子，方便趙大玲存放零食。

友貴家的和大柱子則是住在花園旁邊的院落裡。除了兩個人各自的臥房，趙大玲也給大柱子布置了一間小書房，給友貴家的準備了一間繡房，屋內擺著一個有著無數小抽屜的大櫃子，抽屜裡放著不同顏色的繡線和繡花的工具。友貴家的不識字，長生就在打磨光滑的竹片上畫出不同顏色和工具的樣子，將小竹片掛在抽屜外面。至於窗根處則擺放了一張軟榻和一個繡架，方便友貴家的繡花。

在屋外的後院中，趙大玲還設計了一個小校場，掛上標靶和一個籃球框。男孩子嘛，總是要多運動運動。

友貴家的和大柱子都對新家非常滿意，歡天喜地地搬了進來。大柱子還邀請了御史府的胖虎、鐵蛋和二牛他們幾個同伴來家裡玩。趙大玲的魂魄看著幾個孩子在屋後的校場上嬉戲玩耍，輕快的笑聲如銀鈴般響亮，自己也感染了他們的愉悅。

在新家布置好的十天後，趙大玲毫無徵兆地醒來，友貴家的乍一見到趙大玲，精神都是恍恍惚惚的。

之前長生一直說趙大玲在玉陽真人那裡養傷，卻不讓她見她，友貴家的隱隱有不好的預感，覺得長生是擔心她傷心，所以在騙她，背地裡不知掉了多少眼淚，又不敢給長生看見，怕辜負了他一番心意。如今見到活蹦亂跳的趙大玲，好像比被人劫走前又胖了點，臉色紅潤，神采飛揚，友貴家的覺得這個閨女彷彿失而復得，先是抱著她哭了一通，之後一直拉著她不肯鬆開。

大柱子也跑過來抱住姊姊，一迭聲地問：「姊，妳上哪兒去了？這麼多天不見妳，我都想死妳了！」他比趙大玲離開前又高了一些，身子也更加壯實了。

趙大玲一手擁著友貴家的，一手胡擼著大柱子的小腦袋，抬頭看向長生，見長生也面帶微笑地回望著她，目光溫柔，引人沈溺。

這場穿越將她帶到這個異世，在這裡，她有了家人和愛人，得到了可貴的親情和至死不渝的愛情。

蕭翊和柳惜妍得知趙大玲清醒後，也在第一時間趕到了相府。蕭翊做了皇上後還是老樣子，大老遠的就伸手過來拍趙大玲的肩膀。「顏顏，妳可算是醒了，再不醒都要睡傻了！」

趙大玲閃身避開他的魔爪，躲到一旁抓住長生的胳膊，一旁的柳惜妍欣慰地道：「都說妳在太清觀養傷，如今可算是大好了。」

如今柳惜妍已有六個多月的身孕，小腹隆起，跟扣了一個小盆似的。將為人母的她依舊豔麗，只是眉眼間更顯得溫柔沈靜。

蕭翊感慨道：「顏顏、小顧，你們兩個不容易啊！」他拍著自己的胸脯。「如今我是皇帝了，你們有什麼心願儘管說。」

「有。」兩個人異口同聲道。

蕭翊笑容滿面。「好說、好說，一個一個來，女士優先，顏顏，妳先說。」

「我要跟長生成親！」趙大玲大聲宣布。

「那是自然！」蕭翊點點頭，又轉向長生。「小顧，你的心願呢？」

長生理所當然道：「我要休婚假。」

「婚假這個詞你都知道？」蕭翊欲哭無淚。「那麼多奏摺不會是要都推給我吧？嗚嗚，朕也有心願，朕要罷朝……」

兩人的婚禮舉辦得很簡單，只有友貴家的、大柱子、蕭翊和柳惜妍幾個人參加。趙大玲一身大紅色的嫁衣，是友貴家的一早就為閨女準備好的，頭上戴著紅色蓋頭，天地間都是紅彤彤的喜慶顏色。

證婚人是蕭翊，他和柳惜妍都穿著便服。這一刻沒有帝王與貴妃，只有真心為新人祝福的摯友。

長生和趙大玲對友貴家的行跪拜之禮，友貴家的激動得直抹眼淚，一個勁兒地說：「好、好，快起來吧！以後長生再叫我岳母，我也能踏實應了。」

夫妻對拜後禮成，柳惜妍送給趙大玲的新婚賀禮是「花容堂」和「雲裳堂」兩個鋪子的店契。

「以後我不得隨便出宮，這兩個鋪子也打理不了了，就送給妳做新婚賀禮吧！反正鋪子都是妳一手操辦起來的，妳打理起來也比我強，不過說好了，我可是要做那個什麼喂什麼皮的。」

「VIP。」趙大玲提醒。

「對，就是喂唉皮。我的胭脂水粉和衣裳可都要最好、最新款的。」柳惜妍笑道。

趙大玲大方地接過店鋪的契約。「放心吧，妳不但是VIP，還是店鋪的大股東，分紅我給妳留著。我有信心將店鋪做大、做強，全國開花，到時候妳這個股東絕對會是大周的隱藏富豪。」

蕭翊頗為欣喜。「我要是不當皇上了，還可以吃軟飯！」

婚禮結束，蕭翊還想留下來看熱鬧，卻被柳惜妍拉走了。「人家入洞房了，您也看？明天還要上早朝呢！顧相大婚休假，您可偷不得懶。」

長生牽著趙大玲回到新房，房中貼著大紅的「喜」字，燃著高高的兩支紅燭，床上早就鋪好了紅色的錦被，連床帳都是大紅色，映出一室的旖旎風光。

長生端來交杯酒，兩個人手臂相纏——交杯交杯，從此之後，我中有你，你中有我，同甘共苦，生死相依。多麼美好而雋永的寓意！

飲過酒，長生一向白皙的面頰也沾染上一抹紅暈，趙大玲心醉神迷地看著他。這還是她第一次見他穿大紅色，竟然好看到讓人移不開眼睛。

她抬手撫摸長生的臉，感受到真實又溫熱的觸感。長生抬眼看她，面上又紅了幾分。

趙大玲吻上他沾了酒漬而更加紅潤的唇，輕咬著他的唇瓣，他喉間輕嘆了聲，與她唇舌糾纏。雖然他們之前在夢境中有過歡好，但是現實中的長生依舊羞澀，手臂規規矩矩地放在自己身體兩側一動不動。

趙大玲貼著他的胸膛扭了扭，長生有些茫然地睜開眼看她。

她吻上他璀璨的眼睛。「閉上眼睛，把你交給我。」

長生聽話地閉上眼，趙大玲輕輕一推，將他推倒在錦被上。她的吻順著他的臉頰落在了他的脖頸，手指輕輕解開他的衣帶，衣襟敞開，露出一片白皙的胸膛。

長生下意識地抬手想把衣襟掩上，遮住自己滿身的傷痕，趙大玲卻先他一步握住了他的手按在床上，唇舌也湊到他的鎖骨處親吻、輕嚙。長生顫抖著，睫毛也不安地顫動。趙大玲知道他曾經受過的傷害，讓他在這種時候會下意識地想要逃避，於是越發溫柔地親吻他。

她的指尖拂過他每一道猙獰的傷疤，帶著無盡的愛憐和疼惜，她感受到他的身軀在她的指下顫動，不可抑制地臉色變得煞白，彷彿開啟了噩夢般的記憶，頭顱也左右搖晃。她心疼得無以復加，扯開身上的嫁衣，抓過他的手按在自己胸口處的鞭痕上，那裡的傷痂雖然脫落，但是新長出的肉卻凸起成一道細棱。

「長生，雖然我們都遍體鱗傷，但是這並不妨礙我們愛著對方，包括對方的身體。你的身體真的很美，讓我目眩神迷、情難自禁。忘掉曾經的不快吧！跟我一起追尋心靈和肉體的合二為一。」

長生慢慢安靜下來，不再掙扎。

趙大玲俯頭親吻他的胸膛，在他的胸口處吮吸，聽到他若有似無的低吟中帶了一絲歡愉的意味，銷魂蝕骨又引人沈淪。這無疑是極大的鼓舞，她的唇舌一路向下，滑過了他平坦的腹部……

長生彷彿飄在了雲端，身體湧起一波又一波的快感，節節攀升，最後攀上頂峰的時候，他忍不住呻吟出聲，頭向後仰，露出修長的脖頸，身體也繃得如弓弦般筆直，隨即如高山落下的瀑布，力竭地癱軟下來。

趙大玲躺到他身旁，吻著他濡濕的額角。

當劇烈的喘息平復後，長生將她攬在懷中，修長的手指撥開她的衣襟，撫上她滾燙的肌膚。夢中完美的胴體，與眼前布滿傷痕的身體重疊，長生愛她愛到心痛，顫抖的指尖一遍遍地在她的傷痕上徘徊，力道漸漸加深，手也滑向了夢寐以求的領地。

趙大玲按住他忙碌的手。「你要不要先歇一會兒？」

長生目光晶亮地看了她一眼，輕輕掙開她的手，用實際行動告訴她，他根本不需要「歇一會兒」。他學著她剛才那樣吻遍她的全身，待她準備好後，才溫柔地撥開她的雙腿。

趙大玲有些緊張，身體也僵直了起來。

長生安撫地按摩著她的腰肢，輕聲問：「要我停下來嗎？」

趙大玲深吸一口氣。「不，我等這一天等得心都痛了……」

不過當長生開始的時候，她還是痛得「嘶」了一聲。沒辦法，她就是這樣怕痛。長生頓住，不敢再繼續，身體懸在她的上方，如箭在弦上卻不得發射，渾身因極力的隱忍而輕顫，大滴的汗珠滴下，落到了趙大玲的面頰上。

心中騰地燃起一簇火苗，趙大玲雙手握住他精窄的腰，深吸了一口氣，猛地往懷裡一帶……

痛楚過後便是歡暢，兩個相愛的人互相探索、互相奉獻，快感如潮水般洶湧將他們淹沒，最終眼前綻放出絢麗的煙花。

在極致的歡愉和滿足之後，幾近虛脫的趙大玲撫著長生汗如水洗的後背，模模糊糊的頭腦中只有兩個字——圓滿。

早朝時，大殿中的大臣們都小心翼翼地不去招惹一臉生無可戀的皇帝。顧相五天沒上朝了，溜溜看了五天奏摺、處理了五天政務的聖上心情很不明媚。於是大家儘量揀緊迫的事說，其餘繁複需要討論的就等顧相上朝時再說。

饒是如此，蕭翊還是覺得自己快要崩潰了。

吏部尚書丁憂，單單為了接替人選問題，兩派人馬就引經據典地爭辯不休，一派推舉原吏部侍郎洪辛，一派推舉淮南巡撫宋唯。大殿之上群情激奮，滔滔不絕。

蕭翊就不明白了，一個個都有那麼好的口才和那麼靈敏的頭腦，用在別處不好嗎？非要用在朝堂上打嘴仗，那架勢好像一個吏部尚書能左右地球存亡一樣。

蕭翊忍無可忍，大喝一聲「退朝」，便率先走出了大殿，剩下一干臣子面面相覷。

蕭翊換上便裝，抱著一疊奏摺直奔相府。門房是個機靈的小廝，雖然不知道面前這位就是九五之尊，但是曾在自家老爺大婚那日見過這位，還帶著一位美若天仙的夫人，所以對蕭翊也是畢恭畢敬。

「您先坐著，我家老爺還沒起床呢！」

蕭翊看看外頭正中午的大太陽，想著自己已經奮鬥了一個早上，而小顧竟、然、還、沒、起、床！這個巨大的落差讓蕭翊悲從中來，恨不得直接衝到他的臥室把他從床上揪起來。

大柱子拿著一根趙大玲做給幾個孩子的棒棒糖，一蹦一跳地從府裡溜達出來，一眼就看見欲哭無淚的蕭翊。

「蕭大哥，你怎在這兒坐著不進去呢？」蕭翊曾教過大柱子幾招功夫，在大柱子心目中，蕭翊就是頂天立地的大英雄，所以對他分外熱絡。「走，進府坐坐，我姊和姊夫前兩日還唸叨你呢！」

聞言，蕭翊終於打起精神。「他們唸叨我什麼了？」

大柱子轉著眼珠，努力回憶。「我姊對姊夫說：『你差不多行了，蕭翊該撓牆了。』姊夫說：『朝中有人說他不如先帝勤政，且尚武輕文，正好藉這幾天的時間讓他立威。』」

蕭翊聽了這話，心中好受了許多，不無感慨道：「看來我還是錯怪小顧了。還是小顧心細啊，處處為我著想。」

不過話雖如此，一想到自己的苦楚，蕭翊覺得不勤政就不勤政吧，人各有所長，他的特長就是建立軍隊、研究戰術，他再挖空心思去應對朝中亂七八糟的事，也不可能像長生做得那麼面面俱到、遊刃有餘。

在大柱子的指引下，蕭翊來到長生和趙大玲住的小院。院子裡靜悄悄的，只有翠竹在微風中沙沙作響。

蕭翊也覺得直接闖進去不適合，畢竟人家新婚燕爾，沒日沒夜的，恐怕不方便。

他正猶豫著，就見長生和趙大玲手挽著手，神態親密地自院中走出來。不知趙大玲說了什麼，長生微微低著頭傾聽，隨即拍拍她的手，臉上露出會心的笑容。

蕭翊快步迎了上去。「你們兩個說什麼呢，這麼高興？」

正在含情對望的兩人同時轉頭，長生露出淺笑。「大玲剛才問我想去哪裡度蜜月？」

度蜜月？蕭翊差點淚流滿面。如今這點現代的福利，小顧沒有不知道的了。「你們兩個太不仗義了，把我扔在水深火熱之中，自己去逍遙快活，還度蜜月！」

他湊過去擠開趙大玲，勾著長生的胳膊。「小顧，你不在這幾天我過得好慘，那些大臣都快欺負死我了。今天為了吏部尚書的人選，他們吵成一鍋粥，都恨不得把自己這邊的人推舉上去。」

長生神色疏淡。「吏部是六部之首，掌管官吏升遷調動，尚書之職又是從一品的高位，這個位置若坐的是自己的人，便等於掌控了大周大半個朝堂，眾人當然趨之若鶩。」

「怪不得他們爭破腦袋也要安上自己的人。」蕭翊若有所思。「那你說洪辛和宋唯哪個適合？」

趙大玲趕上來推開蕭翊。「愛誰就誰，我男人休婚假呢，你看哪派蹦得歡實，就選另外一派推舉的人上位。」

蕭翊茅塞頓開。「顏顏說得有道理。」

長生忍不住搖頭。「不妥。帝王之術雖重在制衡，但你剛剛登基，需廣納賢士，一味取平衡之術，坐山觀虎，終不是明君聖主的修為。」

蕭翊撓撓腦袋。「我沒想過做明君聖主，當初爭奪這個帝位不過是為了保住自己的身家性命，不被蕭衍滅了。」

長生正色道：「當初我輔佐你爭奪帝位，一是為了給以前的蕭翊報仇，二是為了搏一條生路。如今既已成功，就要在其位，謀其政，大周的興衰榮辱和千萬百姓的身家性命都在你一念之間。你醉心軍事，本無可指摘，如今大周兵強馬壯，別國都不敢來犯，這是你的功績；但要國泰民安、百姓安居樂業，除了強大的軍隊，還要有充足的國庫、清明的吏治，以及安穩的國家經濟。」

「不是還有你嗎？當初說好了你要幫我的。」蕭翊突然一驚。「顏顏這臭丫頭整天唸叨著要遊歷天下，你可不能跟她一樣玩物喪志，把我一個人撇下啊！」

趙大玲哼了一聲，拉著長生往前走。「不理他了！我想好了，我要去江南度蜜月，看看跟前世的魚米之鄉是否一樣？遊完江南，再去塞北的大漠看落日，去嶺南的密林摘芒果……」

這麼一趟玩下來，一、兩年都過去了！蕭翊終於意識到問題的關鍵在趙大玲身上，趕緊攔住她。「姑奶奶，妳好歹等過幾年天下安穩了再去玩，眼下朝中還有不少人亡我之心不死呢！顏顏，咱們兩個算是同鄉吧？同鄉當然要幫同鄉，妳幫我勸勸妳男人，他是宰相，別光教訓起我來一套一套的，『在其位，謀其政』這句話同樣適用於他吧！」

趙大玲勉為其難，用肩膀碰碰長生。「要不……咱們過一陣子再去度蜜月？」

「對對對，來日方長嘛！」蕭翊忙不迭地點頭。

長生神色還有些猶豫，蕭翊打鐵趁熱道：「小顧，你說吧，有什麼要求，我都答應。」

「那好。」長生這回很痛快，彷彿就是在等蕭翊這句承諾。「第一，每日上朝，不能無故罷朝，也不能一不耐煩就喊退朝，然後自己跑去軍營。」

「好，沒問題。」蕭翊點頭答應。「我每天就堅持半天坐在那張24K金的椅子上不動。」

「第二，各處呈上來的奏摺，我可以另外附一張紙批閱，但你至少要將批閱的內容抄在奏摺上。」

蕭翊愁眉苦臉。「成，只是到時你別嫌我字難看就好。我早就放出消息了，手臂在北疆的戰爭中受過傷，別人不敢跟我計較，你可千萬別逼著我練毛筆字。」

長生接著道：「第三，非戰時每年軍費的支出不應超過國庫收入的四成。第四，舉國屯兵不宜超過一百萬人，否則田中將缺少青壯年耕種，影響農業發展。第五……第六……」

長生一口氣說了不下十條，蕭翊明白長生的苦心，一一點頭答應，最後歉然道：「之前是我太過兒戲了，沒有考慮一國之君的責任，幸好有你提點。」

趙大玲接過話頭。「蕭翊，我還想跟你好好聊聊現代工業和武器的問題。我們是從現代過來的，知道工業革命帶來了科技的飛速發展，更知道武器的巨大威力，但是同時我們也看到了這些給環境和社會帶來的危害。我師父曾經警告過我，作為異世者不要擾亂這個世界。

有時候我會很迷惘，不知道應不應該用我們掌握的先進科技來改變這裡的規則，加速工業革命的發展，或是應該讓歷史按照本來的步調……」

蕭翊也陷入了沈思。「我明白妳的意思。之前我製造出炸彈和手榴彈，將蕭衍那個秘密軍事基地夷為平地，但我也擔心這種殺傷力極大的武器氾濫，以至於打亂整個世界。如今大周兵強馬壯，憑藉先進的軍事管理，即便只用冷兵器，外族也不敢來犯，所以我已經將剩餘的炸藥和製造配方都銷毀了。」

長生欣慰地點頭。「這樣最好。有你我在，可保大周百年盛世，百年之後大周如何，非你我能夠左右，即便保留那些殺傷力強大的炸藥，也不知是福是禍，還是將歷史的發展交給歷史吧！」

「不過，一些能夠改善和提高生活品質的先進技術還是值得大力推廣的。」趙大玲笑道：「比如玻璃、鏡子……」

蕭翊眼睛一亮。「顏顏，妳這是要做大企業家啊！」

趙大玲搗嘴笑道：「要做的事情還有很多，眼前的就有廣設學堂，讓窮人家的孩子和女孩子也能接受教育；建立社會的養老制度，讓老有所養、幼有所教……既然我們來自後世，就該把後世的文明帶到這裡。」

蕭翊點點頭，突然想起自己來找長生的用意。

「對了，吏部尚書到底該選誰？」他習慣性地詢問長生。「洪辛本就是吏部侍郎，對吏部最為瞭解，而宋唯政績和威望也不錯，你看誰做這個尚書適合？」

「都不適合。」長生斷然道。「哪個上來都會為保薦他的一派效力，在朝中安插自己這派的人馬。」

蕭翊不禁問：「那你說該用誰？」

「三朝元老鍾欽鳴，為人剛直不阿，曾言黨派之爭誤國誤民。他曾悉心輔佐蕭弼，只是蕭弼死後他便告老還鄉。你請他出山任吏部尚書一職，必能整頓朝中吏治，上下清明。」

兩人一邊說著，一邊走向長生的書房。最後蕭翊離開前，留下了一疊奏摺，說好了傍晚時分派侍衛來取。

長生坐在書案前，一份一份批閱得分外仔細。工作中的男人最是迷人，他習慣性地眉頭微鎖，認真的神情讓趙大玲目不轉睛，覺得怎麼看也看不夠。

直到掌燈時分，長生才抬起頭來，柔聲向趙大玲道：「妳看了我一個下午了，不嫌煩嗎？」

「不煩、不煩。」趙大玲腦袋搖得像波浪鼓。「看一輩子也不會嫌煩！」

一抹動人的笑容展現在長生俊美的臉上，如三月的薰風讓人沈醉。

這時蕭翊的侍衛依約來取奏摺。「顧相，聖上讓卑職來取奏摺，他說請您放心，他會將您批閱的內容一字不漏地抄錄在奏摺上。」

侍衛離開後，趙大玲趴在沙發上向長生道：「蕭翊來自現代，是個不折不扣的軍人，並不知道如何做一個封建制度裡的皇帝。你歇了這幾日，逼著蕭翊親自上朝，如此煞費苦心讓蕭翊肩負起君王的責任，如今他是頓悟了，以後也不會只往兵營裡鑽。」

「蕭翊是一國之君，雖然我能盡我所能地幫助他，但很多事還是要他親自出面才行。親臨早朝、批閱奏章，都是一個帝王必須親力親為的事，否則會引發大臣們不必要的猜忌，輕則會說我是奸相攬權，說蕭翊是昏君誤國，重則會使朝堂不安，國家動盪。不過，」長生笑得高深莫測。「我既是為公，也是徇私。」

「什麼？」趙大玲不明就裡。

長生自書案後起身，坐到沙發上，自然而然地將趙大玲攬在懷裡，一邊親吻她小巧的耳垂，一邊在她耳畔道：「新婚蜜月，雖不能帶妳遊山玩水，但也要日日陪伴夫人左右。而且我跟蕭翊又多要了兩日的休假，明日還是不用上朝。娘子，長夜漫漫，為夫看這沙發頗多意趣，今晚咱們就宿在這沙發上吧！」

沙發較雕花大床窄了許多，兩個人只能緊緊地貼在一起。在長生四處點火的手掌下，趙大玲已經癱軟成一汪春水，她抬手勾住他的脖頸，斷斷續續的呻吟自她口中逸出。

長生吻著她的脖頸，在她頸間細細吮咬，正意亂情迷之時，他微微抽開身，拉開與她的距離。趙大玲不知他要做什麼，就見他含笑看了她一眼，俯頭用牙齒咬住她胸口處的衣帶，輕輕一拉——明明是溫潤內斂的人，那一眼的風情卻讓人目眩神迷。

他散開的頭髮垂在她的頸間，如一疋閃著烏黑亮澤的錦緞，雪白的齒間咬著她緋紅色的衣帶，場面如此香豔，趙大玲只覺得全身的血液都湧到了頭頂，緊接著胸口一涼，他的手順著敞開的衣襟探了進去。

他手指微涼，罩著她的渾圓輕輕揉捻，力道不輕不重，讓她又酥又麻，口乾舌燥。長生的頭一路向下，埋在了她的另一邊，一邊是火熱的唇舌，一邊是微涼的手指，趙大玲覺得自己的靈魂又要出竅了，呻吟著將他的頭拉上來，尋著他的唇深吻下去。

長生的手指一路向下，帶給她難以言喻的愉悅。感受到她的渴望，他擁著她一翻身，仰躺在沙發上，同時也將她拉到自己身上。

此刻他的衣襟也已敞開，霞光透過窗櫺照射而入，模糊了他身上的疤痕，只看得見晶瑩如玉的光澤，在情動之下顯現出誘人的紅暈。

趙大玲單手按住他赤裸的胸膛，深吸一口氣，緩緩坐了下去。

突如其來的溫暖和緊窒讓長生不禁低聲喘息，他一手攬著她律動的腰肢，一手與她十指相握，她的身體好像驚濤駭浪中的小船，隨著波浪浮沈。

在趙大玲喘息著幾近虛脫之後，他絲毫沒有偃旗息鼓的意思，一翻身就將她壓在身下。

今晚又將是一個不眠之夜……

——全篇完

# 番外二 後宮

蕭翊用親身經歷驗證了「皇帝」是個「不是人做的」職業。

每天天還沒亮，他就要起床上朝，一年三百六十五天，只有過年三天、自己的生日和皇后生日那天可以休息，其他時候不管颳風下雨還是酷暑嚴冬，五更時分都要從被窩裡爬出來，穿上層層衣服，人模狗樣地坐在那張24K純金的椅子上，聽著下面的鼓譟與爭辯，一坐就是一個上午。

忍無可忍的蕭翊在朝堂上提出了「星期」的概念——一週七天，工作五天，休息的兩天被稱做「週末」，可以在家睡懶覺，與家人共享天倫之樂。

他一提出，便遭到一些觀念古板的大臣強烈反對，連連上奏說如此懈怠有違歷代先祖的勤勉祖訓。後來還是顧相出頭，將週休二日改為週休一日，兩邊各退一步，蕭翊這才覺得鬆了一口氣，當然，各個重要節日的休假和帶薪年假這些概念還得慢慢洗腦。

前朝的事蕭翊並不愁，反正有小顧頂著，他那麼聰明的腦子不用才浪費，正好用在憂國憂民上。

一般來說，小顧還是相當勤勉的，堪為百官楷模，但是奉公克己、兢兢業業的顧相只要一扯上媳婦趙大玲，立刻不見了人影。什麼結婚紀念日、老婆生日、丈母娘生日、小舅子生日、孩子生日都是顧相請假的藉口，更別提春日踏青、夏日泛舟、秋日採摘、冬日賞雪。

在百官面前不好交代，顧相的聰明才智在這個時候發揮到極致，他不說出去玩，就說自己病了，請病假大夥兒就沒話說了，可憐他這個皇帝還得在朝堂上支撐著，幫著他圓謊。

「顧相辛苦，日理萬機，又累病了……朕心甚痛啊……」

大臣們一陣唏噓。「顧相這是積勞成疾。」

「顧相堪為我等楷模，有顧相這樣的明相，真乃大周的福氣！」

「還是讓御醫去相府為顧相診治診治，身體要緊啊！」

於是蕭翊派人將一根千年人參送去相府，意義不言而喻——你小子成天在家陪媳婦，不怕氣短腎虛嗎？

當然顧相還是很上道的，就算放假也不耽誤工作，成疊的公文奏摺送到相府，他挑燈夜戰也會在第二日上朝前趕出來送回宮中。因為這樣，蕭翊也就睜一隻眼、閉一隻眼，但內心深處還是很想咆哮。憑什麼小顧能在家裡跟老婆、孩子熱炕頭，自己就得日日對著這些晚娘臉的大臣？

除了前朝外，蕭翊更憂心的是自己的私生活。身為皇帝是沒有私生活的，每天跟哪個妃子共枕都要記錄在冊，更別提其他的隱私了。

登基初期，蕭翊的後宮中只有皇后秦慕雪、皇貴妃曹一朵和貴妃柳惜妍。論感情，蕭翊當然去找柳惜妍最多，但是基於皇帝的責任，秦慕雪和曹一朵那裡他也沒有冷落，隔三差五總要去坐一坐、吃頓飯。

人非草木，孰能無情？秦慕雪端莊文雅，曹一朵嬌憨可愛，一來二去，他對秦慕雪和曹一朵從陌生到萌生出家人的情感，也生出幾分真情。

一開始，蕭翊覺得對不起柳惜妍。現代人的觀念根深柢固，總覺得一個家庭應該是由一男一女組成，現如今是一男三女，讓他一度很迷惘，而且就誰是大老婆、誰是小老婆的問題上，他也是有些釐不清。

是按位分來定呢，還是按先來後到來定？抑或是照自己心目中的親厚來定？

蕭翊的煩惱整個皇宮都沒人能懂，跟長生也說不明白，他只有找趙大玲傾訴。

趙大玲認真地幫他分析。這個時空的現狀就是這樣，女人還沒有覺悟要求男人一心一意，不過既然落在了這個朝代，有些事還是要入境隨俗，所以她也勸他沒必要在這個問題上過於糾結，折磨自己。

秦慕雪是他的正妻，這是無可爭議的；他心裡對柳惜妍感情最深，寵愛她也是他的自由，但不要做得太顯眼，寵妾滅妻在這個社會裡是大忌，尤其他的尊貴身分，一言一行都在言官的監控之中，不能不注意。

臨走時，蕭翊問了趙大玲一個問題。「顏顏，妳做為女人來到了這個朝代，是否會入境隨俗允許小顧納妾？」

「絕對不可以。」趙大玲答得斬釘截鐵。「他要是有這心思，這輩子別想再見到我。」

蕭翊頭上不禁冒出三條黑線。「有妳這麼雙重標準的嗎？」

趙大玲認真地想了想。「倒也不是雙重標準，這其中也包含了男人和女人本質上的區別。我來自現代，所以要求我的愛人對我一心一意，如果他做不到，我只有離開。然而幸運的是，我遇到了長生，因為愛我、懂我，而願意與我一個人相守；你也可以選擇帶著惜妍浪跡天涯，過神仙眷侶一樣的生活。但是如今你選擇了當皇帝，後宮三千既是皇帝的福利，也是皇帝的責任，這個皇位容不得你只對一個人癡情。惜妍是我的好友，我當然希望她幸福快樂，她的幸福來自於你的呵護和寵愛，而這並不一定只有平民百姓式的一夫一妻制才能得到。至於秦慕雪和曹一朵，她們都是你的妻子，我跟她們接觸過幾回，雖然沒有深交，但是感覺得出她們都是好姑娘。秦慕雪無論是個人學識修養，或是從家世上來說，都比惜妍更適合做一國之母；而曹一朵淳樸可愛，說起你來眉飛色舞，滿臉崇拜。你既有齊人之福，便處之泰然，好好對她們就是了。」

這一番勸解讓蕭翊茅塞頓開，在幾位老婆那裡更加放鬆自如，也有了種皇宮是我家的歸屬感。

其實趙大玲有些話還是沒有說白。作為現代女性，她無法容忍跟別的女人共用一個丈夫，但是男人即便是擁有一個現代的靈魂，從本質上來講，絕大多數也並不排斥三妻四妾。她無力抨擊這種男女思維上的不平等，畢竟從古至今這個社會一直是男權社會，即便在思想解放又鼓吹女權的現代，女人三心二意還是會被指摘為不守婦道，男人花心卻能說成是風流瀟灑。失足女子人人鄙夷，浪子回頭卻喜聞樂見。

所幸她是幸運的，在這一世遇到了長生，這個男人將自己滿滿地裝進了心房，不為旁人留一絲空隙，既有一心一意的深情，又有條件與能力來呵護這份情有獨鍾。她覺得長生一定是老天給她的禮物，用以補償她死了兩次。

趙大玲回到府裡便直奔書房，撲到正在書案前奮筆疾書的長生懷裡又親又啃。

「長生，穿越過來遇到你，真的是我兩輩子加在一起最大的福氣！」

長生被她一進門就展現出的熱情弄得莫名其妙，不過他一向是行動派，白給的便宜不占白不占，他立刻用實際行動回應。

事後，長生咂著嘴回味。怎麼以前沒發現梨花木書案有此等妙用，這高度……嘖嘖……

在柳惜妍為蕭翊生下第一個皇子後，翌年中宮有喜，秦慕雪在泰景二年的年末生下了蕭翊的嫡子。

蕭翊讀過史書，知道歷史上奪嫡宮鬥層出不窮，而這大多取決於皇上的態度和妃子的為人。蕭翊對自己有信心，能夠做到一碗水端平，所幸秦氏端莊和善，曹一朵爽直嬌憨，柳惜妍也明理大度，他對自己的後宮滿意極了。

泰景三年，先帝喪期也滿三年，朝堂上提出後宮中只有三位后妃太寒磣，皇上應該選秀充實後宮。蕭翊覺得自己的好日子要到頭了，一下朝就躲到了曹一朵的華英宮。

華英宮地方敞闊，因為胖娘娘不喜歡狹小的布局，便將三間大殿打通，布置上也清爽大氣。

蕭翊到的時候，曹一朵正在殿前的空地上舞劍。別看曹娘娘身寬體胖，好歹是將門出身，舞起劍來閃轉騰挪，宛若蛟龍。

蕭翊讓旁邊的宮人不要出聲，在一旁觀看曹一朵舞劍。

曹一朵收勢時，就聽見蕭翊鼓掌讚嘆。「朵朵的劍法越發精進了。」

曹娘娘嚶嚀一聲，撲進蕭翊懷中，抬眼期盼地看著蕭翊。「聖上，我爹說您武藝超群，咱們來切磋切磋吧？」

蕭翊及時穩住下盤，伸手接住曹娘娘。「朵朵，今天朕累了，咱們進殿聊聊天好不好？」

曹娘娘使勁點點頭。「臣妾今日讓膳房準備了烤乳豬、糟香鴨、紅燴牛柳、魚丸蛋羹……」她一路數著，依偎著蕭翊進了殿，一副大鳥依人的嬌羞模樣。

蕭翊知道曹一朵喜歡吃，便特意在她的華英宮中設置一個膳房，把宮中最好的御廚撥到這兒來。每次說起這事，曹娘娘都淚眼汪汪，感動不已。本來鎮國大將軍曹彥還擔心女兒長得胖，不如皇后秦氏清嫋、貴妃柳氏窈窕，會被皇上冷落，但是每次見到女兒，都見她笑咪咪地彷彿又紅潤了幾分，說起皇上來也是滿心的愛慕與崇拜，這才放下心來。

席間，蕭翊問曹一朵。「朵朵，前朝的大臣讓朕充實後宮，妳怎麼看？」

曹娘娘正在跟一隻豬蹄奮戰，聞言抬起頭，咧開吃得油通通的嘴，眉開眼笑。「好啊，又要多幾個姊妹了。」

隨即又有點失落，放下手裡啃了一半的豬蹄。「但新來的妹妹們肯定個個苗條漂亮，我爹又要嘮叨讓我減肥了，我得少吃點兒。」

蕭翊窒了一下，無奈地拍拍她油乎乎的手，挾起一隻糟香鴨腿放在她的碗裡。「吃吧、吃吧！妳吃不垮朕的，朕也喜歡看妳開開心心的樣子。」

離開華英宮後，蕭翊又去了柳惜妍那裡。柳惜妍正好午睡起來，聽到通報要起身，卻被快步進來的蕭翊按住了。

他柔聲道：「剛睡醒別急著起床，容易頭暈。」

柳惜妍雲鬢略微散開，更添了一絲嫵媚。「規矩不能廢，免得讓人說臣妾恃寵而驕。」說著還是下床規規矩矩地給蕭翊行了一禮。

蕭翊試著提起選秀的事，柳惜妍只是溫婉地笑了笑。「不管這宮中有多少佳麗，只要聖上心中有臣妾的一席之地，臣妾就心滿意足了。」

蕭翊聽了也覺心酸。「那是自然，妳在我心目中的位置無人可以替代。」

最後蕭翊又轉到皇后那裡，他還沒張嘴，秦皇后就明理地勸慰道：「後宮太過清靜，是臣妾的失職。聖上春秋鼎盛，正應多納些嬪妃共沐皇恩雨露，為聖上開枝散葉。」

聞言，蕭翊只能閉上嘴。

他自認不是荒淫好色的人，卻也擋不住後宮的不斷壯大。吐蕃送來了和親的公主，高麗國送來了宗室女，還有為了安撫朝中的幾派勢力，又選了幾名世家親貴女子充實後宮。

有時候他真的很羨慕小顧，朝中有的是想巴結顧相往相府塞人的，奈何相府是鐵板一塊，誰塞人惹得宰相夫人不痛快，緊接著就會被「護妻狂魔」顧相收拾了。

如此一來二去，沒人敢再往相府送美人了。

——全篇完

# 番外三　婚後

趙大玲躺在書房裡的沙發上，冬日的陽光透過雕花窗扇，從剛裝上的玻璃照射進來，照得她的臉暖洋洋的，又昏昏欲睡地打起瞌睡來。

比起將人照得纖毫畢現的鏡子，以及在寒冬臘月擺上餐桌的蔬菜，長生最滿意的就是趙大玲用了幾個月的時間，終於成功做出來的玻璃。

跟細棉紙和絹紗相比，玻璃不知好了多少倍，不但冬日裡保暖不漏風，更重要的是通透又明亮，屋子裡再也不會昏昏暗暗的了。第一批玻璃先送到了皇宮、相府和孩子們的學堂，效果非常好，接下來趙大玲打算建造大規模生產玻璃的玻璃廠，努力在兩年內讓大江南北、家家戶戶都能用上玻璃。

長生正坐在書案前批閱公文，抬起頭就看見趙大玲沐浴在陽光中酣然入睡的模樣，嬌美的輪廓鑲著淡淡的金邊，好像她講過的童話裡的睡美人，在等待王子將她吻醒。

他起身來到沙發前，拿過一旁的薄被，輕輕地蓋在她身上。

她還是驚醒了，睜開了迷濛的眼睛，歉然地微笑道：「我也不知道最近怎麼這麼貪睡，書看不到兩頁就睏得不行……打擾到你了吧？你繼續忙吧，不用管我。」

長生俯身吻了吻她的額頭，柔聲道：「睡吧，我喜歡妳睡在這裡，這樣我從書案後一抬頭就能看見妳。再半個時辰我就能做完，做完了再來陪妳。」

趙大玲無聲地笑了，滿心滿意的甜蜜。她拉下他的頭，親吻著他的嘴角，手也不老實起來。

一陣纏綿之後，長生的氣息漸漸粗重，趙大玲笑著推他。「快去吧，不是說還要做半個時辰嗎？」

長生抓過她的手放在自己的身上，喘息道：「不行，妳惹的禍自己來擺平。」

趙大玲咯咯笑著，好像做了壞事的小狐狸。「我餓了，我要先吃飯。」

長生悻悻地放開她的手，修長的手指刮了刮她的鼻子。「妳呀，這幾天吃了睡，睡了吃，胖得這張沙發都快容不下妳了。」

「有嗎？」趙大玲一下子睡意全無，趕緊用手摸了摸自己的臉，彷彿圓潤了一些。她憤憤然一揮手，咬牙宣布。「今晚不吃飯了，我要減肥！」

長生慌了神。「我就是隨便說說，逗妳玩呢，妳怎麼就當真了？妳一點也不胖，瘦得風大一點我就得拉住妳，生怕妳被風吹跑了。」

趙大玲鬱悶。想當初剛成親時的目標是要將長生養胖，為此還特地跟著宮中御廚苦練廚藝，隔三差五地親自下廚房，變著花樣地做出營養餐來。誰知半年過去，長生還是清清瘦瘦的，自己卻長了不少肉，看來那些好東西一點都沒糟蹋，都補在自己身上了。

眼見趙大玲悶悶不樂，長生趕緊吩咐廚房準備晚飯，奏摺也不看了，就陪著趙大玲一起吃飯。二人牽著手進了正廳，下人們早已習慣老爺和夫人這麼親密，見怪不怪，擺放完飯菜就都退了下去，還體貼地關上了屋門。

看著滿桌豐盛的菜餚都是自己愛吃的，趙大玲頓感飢腸轆轆。明明中午吃得不少，下午又拉著長生喝下午茶、吃了自製的玫瑰點心，但是還沒到晚上自己就又餓了。

剛才還堅定要減肥的決心瞬間瓦解，她給自己找臺階下。「好吧，盛情難卻，我就吃一點點。」

長生這才舒了一口氣，給她挾了一塊魚肉放進碗裡。「這就對了。飯不能不吃，況且妳一點也不胖，即便胖，我也喜歡。妳以前太瘦了，撞到妳身上的骨頭我都會痛，摟在懷裡硌手還有什麼趣味？」

趙大玲紅了臉，嗔怪道：「在飯桌上也能想起床上的事……」說著挾起一塊油亮的紅燒肉放進長生碗裡。「不能我一個人胖，你得陪我一起胖，我才能安心吃飯。」

長生一向偏愛素菜，皺眉看著碗裡的紅燒肉，跟趙大玲打起商量。「只吃瘦的部分行不行？」

趙大玲大度地同意了，她自己也是不吃肥肉的。眼見長生斯文地小口咬著紅燒肉，她得意地將魚肉挾起，準備放進嘴裡，一股魚腥味直衝鼻端，她乾嘔了一下，趕緊放下筷子。

長生忙過來輕拍著她的後背，又起身倒了一杯溫水給她，趙大玲喝了幾口才順過氣，再看那盤魚，依舊覺得油膩腥氣，揮手道：「端走吧，我受不了這個味道。」

長生詫異。「這不是妳最喜歡的嗎？是廚房的楊媽特地給妳做的。」他關切地摸摸她的額頭。「一定是剛才睡覺著涼了，我去叫郎中來。」說著就往屋外跑。

「等等，長生！」趙大玲把他叫住，低頭扳著手指算日子。

「怎麼了？」長生越發緊張。

「我上次癸水是什麼時候來的？」趙大玲粗心，長生在這方面卻異常心細，兼有過目不忘的好腦子，所以比日曆還好用。

「十月初三。」果真，長生記得清楚，想都沒想就答出來了，隨即他吃驚地張大嘴巴。

「今、今天是臘、臘月二十一，妳……妳的癸水一直沒來。」

朝堂上侃侃而談如行雲流水一般的顧相，此刻說話都結巴了。

長生團著趙大玲團團轉，驚喜中帶著壓抑，既期待又不敢顯得太迫切。「這是……有了？」

趙大玲也不敢確定。她的癸水不準，有時一個月，有時兩個月，之前還詐胡過一次，弄得人盡皆知，長生興奮地準備當爹，全府上下都感染了這份喜氣，誰知過沒兩天癸水來了，趙大玲只能紅著臉告訴他自己搞錯了，所以這一次她決定謹慎些，別再讓長生空歡喜一場。

長生很喜歡孩子，對孩子很有耐心，昨天他和趙大玲剛參加了大皇子的百日宴。三個月前柳惜妍誕下了一個男嬰，取名蕭珣。這是蕭翊的第一個孩子，且皇子不單單是血脈的延續，更象徵著國運的亨通，因此百日宴極為隆重。

宴會上，柳惜妍還特意讓趙大玲抱了抱虎頭虎腦的大皇子，悄聲對她道：「給妳添添喜氣。妳跟顧相也成親半年了，有動靜沒有？」

趙大玲紅著臉，朝柳惜妍搖搖頭。「還沒有。」

柳惜妍嗔怪道：「怎麼不早一點告訴我，回頭我讓宮裡號稱千金聖手的何御醫去相府給妳診診脈，好好調理調理。」

抱著這個沈甸甸的小肉團，趙大玲喜歡得心都要化了。長生遠遠地看到，也露出欣喜的笑容，不過卻沒有靠前，起因是初為人父的蕭翊在得知貴妃誕下皇子後，說了一句讓文武百官都嘆為觀止的話，幾年後還有人清楚地記得，年輕的帝王在金鑾殿上激動地對著當朝宰相說：「小顧，朕覺得這個孩子肯定不像朕，像你。」

蕭翊的本意是要表達不像我這麼有勇無謀，而是像你一樣博學多聞，誰知在激動之下只說了前半句，眾人的目光「唰」地射向站在百官最前列、面無表情的顧相。

事後蕭翊後悔得恨不得揍自己，幾次在朝堂上強調。「朕於後宮事務上一向親力親為。」

因著這個笑話，長生刻意迴避，畢竟讓人調侃皇帝的兒子像宰相終歸不是件好事。不過大大咧咧的蕭翊早把之前的事拋在腦後，把胖小子抱過來塞到長生懷裡。「小顧，顏顏是我兒子的乾媽，你這個乾爹躲不掉，以後我兒子的才識學問就全靠你教導他了。這只是個先頭兵，後面的孩子也都歸你教。」

長生低頭看著倚在他懷裡津津有味地啃著自己小拳頭的胖娃娃，一下子想起了他的父親曾經就是蕭弼和蕭翊的老師，而如今蕭翊的孩子將來肯定是他的學生。冥冥中彷彿一切都是注定的，讓人唏噓不已。

胖娃娃不啃拳頭了，從嘴裡拿出濕漉漉的小手，黑曜石一樣的眼睛專注地看著長生，忽地咧嘴笑了，露出尚未長出牙齒的牙床。

長生眼眶一熱，對著孩子露出了慈愛的笑容。大皇子也異常喜歡長生，打了一個大大的呵欠，倚在他懷裡睡眼矇矓。

當時長生抱著大皇子時，臉上溫柔的神情刺激了趙大玲，她比以前更加渴望有一個她和長生的孩子，渴望他們的孩子會有和長生一樣精緻的眉眼，以及同樣堅韌的心性和過目不忘的聰慧。

郎中很快來了，診脈之後，一張臉笑成花兒。「恭喜老爺，夫人有喜了，只是時日尚淺。」

長生瞬間紅了眼眶，想過來擁抱趙大玲又怕傷到她，手足無措又欣喜若狂的樣子讓趙大玲既心疼又好笑。

郎中領了一個大大的紅包退下後，趙大玲拉過長生的手環著自己的腰。「傻瓜，哪兒就碰不得了？我身體好，小東西肯定也結實著呢！」

「不要把話說得這麼滿。」長生語帶責備，拉著趙大玲的手拍過檀木的椅背才覺得踏實。這還是趙大玲告訴過他的，不要把諸如「我身體好，肯定沒病」之類的話說出來，說得太滿了不好，萬一不小心說了，就要敲敲木頭，破了這個咒。當時長生還覺得好笑來著，說是無稽之談，如今竟然也跟著迷信起來。

長生圍著趙大玲團團轉，一會兒倒水，一會兒盛粥，又嫌床上的被褥不夠軟，讓人全部換成新的。趙大玲斜倚在床上，看著進進出出的他，撫著目前還平坦的小腹，笑得心滿意足。

整個懷孕期間，趙大玲都在和長生鬥智鬥勇。長生不讓她有任何的勞動，別說出府奔波，就是在府中處理一些鋪子和工廠的事，他都會不高興。

長生表示不高興的方法就是不說話，飯也吃得少，覺也睡得淺，動不動就嘆氣，彷彿有無數的鬱悶深埋心中，讓趙大玲不自覺地感到自責，總覺得自己對不住他。可是偏偏事情太多，「花容堂」和「雲裳堂」在江南的分店即將開張，鏡子也已經研製出來了，還需要找到適合的商家合作、推廣。

眾人都笑話宰相夫人掉錢眼裡了，可是不賺錢如何興建社會公共事業呢？目前全國剛建好十間學堂，但是趙大玲知道要普及教育，十間學堂遠遠不夠，她正積極籌備在每一個鄉鎮都開設一間免學費的學堂；加上這個時空的男女觀念保守，一時半刻改變不了，所以還要修建女子專用的學堂，還有孤兒院和養老院也已經進入專案啟動階段……這一樁樁的事細碎繁瑣，雖然長生指派了戶部和工部幫忙，但很多策劃和設計方案都需要趙大玲來完成，再講解給眾人聽。

在與長生深談了兩次後，長生終於同意趙大玲每日上午好好休息，等他下朝回來後可以在他的監督和輔助下處理一個時辰的事務。於是來到相府的人驚奇地發現，日理萬機的顧相竟然給夫人做起了幕僚，還美其名曰為「助理」。夫人只需要動動嘴，自有宰相大人用堪為字帖讓人臨摹的清雋字體認真地寫下策劃書，然後跟著忙前忙後。

有了長生的幫助，趙大玲覺得事半功倍，畢竟全天下哪裡能找出這麼能幹又貼心的助理？不但包攬所有的往來公務，連端茶倒水、捶背按摩都管，還陪吃陪睡陪曬太陽，簡直是全能超人。

初夏時節，孩子的月份大了，趙大玲漸漸覺得動一動都累得慌，長生就不讓趙大玲再為外面的生意和公益操勞。好在事情差不多都上了軌道，所以她索性撒手，只安心等待著寶寶的到來。

長生在書房批閱公文的時候，趙大玲就坐在沙發上，一邊曬太陽一邊做針線。她本來不擅長這個，但是想到肚子裡的寶寶，心中柔軟得能滴出水來。她用最柔軟的棉布仔細地做了幾件孩子的小衣服，針腳都藏在了滾邊裡，不會留在外面刺到嬰兒嬌嫩的皮膚。

長生只要一抬頭就能看到她沐浴在陽光中，一針一線地將愛意和期盼縫在小小的衣服上，那畫面分外寧靜美好。他常常會這樣靜靜地看著她，直到她感受到他的目光，抬頭給他一個會心的微笑。
除了小衣服，趙大玲還用顏色鮮豔的碎布做了兩個布偶。這個時空的人比較忌諱人型布偶，覺得與巫蠱之術有關，所以她仿照現代的卡通形象，做了一個長耳朵的大兔子和一隻穿藍衣服的大臉貓。做完之後，她便託人進宮將大臉貓布偶送給了大皇子。據說大皇子可喜歡了，睡覺都要抱著大臉貓睡。
另一頭的碧華宮，柳惜妍拿布偶逗著大皇子，大皇子咯咯笑著，伸出白胖的小手去抓，蕭翊進門一眼看見，結巴著問：「這、這是什麼？」
「趙大玲派人送給珣兒的，說叫……叫什麼來著？瞧我這記性……」柳惜妍拍著腦袋。
蕭翊幽幽道：「小叮噹。」
「對！」柳惜妍笑道：「就是這個名字，珣兒可喜歡了。」
柳惜妍和蕭翊並肩站在床前，看著大皇子抱著小叮噹啃它胸前的鈴鐺。柳惜妍想起民間的養兒經驗，對蕭翊道：「聖上給咱們珣兒取一個小名吧，都說孩子小的時候叫小名好養活。」
蕭翊胡擼兒子的小腦袋。「就叫『大雄』吧！」
大皇子得了新名字，瞅著老爹笑得口水直流。
布偶啟發了趙大玲，讓她看到新的商機，索性畫了幾張卡通動物圖案的圖紙交給雲裳堂的繡娘，讓她們做出布偶放在雲裳堂裡賣。趙大玲設計的布偶憨態可掬，繡娘們心靈手巧，做出來的布偶簡直比現代做的還傳神，據說剛擺出來就被一掃而空，還有很多人來預訂。

看來無論在哪個時空，女人和孩子的錢都是最好賺的。

長生知道趙大玲又為了些事費神，又不高興了，趙大玲只好頂著長耳朵兔子逗他笑，逗了半天，他終於忍不住「噗哧」笑了出來。他無奈地揉揉趙大玲的腦袋。「妳呀，總是讓我擔驚受怕。」

趙大玲趕緊向他保證再有多少天馬行空的想法都等到生完孩子再做，長生這才大度地不跟她計較，像往常一樣親吻了下她的小腹，跟寶寶說了一會兒話，又將她的小腿挪到自己的膝蓋上，嫻熟地為她按摩因懷孕而有些浮腫的小腿。

離趙大玲的預產期還有三天時，長生又不上朝了，相府的侍衛遞上了顧相的請假摺子，蕭翊打開一看，差點氣歪了鼻子。小顧這次的理由居然是要休「陪產假」？蕭翊覺得等趙大玲生完孩子，他有必要找她好好談談。休婚假、度蜜月就算了，現在連陪產假都出來了。

事實證明，長生簡直就是能掐會算的半仙，或者說這個孩子簡直太體貼了。陪產假的第一天，兩個人還在床上擁著被子說話，趙大玲忽然覺得肚子動了一下，不過她沒在意。孩子足月後，胎動本來就會越來越頻繁。

她拉著長生的手放在隆起的小腹上，碩大渾圓的腹部從左到右鼓起一個包，趙大玲篤定道：「肯定是寶寶撅起了小屁股，在裡面扭呢！」

長生既震驚又感動，臉上溫柔的笑容簡直能讓人融化。孩子又動了一下，長生便趴到她的腹部旁柔聲問道：「小傢伙是不是餓了？」

「有道理，起來吃早飯吧。」趙大玲下床，才剛披上衣服，就感覺身下有異樣。雖然早就做好了準備，可當這一刻來臨的時候，還是有些發懵。

正在穿衣服的長生發現了她的異樣，忙問：「怎麼了？」

趙大玲回過神來，結結巴巴地道：「我、我好像是……要生了。」

長生愣了兩秒鐘，衣襟大敞就衝了出去，一迭聲地喊早就在府中住下的穩婆，接著又衝回來，打橫將趙大玲抱起放在床上。

趙大玲這會兒還沒有什麼感覺，用手推了推他。「快把衣服穿起來。」她可不願意別人看到長生此刻的樣子，那自己豈不是吃大虧了？

長生繫上衣帶的手指都在發抖，不停地問：「怎麼樣？痛不痛？」

趙大玲感覺了一下，搖搖頭，這時穩婆快步走了進來，將長生往屋外請。「夫人還沒發作呢，老爺請到外面等候。」

長生不肯走，直到得到消息趕來的友貴家的把他推了出去。「出去、出去，哪有女人生孩子，老爺們在旁邊看著的？」

長生無奈地退出來，不願走遠，只在正廳裡坐著，身上一陣冷一陣熱跟打擺子一樣。府裡的人第一次見老爺這個模樣——臉也白了，眼也直了，還一個勁兒地哆嗦。

一炷香的時間後，第一陣宮縮來臨，友貴家的讓趙大玲吃了點東西，又讓人煎了參湯給她喝下，怕她等會兒沒力氣。

最初趙大玲還能談笑風生，很快宮縮越來越劇烈，間隔越來越短，她揪著身下的被褥，大口喘氣，帶著哭腔道：「娘，好痛啊！」

友貴家的很是心疼。「傻丫頭，女人生孩子哪有不痛的？都是這麼過來的，生出來就好了。」

又是一陣陣痛，趙大玲沒忍住尖叫出來，屋外的長生聽到她的聲音，再也坐不住了，直接衝了進來，嚇得一眾穩婆拿被子罩住趙大玲。

友貴家的勸道：「你是做大事的人，男人進產房不吉利，外面等著去。」

「岳母，您讓我陪著大玲吧！」長生眼圈都紅了。「她是在為我受苦。」

趙大玲其實也不願意長生在跟前，她不想在自己最痛苦、最狼狽時讓長生看見，要是讓他有了心理陰影怎麼辦？奈何溫和的人固執起來很難對付，幾頭牛都拉不回來。長生執意不肯出去，死活抱著床柱不撒手，友貴家的又不能伸手拽他，最後趙大玲只能破罐子破摔地由他去，向友貴家的道：「娘，妳隨他吧！」又囑咐長生。「留下來別添亂。」

長生見終於可以留下了，趕緊老實地點點頭。一旁友貴家的朝天翻了個白眼，穩婆們也偷偷交換了個眼色。相府的家教真好啊！

「不許哭！」趙大玲繼續訓夫。

長生淚眼朦朧，硬是將眼淚逼回。

屋裡人都大驚失色，友貴家的忍無可忍，一把將長生拉到一邊。「老娘就沒見過你這麼婆婆媽媽的男人，到一邊去，別擋道！」

穩婆不禁感嘆相府太與眾不同了，夫人和丈母娘都這麼慓悍，比個大閨女還俊的相爺這麼柔弱可欺。後來整個大周都風傳顧相懼內，宰相夫人在府中經常河東獅吼，連大字不識的丈母娘都能指著顧相的鼻子數落他，而源頭便在於此。當然這都是後話了。

又一陣劇烈的陣痛，趙大玲揪緊頭頂上方的床欄，指骨發白，彷彿能把床欄擰出水來。因為長生在場，她反而不好意思大聲哭叫，而且她記得前世看過文章，女人在生孩子的時候應該儘量保留體力，不要把力氣都用在無謂的哭叫上。可是她那副隱忍的樣子落在長生眼裡，讓他異常的心疼。他趁友貴家的和穩婆都在床腳那邊忙碌，來到床邊握住了趙大玲的手，讓她在陣痛來時能緊擰著他的手臂，彷彿這樣便能將她承受的痛苦轉移到自己身上。

陣痛好像沒有盡頭一樣，從早晨一直發作到中午，趙大玲已經筋疲力盡，身上的衣服都濕透了，頭髮也汗濕著披散在玉色的枕頭上。她臉色蒼白，嘴唇發青，在陣痛來時發出模糊的呻吟聲。

長生跪坐在床旁，臉色白慘慘的，比床上的趙大玲氣色還差，每次趙大玲因為疼痛而握緊他的手時，他都流著淚，抖動著嘴唇喃喃道：「不生了、不生了，咱們不生了。」他抬起頭，求助似地看向友貴家的和一屋子的穩婆。「我們不生了，有什麼辦法嗎？」

友貴家的又好氣又好笑。「瓜熟蒂落，哪有不生的道理？難道讓孩子留在肚子裡嗎？再說了，這才幾個時辰，有好多女人生了一天一夜才生下來呢！」

長生聽了這話，臉又白了幾分，一絲血色都沒有。

傍晚時分，就在趙大玲覺得自己要堅持不住、長生更是快要崩潰的時候，一聲響亮的啼哭宣告了新生命的誕生。

穩婆欣喜地宣布：「恭喜恭喜，是位漂亮的千金呢！」

在趙大玲的鼓勵下，長生親手為孩子剪斷了臍帶，如此驚世駭俗的舉動自然讓一屋子的人都感到震驚。不過趙大玲才不理她們，這個莊嚴而神聖的儀式，她要交給孩子的父親來完成。

友貴家的將孩子洗乾淨，用細棉布襁褓包好，放到趙大玲旁邊，喜笑顏開道：「看看我外孫女這小模樣，活脫脫跟妳剛生出來那時一模一樣。」

雖然友貴家的一眼就喜歡上這個孩子，但畢竟是個女娃，在重男輕女的觀念下，她怕長生不喜，不自覺地接了一句。「先開花，後結果。大玲子隨我，第一胎是女兒，下一胎肯定是兒子。」

長生上半身趴在床沿上，抵著趙大玲的額頭，哽咽道：「不生了，以後都不生了。」

剛才還鬼哭狼嚎的趙大玲見到了自己的女兒，立刻將疲憊和虛弱拋在腦後。為了這個跟自己和長生血脈相連的小東西，受再多的苦都是值得的，生產的疼痛也變得微不足道。

她看著那小小的人兒，怎麼看也看不夠。雖然友貴家的說孩子長得像她，可是要她看，孩子還是隨長生多些，尤其是紅菱一樣精緻的小嘴，簡直就是長生的翻版。

她搖著長生的手，忍不住跟他分享無與倫比的自豪和驕傲。「長生，你快看，她好小好可愛，是世上最好看的寶寶對不對？」

長生的一顆心一直在趙大玲身上，這會兒塵埃落定，趙大玲看上去精神很好，他才有心思看向那個看上去紅彤彤的小傢伙。

男人和女人對新生兒的感情是不同的。女人因為九個月的孕育，早已跟孩子建立了親厚的感情；而男人在妻子的孕期雖然也欣喜，卻對孩子沒有一個實際的概念，如今這個小人兒就在眼前，身上流著他的血脈，這種感覺奇妙而神聖，一顆心都因為這個小人兒而變得柔軟。

初為人父的長生還有幾分羞澀和懵懂，他小心翼翼地伸出一根手指，輕觸了嬰兒鼓鼓的臉頰，小傢伙閉著眼睛，偏過頭，小嘴微張，追逐著他的手指。長生一驚，手指倏地縮了回來，小傢伙不滿地抽泣了起來，彷彿有無限的委屈。

忽地，長生心中有一個火苗彷彿被點燃了，熾熱的父愛如岩漿一般噴湧而出。這是他的女兒，她如此嬌柔，惹人憐愛，他將用他的一生去呵護她，不讓她受到一丁點的委屈和傷害。為了她，他將變得強大，變得無所不能，只要她想要，他可以去為她摘下天上的月亮。

他抬起晶亮的眼看向趙大玲，兩個人的中間是哼哼唧唧的小寶寶，這一刻，兩人都感受到無盡的喜悅和滿足。

不過長生對趙大玲的生產過程還是留下了些許陰影，以至於有很長的時間對於再生一個孩子是持反對意見的。然而趙大玲好了傷疤忘了疼，處心積慮地以「安全期」哄騙長生，終於實現了五年抱仨的夙願，又生了兩個兒子。

按照趙大玲大言不慚的說法，他們兩個人這麼好的基因，不多生幾個對得起誰？

不過說起生孩子，蕭翊最有心得。

後宮女人多，自然孩子就多。秦皇后生了三個兒子，柳惜妍也生了三個兒子，還有兩個嬪妃也給蕭翊生了兩個兒子，只有曹娘娘生了一個大胖閨女，生下來就有九斤半，明顯比其他新生兒大一圈。偏偏蕭翊最疼的就是這個閨女，一下朝就要來親親抱抱，簡直是愛不釋手，同時他也理解了二號老丈人曹彥當年的心情，私心裡當然覺得自己的胖閨女哪兒都好，怎麼看怎麼可愛，可是又心疼，怕她將來被別人笑話胖，不知道未來的駙馬能不能真心愛她、呵護她？

曹娘娘自己有過痛苦的經歷，當年因為胖而一直嫁不出去，自己的老爹為了她的婚事操碎了心，因此她對女兒管教很嚴，喝奶都是限量供應，把胖公主餓得直哭，聲如洪鐘，快把大殿的屋頂掀了。

蕭翊正好進來，心疼地抱起女兒，氣急敗壞地朝曹娘娘吼道：「妳怎麼當娘的？她這麼小，餓壞了怎麼辦？」

曹娘娘很少哭，此刻卻抹了眼淚。「這世上有幾個男人像聖上這麼好，不嫌棄胖姑娘呢？臣妾的大公主能有臣妾這般的福氣嗎？」

一句話說得蕭翊沒了脾氣，眼珠一轉，冒出賊光。「別哭了，朵朵，小顧家有兩個兒子呢，咱們選一個做駙馬。」

曹娘娘想到顧相家兩個漂亮得不像話的小男孩，終於破涕為笑。

另一頭的相府，趙大玲和長生也在惦記著蕭翊的兒子。

趙大玲看著眉目如畫的大女兒，小聲向長生道：「長生，咱家閨女這麼好看，將來誰能配得上？我看蕭翊的大小子大雄不錯，濃眉大眼，長得精神，每次來府裡跟咱閨女都玩得挺好，有好吃的、好玩的都巴巴地捧到咱閨女面前；而且大皇子將來不用繼承皇位，肯定是個富貴王爺，閨女跟著他也不受委屈。話說他是要做你的弟子的，你可得好好教育他，『一夫一妻，從一而終』的觀念要從小教起。」

長生好笑地搖搖頭。「妳也操心得太早了，兒女將來的姻緣不知繫在何處，恐怕為人父母者都無法左右。」

趙大玲也笑了。是啊，孩子們有自己的人生，他們的故事還沒有開始呢！

往後幾年，在蕭翊和長生的努力下，大周四海昇平、國泰民安，也成為這片土地上文化與經濟的中心，吸引其他國家前來朝拜，後世更是將蕭翊的泰景之年、其子蕭璟的乾元之年，以及孫輩蕭崇的承晏之年合稱為「泰承盛世」。

當然這其中趙大玲功不可沒。工業技術和社會公益事業的全面發展，為百姓提供更加富足而有保障的生活，趙大玲相信他們的孩子會在這個父輩創下的太平盛世中安居樂業。

屋外陽光明媚，紫藤花正開得熱鬧，趙大玲回憶她與長生從初識到相愛，再到現在兒女繞膝，一點一滴都彷彿近在眼前。

她在一室的旖旎春光中，將頭靠在長生的肩膀上，兩人十指相扣。

「長生。」她喚道。

「嗯？」長生靜靜地應了一聲。

趙大玲漾開笑容，只覺得滿心滿意的幸福。他就在這裡，在自己的身邊，他們還有一生一世的時間相伴、相隨……

——全篇完

純情摯愛 此心不渝／桐心

2017年4月出版

# 鳳心不悅

既然他就算做牛做馬都要待在她身邊，
那她這個當老婆的，
絕對會好好「疼愛」他的～～

文創風 513 1

沒想到新婚後便不告而別的沈懷孝，居然還有臉回來？
對蘇清河而言，有沒有這個丈夫，她壓根兒不在意，
她不過是為了與兩個孩子重逢，不得已才借了他的「種」，
古人嫁雞隨雞、嫁狗隨狗的那一套歪理，可不適用在她身上！
然而他失蹤五年的真相，竟是在京城另娶嬌妻，
如今他一口一個誤會，就想回到他們母子身邊，
當她是三歲小孩那樣好哄的嗎？

文創風 514 2

自從知道蘇清河那落難公主的身分後，
沈懷孝對她可說是百般討好，萬般禮讓，
還時不時在她面前走動，蹭吃蹭喝的，順便刷刷存在感。
為了家族的利益，他甚至還使出美男計想誘她上鉤～～
她本打算自己守著孩子過一輩子的，
可身旁若有他這樣一個免費的苦力能使喚，何樂而不為呢？

文創風 515 3

在這時代，要當個公主可真不輕鬆！
不但要出得廳堂、入得廚房，還要上戰場賣命，
好不容易拚死拚活換來個「護國公主」的封號，光榮回京，
回到京城的頭一件要緊大事，就是宣示主權——秀駙馬！
她可沒忘記自己的丈夫在京城中有多炙、手、可、熱，
她要讓那些覬覦他的女人知道，
沈懷孝是她的人，也只能是她的！

文創風 516 4

隨著蘇清河的身世之謎一一解開，
地位瞬間水漲船高的她，成了權貴爭相巴結的對象。
只有沈懷孝，待她始終如一，
不為了權力而利用她，更不會為了利益而傷害她，
但為了生他、養他的家族，他不得不做出讓步與犧牲。
在這一刻，她才驚覺，只要他身為沈家人的一天，
他們之間，就注定存在著永遠化不開的矛盾……

文創風 517 5 完

什麼叫一波未平，一波又起，蘇清河總算是體認到了！
就算她與太子哥哥長得再怎麼相似，
要她假扮太子代理朝政，還真是嚇得她的小心肝兒直打顫，
更可惡的是，沈懷孝這沒良心的，居然乘機不與她親熱，
就在她忍不住撲上去又親又摟又抱，一解相思之苦，
他卻突然熱情了起來，讓她深深覺得，自己中計了！

平實溫暖、輕快活潑／芳菲

2017年4月出版

# 嗆辣美嬌娘

穿越重生之前，與自己的母親相依為命；
靈魂重生之後，一肩扛起大家族的生計。
種種試煉讓她不奢求愛情，卻沒料到那人就在燈火闌珊處……

## 文創風 509 1

對謝玉嬌來說，穿越到另一個時空其實並不可怕，
就算爹不幸離世，也有個跟她前世的媽長得一模一樣的娘，
加上謝家是江寧縣的頭號地主，即便她不是什麼枝頭上的鳳凰，
總歸是富霸一方的土豪千金，稱頭得很！
只可惜，現實生活總是有那麼一點小小的缺憾，
她這贏弱女兒身，終究注定不被人放在眼裡，
那些在一旁虎視眈眈的親戚不但三天兩頭找理由索討花用，
還要以「繼承謝家」為名義，企圖塞些不成材的傢伙來當嗣子，
更有唯我獨尊的老姨奶奶，想把她當娃兒放在手心上拿捏，
逼得謝玉嬌只能板著張俏臉挺身而出……

## 文創風 510 2

多接收一些難民對謝玉嬌來說並非什麼困難的挑戰，
反正他們能幫忙開墾荒地，她就當是做善事，何樂而不為？
可是其他縣的難民找碴找到她娘身上，還開口要一大筆贖金，
這就不是保持「溫良恭儉讓」的態度能解決的問題了！
為了解救一個好心幫她母親逃走卻被俘擄的男人，
謝玉嬌帶著村裡一群人前往對方的根據地，準備大展身手，
卻沒料到他早就降伏了那些山賊，還讓他們願意從軍救國……
照理講，這麼一位英雄豪傑應該讓人敬佩不已，
但是他那輕浮又玩世不恭的模樣，老是讓謝玉嬌煩躁不已，
巴不得他趕快從她眼前消失，好恢復往常平靜的生活！

## 文創風 511 3

死而復生什麼的，的確不比穿越重生來得驚悚，
但是當謝玉嬌看到被宣告戰死的人重新出現在她面前時，
依舊腦袋一片空白，無法掩飾內心的震驚……
更誇張的是，明明那傢伙都坦承自己隱瞞真實身分了，
她母親還不肯放棄，非得想辦法把他們兩個綁在一起不可，
最後皇后也跑來湊熱鬧，整個謝家宅的人更充當起臨時演員，
共演「小姐求妳嫁給我」這齣大戲，害她想低調一點都沒辦法，
只能故意提出要他同住的條件，來個真心大考驗，
沒想到他除了爽快答應，還得寸進尺地溜進她的繡樓裡，
想要來個甜蜜蜜的婚前同居！

## 文創風 512 4 完

不管謝玉嬌再怎麼掙扎，終究落入重重情網之中，
任憑她如何強勢又有主張，在他面前都不過是個單純的少女，
也罷，反正都要嫁了，當人家老婆總不會比掌管家業來得難吧？
然而……雖然她想得很樂觀，但他終究是個王爺，
就算已經沒了父母，也有皇兄跟皇嫂在那裡等著下指導棋，
這不，才新婚呢，就有人看不慣他們如膠似漆，
硬要塞兩個侍女進門，美其名叫「滅火」，實際上在「點火」，
氣得她醋意四散，只差沒殺進行宮要人給個交代！
就在一切歸於平靜，而她也有了身孕時，反攻北方的號角響起，
她親愛的老公自動成為帶領軍隊出征的不二人選……

攜良人相伴，許歲月安好／方以旋

2017年3月出版

# 翻身嫁對郎

誤將狼人當良人，
前生她落得家破人亡、香消玉殞，
今生她願使歲月靜好，現世安穩……

文創風 501 **1**

走過人間這一遭，她承蒙上天垂憐得以重生回到過去，
這才恍然自己當年多麼少不更事、刁蠻且驕橫，
才會將表裡不一的庶妹視為親手足，
還把各懷鬼胎的丫鬟當作心腹，
導致自己身旁盡是些「魑魅魍魎」。
誰人待她真情，誰人待她假意，如今她可看得清清楚楚！

文創風 502 **2**

唯恐胞弟一如前世命喪驚馬蹄下，她只好魚目混珠、以身相代，
不意在性命攸關的時刻，卻被鎮國公世子蕭瀝所救！
憶及前世所聽來有關這蕭瀝的「凶殘」事蹟，
不是陷害兄弟溺斃，就是弒父殺母……
而今兩人「共患難」後還發展出難以名狀的情誼，
她也不知該說是幸還是不幸？

文創風 503 **3**

她承認有些事情的發展與前世不同了，
她本無心嫁人，只想安安心心過自己的日子，
可老天爺似乎還嫌她麻煩不夠多，先是鎮國公府世子求娶，
後有天家亂點鴛鴦譜，竟將她賜婚信王夏侯毅?!
她這輩子是萬萬不想與那涼薄人有任何牽扯，
唉，與其錯將狼人當夫婿，她寧可挑個良人作相公！

文創風 504 **4**

為了讓皇帝撤銷她與信王的賜婚聖旨，
代價便是從今往後她和蕭瀝得緊密地綁在一起。
如今這身穿飛魚服的俊美男子將成為她的未來夫婿，
一切看似脫離前世的安排了，
可他們卻與政壇上呼風喚雨的大宦官魏都結下了樑子，
凡事只得步步為營、如履薄冰，就怕有個閃失將永留憾恨……

文創風 505 **5** 完

她和蕭瀝兩情相悅，也如願以償成為鎮國公世子夫人，
但嫁入高門大戶本就不是啥省心事，
內有不待見她的公婆，外有趕著來做妾的堂妹，
不過她可不是省油的燈，她的夫婿也是有手腕的好男兒，
夫妻倆齊心，四兩撥千斤輕鬆化解了眼前的困難。
無奈有些劫數，縱然人千算萬算，終究是躲也躲不過……

文創風
530

# 逆襲成宰相 3 完

國家圖書館出版品預行編目資料

逆襲成宰相 / 趙眠眠著. --
初版. -- 臺北市 : 狗屋, 2017.06
冊 ; 公分. --（文創風）
ISBN 978-986-328-735-3（第3冊 : 平裝）. --

857.7 106005766

| | |
|---|---|
| 著作者 | 趙眠眠 |
| 編輯 | 王冠之 |
| 校對 | 黃亭蓁　簡郁珊 |
| 發行所 | 狗屋出版社有限公司 |
| 地址 | 台北市104中山區龍江路71巷15號1樓 |
| 電話 | 02-2776-5889～0 |
| 發行字號 | 局版台業字845號 |
| 法律顧問 | 蕭雄淋律師 |
| 總經銷 | 知遠文化事業有限公司 |
| 電話 | 02-2664-8800 |
| 初版 | 2017年6月 |
| 國際書碼 | ISBN-13　978-986-328-735-3 |

本著作物由北京晉江原創網絡科技有限公司授權出版

定價250元
狗屋劃撥帳號：19001626
網址：love.doghouse.com.tw　E-mail：love@doghouse.com.tw